雨花忠魂

雨花英烈系列纪实文学

魂系漕河四月奇

汪裕先烈士传

赵永生 著

江苏凤凰文艺出版社
JIANGSU PHOENIX LITERATURE AND ART PUBLISHING

图书在版编目（CIP）数据

魂系漕河四月奇：汪裕先烈士传 / 赵永生著．--南京：江苏凤凰文艺出版社，2020.11（2023.5重印）
（雨花忠魂．雨花英烈系列纪实文学）
ISBN 978-7-5594-5101-9

Ⅰ．①魂… Ⅱ．①赵… Ⅲ．①纪实文学－中国－当代 Ⅳ．①I25

中国版本图书馆 CIP 数据核字 (2020) 第 153691 号

魂系漕河四月奇：汪裕先烈士传

赵永生 著

出 版 人	张在健
责任编辑	高竹君　傅一岑
封面设计	马海云
责任印制	刘　巍
出版发行	江苏凤凰文艺出版社
	南京市中央路 165 号，邮编：210009
网　　址	http://www.jswenyi.com
印　　刷	阳谷毕升印务有限公司
开　　本	880 毫米 ×1230 毫米　1/32
印　　张	9.375
字　　数	248 千字
版　　次	2020 年 11 月第 1 版
印　　次	2023 年 5 月第 3 次印刷
书　　号	ISBN 978-7-5594-5101-9
定　　价	36.00 元

“雨花忠魂·雨花英烈系列纪实文学”
丛书编委会名单

万里长空且为忠魂舞

中共江苏省委书记　娄勤俭

天地英雄气，千秋尚凛然。雨花台，这片深深浸染着英烈鲜血的山岗，曾见证了几代仁人志士信仰至上、慨然担当的英雄壮举，也铭记着无数革命先烈舍身为民、矢志兴邦的不朽事迹。在这里，彪炳日月、名垂青史的革命烈士就有1519人；也是在这里，还有更多鲜为人知的英烈故事，无法铭刻于碑文，没有见诸史册，像一粒粒晶莹的雨花石，深埋在雨花台殷红的泥土里。理想之光不灭，信念之光不灭。英烈们的背影虽然早已远逝，但他们的集体“影像”已定格在永恒的瞬间，那就是义无反顾、慷慨赴死，前赴后继、为国捐躯，用热血和生命铸就了信仰丰碑，在血与火的洗礼中撑起了民族脊梁，谱写出一部又一部壮怀激烈、气吞山河的“英雄交响曲”。

英雄是旗帜，革命英雄是民族的共同记忆。习近平总书记指出：“对中华民族的英雄，要心怀崇敬，浓墨重彩记录英雄、塑造英雄，让英雄在文艺作品中得到传扬，引导人民树立正确的历史观、民族观、国家观、文化观。”为缅怀英烈伟绩、弘扬崇高风范，培育和践行社会主义核心价值观，培养爱国主义、集体主义精神和社会主义道德风尚，江苏省委宣传部、江苏省作家协会组织创作了《雨花忠魂·雨花英烈系列纪实文学》丛书，以文字、文学、文化的形式，讲述英烈的感人故事，表现英烈的高尚情操，诠释英烈的不朽精神。这一个个闪亮耀眼的名字，如同一座座高耸入云的丰碑，始终矗立在一代代共产党人的灵魂深处。这套丛书，为更好地传承弘扬“雨花英烈精神”提供了生动教材，也为教育党员干部走进历史、追寻英烈，激励党员干部不忘初心、牢记使命，永葆革命本色提供了精神之“钙”。

英烈风骨犹存、感召后人；历史启迪心灵、照亮未来。牺牲在雨花台的我党早期领导人恽代英曾说：“我们吃尽苦中苦，而我们的后一代则可以享到福中福。为了最崇高的理想——共产主义，我们是舍得付出一切代价的。”可以告慰雨花英烈的是，经过七十余年的不懈奋斗，近代以后久经磨难的中华民族，迎来了从站起来、富起来到强起来的伟大飞跃，一幅国家富强、人民幸福、民族复兴的壮美图景正在祖国大地上全面展开。

与伟大祖国历史进程同步伐，江苏发展站到了新的起点上。深入贯彻习近平新时代中国特色社会主义思想，努力把习近平总书记为我们描绘的“强富美高”新江苏蓝图化为美好现实，推动高质量发展走在前列，迫切需要我们传承红色基因，用好红色资源，学习雨花英烈的崇高理想信念、高尚道德情操和为民牺牲的大无畏精神，不忘初心，砥砺前行。我们缅怀革命先烈，就要从前辈先贤身上汲取养分和力量，让他们曾经的牺牲和付出，成为今天前进的动力源泉，砥砺我们以永不懈怠的精神状态推进改革再深入、实践再创新、工作再抓实；我们讴歌革命先烈，就要用“雨花英烈精神”，激励全省人民更加主动担当新使命，意气风发创造新未来，不断开辟新时代中国特色社会主义在江苏实践的新境界。这，正是我们对革命先烈最好的礼敬与告慰。

沧海横流，英雄显本色；落花如雨，正气贯长虹。“万里长空且为忠魂舞”，“雨花英烈精神”必将长留在时光的长河和人民的记忆中。

是为序。

目　录

第一章
从周浦到黄浦

1

发源于青藏高原的长江，经过六千三百多千米的奔腾，在上海一个叫横沙岛的地方流入东海，而与之相呼应的是江苏启东的圆陀角，长江、黄海与东海在此交汇，形成江海交融的独特景观与生态环境。其实，长江只是在上海大市区北拐了个弯，而真正形成上海文化的是黄浦江。

黄浦江是长江汇入东海的最后一个支流，据说很久很久以前，久到上海还是“上海滩”的年代，中间有一条蜿蜒的河，不通江也不达海，源头为接纳了太湖流域众多来水的淀山湖，一到雨季，便成汪洋，百姓深受其害。战国时，楚令尹黄歇来到这里，弄清来龙去脉后，动员百姓疏浚治理，使之向北直入长江，泻入东海。浦，是河，叫黄浦，是为了纪念治水的黄歇。明末清初，每年的农历八月十八日，在陆家嘴可见“银涛壁立如山倒”的暴潮，为“黄浦秋潮”景观。有了黄浦江，也就有了浦东与浦西之分，上海的故事，也由黄浦江引申开来。

上海华商电气股份有限公司在黄浦江的一个湾道里。

汪裕先在汤家木桥上轮船，从咸塘港到周浦塘再到董家渡，来到华电公司大门口时已近中午。

华电公司的大门对着黄浦江，分两大区域，南部是生产区，北部是办公区。生产区又分为发电区与电车区，发电区靠着黄浦江，便于煤炭上岸，也便于煤渣运出。电车区，主要是电车的维修，还有几路电车的始发，一些附属车间在厂区外。办公区没有附属用房，二十多亩绿地，被两条呈十字型的青砖铺就的路分割。据说原来曲径通幽，陆伯鸿任总经理后进行了改造，传教士把十字架钉在教堂的门顶，让人顶礼膜拜，而他将十字架铺在大地上，让人踏着前行。这是中国人对基督的理解，不一样的宗教情怀。有一幢三层小楼，大门对着十字的顶端，坐北朝南，灰色。楼间的立柱涂成紫红色，腰线是白色，顶沿为翘翅琉璃，端庄又洋气。

对着二楼楼梯的是总经理办公室。

接待汪裕先的是一位小青年，二十多岁，他说他姓杨，是总经理秘书，然后就问汪裕先的事。汪裕先说他是来找陆总经理的，带了王一亭的一封信，说罢就放下包袱皮，取出信，交给杨秘书。

“知道的，他是我们公司董事。”杨秘书说，“前两天他打过电话来。”

“那天我在他家，我是他外甥。”

“哦！”

汪裕先不知道他为什么要这样说，他也不知道怎么说，只是随意，想说就说了。

“你收着，总经理办公室有人，出国刚回来，找的人多。”杨秘书把王一亭的信又给了汪裕先，带着他到了西边的会客室，说，“你等着。”

会客室里已经有两个人，年龄都在二十多岁，他们打量了一下汪裕先，那眼神与保安、杨秘书一样。这时汪裕先才发现自己的穿着与公司其他人不一样，他是长袍马褂，头戴八片瓜皮帽。保安是灰黄保安服，镶着红边，类似于中山装。杨秘书是直领中山装，黑色，裤子也是黑色的。对面坐着的两位穿的是蓝色工作服。这样一比，他感觉有点怪异了。似乎浦西是民国，浦东还是晚清。现在想想，这一路还真的有所不同。在汤家木桥上轮船时，没有感到特别，大家都是这样，到了董家渡，过了黄浦江，穿着就不一样了。

汪裕先这样想着的时候，杨秘书走了过来，说陆总经理让他过去。

陆伯鸿①办公室在二楼的最东边，两开间的房，四十多平方米，门口有一檀香木玄关，雕着双龙戏珠。总经理办公桌是法式台桌，很大气的那种，坐东朝西，坐后的墙上是王一亭的国画《黄浦秋潮》。办公桌对面有两张黄杨木椅，是公司管理层来谈工作坐的。桌子的两头，各有一张木椅，也是黄杨木的，是谈私事的，右手那张为长者座，左手那张为晚辈座。对面的靠墙处，有四五张沙发圈着，是会朋友接待客人的。杨秘书把汪裕先手中的信递给陆伯鸿。

“你在钱庄学了几年？”陆伯鸿问汪裕先。

“三年差一个月。”

“‘常纹通’现在哪个县在用啊？”

---

① 陆伯鸿(1875—1937)，原名陆熙顺，上海南市人，近代中国知名实业家、慈善家，天主教人士，是上海法租界首位华人公董之一。

“湘潭县。”

“‘二四估宝’呢？”

“武汉。”

“云南还是‘化宝’吗？”

“不对，云南是‘票锭’，”汪裕先说，“‘化宝’是天津的。”

“哦，对的。”

汪裕先已经出了一身汗，他知道陆伯鸿在考他的钱庄业务。而陆伯鸿这么一问，便知道了汪裕先的认真程度与学习能力。华电公司不需要有人来甄别各种银圆成色，但华电公司需要有学习能力与敬业精神的人，陆伯鸿总是这样对他的管理层讲：我们这个国家，不可能有现成的人才给我们，但只要是诚实与敬业的人，我们能培养出自己的人才。

“王老从未荐过人来。”

陆伯鸿说这话时，没有对着汪裕先，像是自言自语，说过后，他喝了口茶。这个时候，过道里传出声音，说是要找陆总经理谈。杨秘书说：“有人在说事情。”

“让他们进来吧。”陆伯鸿说。

说话间进来三个人，其中两个就是汪裕先刚才在会客室见到的。

“有事坐下来说。”陆伯鸿从办公桌后走了出来，坐在对面的沙发上，杨秘书将他的杯子也端到茶几上，陆伯鸿说，“不坐下来怎么说话？”

在总经理面前，他们很拘谨的，还是没有坐下来。杨秘书说：“总经理要你们坐下来说，就坐下来说吧。”

“我叫颜梦屏，灯务科的职员。”叫颜梦屏的人说，“我们的报告给公司有两个月了，没人问，现在没有办法，只有找您。”

“你进公司几年了？”

“三年。”

“当时怎么进来的？”

“我表叔介绍的。”
“表叔在什么地方？”
“徐汇教堂。”
“你读过书吗？”
“读过。”
“在什么地方读？”
“徐汇公学。”
“几年？”
“五年。”
“不错了，能读五年书的人不多，上海滩多点，全中国没多少。”陆伯鸿说，“你在教会公学读过五年书，又是在教会工作的表叔介绍进了我们这个股东大多是基督信徒的企业，应该有基督情怀才是。”

陆伯鸿这样说时，望着自己的茶杯，通体透明，杯中的六安瓜片直立得像是空悬。颜梦屏不知如何应答，一脸的歉意。汪裕先在陆伯鸿走向沙发时，就站了起来，当所有人都坐下后，他还站着。三年钱庄学徒，他除了夜里在床上，几乎都是站着的。站着，是钱庄学徒的基本功。

“我们这个院子你进来过几次？”
“这是第一次。”
“进来有什么想法吗？”
“这地方不是我们能进的。”
“我是说你走进这个办公室的印象是什么？”
“干净、整洁、安静。”
“不！远不止这些。”陆伯鸿说，“在我们这个院子里，只有交叉着的十字路，没有其他路可走，我们每走一步，都是为了救赎。不是在救赎，就是在救赎的路上。我们的股东，能走到一起办这样的企业，绝不是为了私利，我们没有更多的私利，给市民带来光明，为市民方便出行，是一种拯救，拯救个体与群体。”

陆伯鸿回避了与颜梦屏他们谈问题，他知道他们提出的要求。民国了，最大的好处就是没了皇帝的僵化与朝廷的不识天下事，最大的坏处就是谁都想着自己。陆伯鸿想通过他的思想引导缓解一下他们的情绪，他知道上海滩暗流涌动，企业的关键是稳定。颜梦屏等人茫然无措，只能听陆伯鸿说。

“上帝会给予我们更多的恩典的。”陆伯鸿最后说，“不能被私欲所驯服。”

“上帝什么时候才能有恩典呢?”颜梦屏有想哭的感觉，他说，“现在物价疯涨，工资再不涨，我们就没法活了。”

“有这么严重吗？我从英国才回来，好多事，一时还难理上手。”陆伯鸿说。

颜梦屏说：“我们没有更大的私欲，只是想吃饱饭，养家糊口。”

另外两个也帮了腔，就是奴隶，也要让我们活下去。

陆伯鸿望了他们一眼，没有作声。

颜梦屏把几张有职工签名的书面材料，双手捧给陆伯鸿。

“动不动就签名，拉起一帮人来。”陆伯鸿接过报告，说，“这样不好!”

颜梦屏说：“我们想涨工资，就三成。”

颜梦屏他们提交的报告其实也很简单，说了市场米价后，说工人的工资，然后算了一笔账，每天的工资只能够自己吃饭，老婆孩子就没法养活了，接着就要求涨工资，也不多，就三成。很简单，几行字。签名倒有三张纸，满满的，不会写字的人按指印。陆伯鸿仔细看那些名字，一个个看过。

“这样的事，是要董事会讨论的，我会尽快开会讨论，也会很快给你们答复。”陆伯鸿说，“以后有事直接找你们科长，还有公司协理，他们会向我汇报的。”

颜梦屏与另外两个人同时站了起来，向陆伯鸿行了个鞠躬礼，然后退出了他的办公室。

汪裕先仍然站在原来的地方。

颜梦屏他们出了门，杨秘书就进来了。他一直站在门外候着，这是他必须做的。陆伯鸿对他说："把张静请来。"

张静是公司人事科的人事帮办，三十四五岁，一米五左右的个头，瓜子脸。她上着白色短袄，下穿黑色布裙，戴一副金丝眼镜，从镜片看，不像是近视，是平光装饰，进来时，向陆伯鸿行了礼。陆伯鸿介绍汪裕先说："他是王一亭会长介绍的，读过五年书，又在钱庄学徒三年，应该不错的。"

"您有什么安排？"张静问陆伯鸿。

"去灯务科吧。"陆伯鸿说，"用户增加了，管理人员也要增加，要保证抄表收费的周期。"

"好的。"

"现在社会上事很多，公司也很复杂，你要学习业务，好好工作。"陆伯鸿对汪裕先说，"以后有什么事，找张帮办。"

"谢谢总经理！"汪裕先学着颜梦屏与张静的做法，向陆伯鸿行了个鞠躬礼，跟着张静走了。

人事科在一楼西，有四间办公室，考工股、惠工股、接待室、人事帮办。人事科的科长是总经理兼的，帮办负责具体工作。办公室在最西边，锁壳型，门朝东，是个套间，外面朝北坐着一个女青年，汪裕先估计与自己差不多大，见他们进来时，她站了一下，躬一下腰，像鞠躬的样子。与陆伯鸿办公室的霸气不一样，走进来很温馨。女青年的右桌角放一盆菊花。张静在里间，坐西朝东，办公桌的左边有盆一串红，把张静的脸映得粉嫩。

"王一亭是你的舅舅？"

"是的。"

张静让汪裕先填一张"华商电气公司用工登记表"，说："能进公司就不错了，还一下子安排到灯务科。"

"谢谢张帮办！"

“不用谢我，谢你舅，谢陆总经理。”张静说，“好好工作，回报公司。”

“好的。”汪裕先又向张静鞠了一躬。

“你坐下吧。”张静对汪裕先说，“你的工作是灯务科的抄表工，具体的业务考工股会跟你交代，我这里讲两点。”

没说事前，张静是美丽可人的，一认真，那种美丽就令人生畏了，汪裕先坐着不自在，就又站了起来。他站起来时，张静没有再叫他坐下，似乎应该站着听她说。

“进公司的人是要有严格手续的，试用期三个月，试用合格后，需要有保人担保，填写保证书和签订契约。”张静说，“你是王老先生介绍的，不用再找人担保，其他手续到时都要做的。”

汪裕先点了点头。

张静说了第一点后，从材料夹中拿出一份文件，说第二点就是公司职工的服务规则，她说共有八十三条，惩戒分为五种，分别为：警告、记过、记大过、降级减薪、解雇，并向汪裕先讲了要点，说：“这些要点是要熟背的。”

汪裕先点头称是，然后被介绍到考工股。考工股长姓刘，张静叫他老刘，她对老刘说了汪裕先的情况后，让他安排到灯务科。老刘望了望汪裕先，然后翻开他的本子，用笔写了什么后说：“你这个月 26 号过来吧。”

汪裕先本想说东西带来了，今天就可以上班，但转念一想也好，他要去找一下赵锡炎①与傅雷②，也可以回去一下，他的内心其实

---

① 赵锡炎(1898—1930)，上海周浦镇人，幼年即孤，家境贫寒，十六岁当布店学徒，刻苦自学文化，后考入圣芳济学堂(教会办)读书至毕业，英语、法语学得较好。赵锡炎思想进步，喜读革命书刊，在考进上海邮政总局工作后，开始结交革命志士。

② 傅雷(1908—1966)，字怒安，号怒庵，生于江苏省南汇县下沙乡(现上海市浦东新区航头镇)，八岁随母迁居上海周浦镇。中国著名的翻译家、作家、教育家、美术评论家，中国民主促进会(民进)的重要缔造者之一。

很乱。

他对老刘说："好的。"

这时老刘给了他一份《上海华商电气股份有限公司工人服务规则》，说："内容都要熟悉，红杠的地方要背得下来，26 号过来签契约时，要背给张帮办听，不能错一个字。"老刘说罢翻开要背的页面。

2

出了华电公司，汪裕先在三山会馆[①]边的福天饭店吃了碗面，然后去找赵锡炎。赵锡炎是汪裕先的堂舅，在上海邮务管理局工作，负责邮寄报刊的拆检，也是工作之便，他接触到许多汪裕先无法知道的报刊，比如《新青年》[②]，是他上次回周浦带给汪裕先的。汪裕先看了之后，有了许多想法，也有了许多不解，就来找他问问。

上海邮务管理局在北京路上，路过兆丰公园时，园内正在花车游行，都说兆丰公园的花车游名堂多，好玩，在钱庄学徒时，他就动过念头，想看，没看成。今天路过这里，又恰逢花车巡游，他就朝公园门口走去，保安拦住了他，不让进。

"为什么不让进？"

保安没有回答为什么，而是问："你是华人吗？"

"什么？"

"我问你是华人吗？"

"什么华人？"

"听不懂吗？"保安说，"就是中国人。"

"是啊，是中国人。"汪裕先问保安，"你不是中国人吗？"

---

① 三山会馆始建于清宣统元年(1909 年)，由福建旅沪水果商人集资兴建，1914 年竣工。位于上海市南浦大桥桥堍中山南路 1551 号，是上海唯一保存完好的晚清会馆建筑。因福州城内有三座山：东南于山、西南乌石山(亦称道山)、北面越王山(亦称闽山)，故会馆得名"三山"。

② 《新青年》，是综合性的文化月刊，1915 年 9 月 15 日在上海创刊，陈独秀为主编。初名为《青年杂志》，1916 年 9 月 1 日出版第二卷第一号改名为《新青年》。

“是中国人啊。”

“是中国人怎么问中国人是不是华人？”汪裕先感到莫名其妙，上海人都不知道怎么说话了。

“华人是不能进去的。”保安没有理会汪裕先问的问题，他只是与他谈管理规定。他说：“你没看见牌子吗？”

汪裕先一看，公园门口的右边确实有块牌子，上海工部局的“揭示”，内容有六条，第一条是“脚踏车与犬不得入内”，第五条说“除西人之佣仆外，华人一概不准入内”。汪裕先问保安：“凭什么？”

“我们就凭工部局的揭示啊！”

“你也是华人……”汪裕先没说完，保安说，“我没进去啊，我在外面看着门。”

保安说完还笑了笑。

“我说你也是华人，为什么就‘华人’与狗一样不得入内呢？”

“不是我，我有什么，是工部局。”保安说，“你可以找工部局谈，我这里只能这样。”

中国人的地方，中国人都不让进了？汪裕先不服气，从围墙边上找了个砖块来。保安叫了起来，他说：“巡捕来了会把你抓进牢的！”

汪裕先一听，跑了。到邮务管理局时，已近傍晚，办公室的人说赵锡炎提前走了，不会来了，汪裕先就去成都路 38 号，那里有他的宿舍，在钱庄学徒时去过一次。

“怎么是你？”见到汪裕先时，赵锡炎欣喜中夹着惊讶，“你不是去华电上班了吗？”

“今天上午去了，我也以为能上班。”汪裕先说，“要到 26 号呢。”

汪裕先把经过详详细细地告诉了赵锡炎。赵锡炎说应该有个过程，他接着说：“这几天就住我这，好好玩玩。”

“去哪玩？”

汪裕先没有把话说到底，被赵锡炎打住了话头，他说：“别急，玩的事，等会儿再说，我去弄点小菜，今晚舅甥俩喝点酒。”说罢就出去了。

赵锡炎住在一个弄堂里，单位租的，两层小楼的靠里一间，十多个平方米，一分为二，中间用木板隔着，里面放一张床，有一个衣橱，外面一张方桌，四张条凳，门拐角旁有一条桌，放一个小煤油炉，一只水壶，一只茶瓶，还有几只碗，几只杯子。不在单位食堂吃时，他就在宿舍煮点面条，单身的日子，很多时候是可以简略的，好打发。

汪裕先把包袱皮放在床边的凳子上，拿出《新青年》。近来，他一有闲空就读这本杂志，杂志中有些话说出了他的感觉，一种他没有办法表达的东西。比如上午颜梦屏对陆伯鸿说就是奴隶也要让他们有饭吃时，他就想到了《国际歌》中的“起来！不愿做奴隶的人们”；陆伯鸿责怪颜梦屏他们“不要动不动就签名，拉起一帮人来”时，他立刻想到了“团结起来到明天”。但他不知道怎么会有这样的歌，让他想了许多的歌。有时，他又不知道作者想说什么，他就纠结，有时越想越纠结。

赵锡炎很快就回来了，拎回来猪头肉、花生米、糖醋萝卜干、五香茶干，还有水饺。水饺是生的，自己煮，都是冷菜，最后得有点热汤热水，所以他特地买了些水饺，他告诉汪裕先说是虾仁馅的。随后，又从袋子里拿出一瓶酒，上海老酒，六十度。

赵锡炎用小碗一人倒了一碗，也就二两。

“我从来不喝酒。”汪裕先说，“但今天一定要陪舅舅喝。”

“能喝多少喝多少，不醉。”

“好。”汪裕先见他这样一说，端起碗说，“先敬舅舅。”说罢喝了一大口，一口就下去了一大半。

赵锡炎愣住了，他也就喝了一半，然后说：“你是问在上海到什么地方玩？”

赵锡炎接上他出门前的一句话。

“不是，我是说去哪玩都不让中国人进。”汪裕先说，“我到这里来，正巧兆丰公园花车巡游，可保安说华人不能进。”

“不是兆丰公园一家，好多家公园都是这样。”赵锡炎说，“都有规定，中国人与狗一样，都不让进的。”

“我想不通，在中国的土地上建个公园，凭什么不让中国人进去？”

“问得好！问得好啊！现在能有多少人这样问？”赵锡炎说，“都麻木了，不在意这些了，甚至忘记自己是中国人了。”

“兆丰公园的保安就问我‘是不是华人？’”

“也是，在租界，在外国的公司里，只能这样区分，因为那是人家的地盘，英国的，法国的，日本的，中国人只能弯着腰。”赵锡炎说，“喝酒，我们不说这些。”

“为什么会这样？”

“贫穷，落后。”赵锡炎说。

一碗酒下肚，火气都上来了。

“有本事就别到中国来。”汪裕先说，“来了就别神气活现。”

“是人家要这样的吗？不是，人家没办法不神气。”赵锡炎说，“是中国人自己不争气！”

“不是有中国政府吗？”

“这个政府不是为中国人的政府，是讨好外国人的政府。”

“这个政府要它何用！”

“是啊，可有什么办法呢？”

汪裕先重又拿出《新青年》，读了起来：“中国黑暗反动的旧势力，凭借世界帝国主义要永久作威作福，中国资产阶级自然依赖世界资本主义而时时力谋妥协。”他问赵锡炎：“这个政府是不是文章里所说的‘中国黑暗反动的旧势力’？”

赵锡炎愣住了，汪裕先的这句话，似一盆凉水泼在他酒热的脑门，忽然清凉了许多。

汪裕先又读了起来：“真正的解放中国，终究是劳动阶级的事，所以新青年的职志，要予中国劳动平民以知识的武器。新青年乃不得不成为中国无产阶级革命的罗针。”汪裕先问：“什么是真正解放中国？

谁来解放中国?”

“我真的没有想过这些问题。”

赵锡炎现在想的是一本《新青年》对他的影响竟如此之大,在这个乱世,他应该怎么引导他呢? 他没了父亲,孤儿寡母生活得多么不容易。

赵锡炎突然有了心思。

3

陆伯鸿是罗马教皇授予“剑袍爵士”称号的天主教徒。在华电公司七个科二十四个股的科长与股长,车、机两部的正、副总管及其帮办,都是天主教教徒,也都是资本家的亲朋好友,待遇丰厚,生活舒适,他们反对工人加薪,与一线工人已经形成了两个阶层。而这些人的情绪往往又左右着董事会成员。

工人要加薪,不是第一次,陆伯鸿感到头疼的是,好多工人一起向他提要求,这一次似乎是所有职工联名,他弄不清楚是自己管理能力差了,还是真的克扣了工人,觉得应该认真对待了,不再是以前那样,做点工作施点小恩惠就行了。他要为这事召开一次专题董事会,把情况向大家讲清楚,让所有的人知道面临的新情况。于是,他交代总务科向所有董事发个情况说明,让大家有个思想准备。

董事会在一个下午举行。陆伯鸿主持会议时,首先介绍了英国之行的考察情况,谈了第二次工业革命关键阶段的世界大势,并分析了中国时局与世界对中国的关注,他说:“各国的势力都想在中国扩大范围,寻求更大的利益,而资本投入时又谨小慎微,很怕得不到保证,因此,他们观望着,都不想在大势来临之际缺位,因为关键时候缺位,意味着丢失或者利益不能最大化。所以他们从不同层面,运用不同手段,寻找代言人或代理人,保持着与中国某个方面的接触,甚至想掌控。”

对世界大势,陆伯鸿有着自己独到的见解,每到董事会时,董事们更多的时候想听听他的看法。此次会议的主题是讨论职工要求加薪的事，但陆伯鸿不急于谈这事，他知道问题的出现不是偶然的，也就是说华电公司是上海社会的一个缩影。陆伯鸿说了国际大势后，又说中国的事。他说：“民国了，最大的改变是没了皇帝，这个天下不再是哪个家族的了，但问题是推翻清朝政府的人无法控制这个政府，无法号令天下，打倒了一个皇帝，冒出了好多皇帝，他们各霸一方，寻找靠山，掠夺财富，把这个国家搞得一团糟。”

服务员给陆伯鸿递了条毛巾。他每次开会讲话中途，服务员都会给他递条毛巾，倒不是他讲话时出了汗，而是每次讲话，都需要用热毛巾来擦一下脸。这是他的一个习惯，这个习惯源自他对宗教仪式的理解，后来，每当他出现的会场或主持什么仪式时，手头肯定会有一条洁白的毛巾。

“不知道大家有没有注意到上个月发生的一件大事？”会场上没有人说知道，他知道在座的人不会知道他要说的是最近发生的一件什么大事，他把毛巾放进盘子后继续说，“上个月20日，中国国民党第一次全国代表大会在广州召开了，大会通过了以反帝反封建为主要内容的宣言，确定了联俄、联共、扶助农工的三大政策。我在英国时，他们正热议这个‘一大’，大家知道为什么吗？那是因为反帝与反封建，反帝反什么？就是反对帝国主义，就是反租界里的势力，就是反封建势力，所以，上海滩波涛汹涌，我们华电公司也暗流滚滚。”

陆伯鸿一下子就把话题扯到了要研究的问题上。他说：“工人嫌工资低，我不在家时，他们就有谋划，我一回来，就找了来，提要求，并组织那么多工人签字，我估算了一下，有百分之九十以上的工人签字，所以我把大家请来，一起商议，找个解决的办法。”

接着就是公司协理朱孔嘉简要介绍情况。他说他介绍三个方面情况，生活用品的市场价格、目前上海工人工资行情与华电公司职工的涨薪要求。他说现在上海的米价涨得快些，由去年每石13元涨到了16元，米价涨了，其他副食品价格也跟着涨了起来，猪肉涨了三成，海鱼涨了四成，内河鱼涨了二点五成，萝卜、青菜、山芋等蔬菜涨了两成。说过市场朱孔嘉接着说上海工人的工资，他说邮务公司、法商水电公司、英商电车公司、自来水公司工人最低月工资为 7 元，最高月工资 10 元，平均月工资为 9.1 元；求新造船厂、江南造船厂、合兴铁厂工人的最低月工资为 8 元，最高月工资 12 元，平均月工资为 10.8 元；日企纱厂工人的平均月工资为 7.5 元，华电公司工人月工资最低的 6 元，最高的 9 元，平均下来在 7.8 元。

“华电的工资已经不低了，比日本人纱厂的工资还高呢。”

这时，会场上有了议论，意思是说华电工人的工资不是上海最低。陆伯鸿说大家静一静，让朱协理把情况说完。会场顿时静了下来。朱孔嘉说，我们华电公司现有职工 1136 人，一线工人为 1051 人，签字的工人为 978 人，占一线工人总数的 93%，他们要求涨三成工资，理由是企业利润丰厚，工人工资太低，不能养家糊口。

陆伯鸿说：“请大家谈谈自己的看法。”于是大家就议论开了。有的说工人工资不是解决全家人吃饭的费用，只是一个人的工资。有的说不能以养家糊口的标准来核定工资，上海一个人工作养活全家人的不多，一般工人哪能有这个奢望？还有的说不愿干的可以走人，上海滩有的是人，不缺劳动力。有的人甚至很快算了一笔账，说如果答应了涨薪要求，企业年成本要增加 4 万多元，这是股东的纯利润。有人只是一句话，要求总经理保证他们的利益不受损害。

“我们现在是寻找解决问题的办法，不是泄气愤，我也是股东，我也有我的利益，如果答应要求，拿走的，我不比你们少。”讨论成了发牢骚，割自己的肉，都心疼，陆伯鸿引导大家说，“但目前企业需要的是稳定与正常生产，没有稳定的秩序与正常的生产，哪来的利润？假如企业停产了，我们丢失的不仅是经济利益，更大的是社会影响。”

陆伯鸿这样一说，股东们脸色平缓了些。

“我们企业的工人与上海滩码头工人是不一样的，与大街上拉黄包车的也不一样，也正是如此不一样，他们才有资本与我们谈涨薪，这一点请各位要有所权衡，我们有资本，但这些资本必须通过他们的劳动才能获得高额利润。”陆伯鸿说，“上海滩历来就不平静，租界里藏着很多有想法的人，我想大家也都不愿意看到华电公司弄出什么动静来。”

股东们被陆伯鸿的一番话说服了，静静地听着，若有所思。陆伯鸿接着又说：“善人得享永福，恶人要受永苦，我们不但要拯救众生，也要拯救自己的灵魂。”这似乎是“剑袍爵士”应该说的话。

股东会一直开到下午五点，最后达成一致：由公司出面与粮行交涉，以团购的方式压下粮价，市场价每石 16 元的大米，卖给华电工人为 12 元，每石 14 元的籼米，卖给华电工人为 10 元，米钱在工资内扣除，暂行三个月，由 3 月 15 日起至 6 月 15 日止，以后是否继续供应，到时再说。

4

赵锡炎与汪裕先聊到半夜，凌晨五点又醒了，望了望睡在他脚下的外甥，还是有点忧虑。虽不能说酒后吐真言，但从他对《新青年》的痴迷，足以证实赵锡炎的忧虑是有道理的，一本杂志或一篇文章能左右一个人，固然有这本杂志的力量，也可见这个人的纯真，汪裕先的可塑性，让赵锡炎看到了某些希望，以及这个希望背后隐藏着的危险。他起身后，出去买豆浆与油条，回来时，汪裕先也起床了。

“昨晚我喝多了。”汪裕先说。

“没看出，夜里睡得很沉。”

“是多了。”

吃早饭的时候，赵锡炎说：“早上我先上班，中午回来同你一起吃饭，有个‘盐城菜馆’八大碗烧得不错，我们去尝尝，下午陪你上街逛逛。”

“不用了。”汪裕先说，“你上班我就走了，去找傅雷。”

“在什么地方？”

“在徐汇公学读初中。”

“你什么时候过来？”

“这次不来了，去傅雷那后，我还要回趟家，26 号报到上班。”汪裕先说，“以后少不了要麻烦舅舅的。”

“没事的，什么时候来都可以，我不在局里就在宿舍。”

“好的。”

赵锡炎拿出一张上海地图，帮他找到了徐汇公学，然后上班。汪裕先拿着地图去找傅雷。

傅雷的家住在周浦镇陶家弄的曹家厅。

汪裕先与傅雷相识是从梓园回周浦的第二天。傅雷放假在家，汪裕先去华电公司报过到，还没上班。

那天请表舅王一亭介绍工作，在梓园午饭时，王一亭同赵惠芬聊到了周浦镇的一些故旧，汪裕先都没听说过，有时表舅还问他两句，他又总是目瞪口呆，表舅提醒他读一读周浦人写的《漫园词稿》。他想问表舅哪里有《漫园词稿》这本书，可话刚嘴边，又收了回去，他不好意思开这个口了，所以，第二天一早就来到周浦图书馆，一问，还真的有。可管理员给了他一本《幽梦影》，却把他借的《漫园词稿》给了另外一个人，后来知道这个人叫傅雷。

汪裕先说：“这不是我的。”

傅雷说：“这本书我看过。”

“对不起！”管理员说，“你们长得真像。”

汪裕先与傅雷对望了一下，也笑了，通报了姓名就聊了起来。

“《漫园词稿》不错，多有周浦物事。”傅雷说，“作者说的‘漫园’，就是关岳路上朱鉴的故居。”

“朱鉴？”汪裕先不知道朱鉴，那天表舅好像也说到过。

“是的。”傅雷说，“地地道道的周浦人，清康熙五十年考中举人，之后又考了十二年，在六十一岁那年才中进士，官至宁国府教谕，是个大学问家。”

“差不多读一辈子书了。”

“要入仕途，这是唯一的一条道。”傅雷说，“不是说‘万般皆下品，唯有读书高’嘛。”

“那得要多少钱？”汪裕先关心的是钱的问题。

“钱对他们家来说，已经不是个事了。”傅雷说，“他的祖父是个盐商，有灶近百，周浦向东的土地都是他们家的，直到海边，浪下还有三十里。”

“什么是‘浪下还有三十里’？”

“就是退潮后的三十里地，是滩涂，主要是小取的地方，也是他们家的。”傅雷说，“小取的人要与他家分成。”

“凭什么这些地都是他们家的？”

“当时周浦，不，是整个浦东，都是蛮荒之地，没有人烟，皇上下旨‘纳税者得之’，人家向朝廷登记纳税了，这片土地当然是人家的了。”

“这样，不读书就没事做了。”

“那个时候，他们读书不是为了做事，是做官。”

为一本书，为一本书中的人物，汪裕先与傅雷相识了，且谈得很是投缘。汪裕先在交谈中知道了好多原来不知道的东西。与在钱庄不同，钱庄谈的是利润，是如何赚得更多，是如何待人接物，是枯燥的《银色歌》与《平码歌》。表舅学问很深，可在表舅面前，他只能听，有时紧张得都听不清说了什么，根本就不敢问什么，而在傅雷面前，他能问他想问的事，说他想说的话，觉得很亲切。

……

徐汇公学的大门关着，有两个保安在值班室，一个是外国人，一个是中国人。汪裕先走近时，那个外国人拉开值班室的窗子问：“有什么事？”上海话说得很纯正。

“找我的朋友？”

“是老师？”

“不是，是学生。”

"学生是不能会朋友的。"外国保安说,"在校时间,不可以。"

"那怎么办?"

外国保安说:"没办法。"

中国保安说:"你到朋友家去,在校时间不能会朋友,这是规定。"

"他家在浦东啊,他住校。"

"那也不行,学生上课时间怎么可以有人进去找呢?"中国保安说,"你在门口等吧,左边围墙外是男生宿舍区,右边围墙外是女生宿舍区。"

"好的。"

徐汇公学的建筑与其他学校不一样,有点教堂的气象,所有楼房的顶部都有个塔尖,一式的青灰色,楼宇的腰线都是棕红色。徐汇公学的校牌上有个十字架,门楼设计得像教堂的裙边,大门里的影壁上写着六个大字:至一、至圣、至公。颜真卿体,也是棕色。校门外的两边是一片树林,中间是银杏,靠近路边的是香樟,还有桃、李、柿,规划这个校前绿地的人肯定考虑到了中西文化的结合。林间有小道,树下隔一段距离就会有一条石凳,汪裕先感到这个教会学校挺讲究的,他又从包袱皮里掏出《新青年》,找他要找的内容。昨晚与堂舅的讨论,让他受益匪浅,他不知道他想从中得到什么,总是放不下来。

放学时,汪裕先站在大门的左边,去男生宿舍的显著位置,他找傅雷,也好让傅雷能看到他。当出来的学生全部散尽时,他失望了,没有见着傅雷,人潮向外涌的时候,他就想到会不会找不到他呢?人太多,又大多在说话中,很少有人注意他。心灰意冷时,后背被人捶了一下,转身一看,是傅雷:"我一出门,看到侧影就知道是你。"

"大门一开时,我就站在这等,怎么没看到你?你在什么地方的?"

"今天我值班,同学们走了,我把教室整理一下,下午督导组要来。"傅雷问,"你上班了吗?怎么到这里来了?"

“报到过了，26 号正式上班。”汪裕先说，“昨晚去堂舅那里，今天来看看你，下午就去。”

“住一晚上吧，就同我睡一张床，我跟管理员说一下，晚上聊聊。”傅雷说，“下午没有自习课，刚来，不能请假。”

“知道你在什么地方就行了，也告诉你我到上海上班了。”汪裕先说。

“好的，我们找地方吃饭。”傅雷把汪裕先带到学校对面的“扬州炒饭”店，一人点了一碗扬州蛋炒饭，外加一盘土豆炒肉丝。汪裕先要拿钱时，被傅雷捂住了，他说：“今天到哥哥这里，哥请你。”

“哥在读书，我工作了。”

“你工作了还没拿到工资。”傅雷说，“等你拿到工资了，你再来请我。”

汪裕先只能说好，没拿钱，却拿出来《新青年》。

“哪来的？”傅雷将汪裕先手中的《新青年》推进包袱皮，说，“这东西查得很严，不能在公共场所出现的。”

“堂舅给我的。”

“堂舅在哪工作？”

“上海邮政总局，负责报刊监管与发行。”汪裕先说，“这是他拆检报刊时留下的。”

“这是共产党的刊物，宣传共产主义的。”

“英特纳雄耐尔。”

“你知道？”

“问堂舅的。”汪裕先问傅雷，“你知道这本杂志？”

“是从《呐喊》[①]中知道的，鲁迅的，他在自序中提到了《新青年》。”傅雷说鲁迅是从一本名叫《新生》杂志的艰难结局说起的：

① 《呐喊》，鲁迅小说集，1924 年出版。

我感到未尝经验的无聊，是自此以后的事。我当初是不知其所以然的；后来想，凡有一人的主张，得了赞和，是促其前进的，得了反对，是促其奋斗的，独有叫喊于生人中，而生人并无反应，既非赞同，也无反对，如置身毫无边际的荒原，无可措手的了，这是怎样的悲哀呵，我于是以我所感到者为寂寞。

这寂寞又一天一天的长大起来，如大毒蛇，缠住了我的灵魂了。

然而我虽然自有无端的悲哀，却也并不愤懑，因为这经验使我反省，看见自己了：就是我决不是一个振臂一呼应者云集的英雄。

只是我自己的寂寞是不可不驱除的，因为这于我太痛苦。我于是用了种种法，来麻醉自己的灵魂，使我沉入于国民中，使我回到古代去，后来也亲历或旁观过几样更寂寞更悲哀的事，都为我所不愿追怀，甘心使他们和我的脑一同消灭在泥土里的，但我的麻醉法却也似乎已经奏了功，再没有青年时候的慷慨激昂的意思了。

S会馆里有三间屋，相传是往昔曾在院子里的槐树上缢死过一个女人的，现在槐树已经高不可攀了，而这屋还没有人住；许多年，我便寓在这屋里钞古碑。客中少有人来，古碑中也遇不到什么问题和主义，而我的生命却居然暗暗地消去了，这也就是我唯一的愿望。夏夜，蚊子多了，便摇着蒲扇坐在槐树下，从密叶缝里看那一点一点的青天，晚出的槐蚕又每每冰冷地落在头颈上。

那时偶或来谈的是一个老朋友金心异，将手提的大皮夹放在破桌上，脱下长衫，对面坐下了，因为怕狗，似乎心房还在怦怦的跳动。

“你钞了这些有什么用？”有一夜，他翻着我那古碑的钞本，发了研究的质问了。

“没有什么用。”

“那么，你钞他是什么意思呢？”

“没有什么意思。”

“我想，你可以做点文章……”

我懂得他的意思了，他们正办《新青年》，然而那时仿佛不特没有人来赞同，并且也还没有人来反对，我想，他们许是感到寂寞了，但是说："假如一间铁屋子，是绝无窗户而万难破毁的，里面有许多熟睡的人们，不久都要闷死了，然而是从昏睡入死灭，并不感到就死的悲哀。现在你大嚷起来，惊起了较为清醒的几个人，使这不幸的少数者来受无可挽救的临终的苦楚，你倒以为对得起他们么？"

"然而几个人既然起来，你不能说决没有毁坏这铁屋的希望。"

是的，我虽然自有我的确信，然而说到希望，却是不能抹杀的，因为希望是在于将来，决不能以我之必无的证明，来折服了他之所谓可有，于是我终于答应他也做文章了，这便是最初的一篇《狂人日记》。从此以后，便一发而不可收，每写些小说模样的文章，以敷衍朋友们的嘱托，积久了就有了十余篇。

在我自己，本以为现在是已经并非一个切迫而不能已于言的人了，但或者也还未能忘怀于当日自己的寂寞的悲哀罢，所以有时候仍不免呐喊几声，聊以慰藉那在寂寞里奔驰的猛士，使他不惮于前驱。至于我的喊声是勇猛或是悲哀，是可憎或是可笑，那倒是不暇顾及的；但既然是呐喊，则当然须听将令的了，所以我往往不恤用了曲笔，在《药》的瑜儿的坟上平空添上一个花环，在《明天》里也不叙单四嫂子竟没有做到看见儿子的梦，因为那时的主将是不主张消极的。至于自己，却也并不愿将自以为苦的寂寞，再来传染给也如我那年青时候似的正做着好梦的青年。

"鲁迅与《新青年》那位编者的对话令人震撼，由此发出的感慨让我久久不能忘怀，后来一打听，那是本宣传共产主义的杂志，但没有看到过。"傅雷合上《呐喊》，问汪裕先，"你知道共产党吗？"

"听堂舅说过，1921 年夏天成立的，就在我学徒的那地方开的会，树德里 3 号。"汪裕先说，"我学徒的钱庄与那地方隔条路，对门，那时我们也觉得那地方神秘，进出的人都会有不一样的眼光，巡捕房说那里有危险分子。"

“谁说的?”

“堂舅说的，巡捕交代他们要严格检查树德里 3 号的邮件进出，说那里有危险分子。”

“你知道的比哥哥多，哥哥落后了。”

“知道这点东西有什么，青年人应该知道的，社会潮流，世界大势。”

饭菜都上来了，傅雷说：“我们先吃饭。”

汪裕先与傅雷很快就吃完饭，然后急急忙忙地来到学校大门前的树林中，在一条长石凳上坐了下来。一坐下，汪裕先就拿出《新青年》问傅雷问题：

> 中国黑暗反动的旧势力，凭藉世界帝国主义要永久作威作福，中国资产阶级自然依赖世界资本主义而时时力谋妥协。于是中国的真革命，乃独有劳动阶级方面能担负此等伟大使命。中国社会中近年来已有无数事实，足以证明此种现象，即使资产阶级的革命亦非劳动阶级为之指导，不能成就，何况资产阶级其势必半途而辍失节自卖。真正的解放中国，终究是劳动阶级的事，所以新青年的职志，要予中国劳动平民以知识的武器。新青年乃不得不成为中国无产阶级革命的罗针。

“瞿秋白，与鲁迅一样的思想家，他们都住在上海，可不知道在什么地方。”傅雷看了《新青年》的发刊词后，又翻看《国际歌》，说，“这样吧，你把《新青年》放我这里，我看了会回答你的问题的，我把《呐喊》给你。”

“好的。”

“以后这样的书刊不能在公共场所拿出来，会惹麻烦的。现在上海就是个角斗场，有外国势力，有军阀，有国府，有帮会，有共产党，还有教会。”傅雷指了指徐汇公学说，“这所在中国办的教会学校，说是帮助中国人走向文明，其实是在传播他们的普世价值，把学生培养成他们的驯服工具。”傅雷转身又对汪裕先说：“据说华电公司也是这样，管理层都是天主教徒。”

“这个我还不晓得，但那天报到时，工人们正在与总经理谈涨工资。”

“应该的，这些资本家就是靠剥削工人来养肥自己，可恶！”

5

汪裕先紧赶慢赶来到董家渡时，小轮船已经起锚，马达没响，但一个小伙子已经用竹篙将船点离了岸。汪裕先喊：“小师傅，带我一下，我要回周浦。”

“对不起，没坐了。”

“没坐没事，我站在哪个角上就行了。”

汪裕先这时还真的有点着急了，回不了家，就得在上海再住一晚上，那也是要花费用的，他不可能再去赵锡炎那里，很远的。小伙子或许看他与自己年龄相仿，还是将船靠了岸，让汪裕先上了船。小轮船离开岸时，师傅说要休息会儿，小伙子就开始掌舵，也就让汪裕先坐在他边上。

汪裕先问：“师傅贵姓？”

“好说，免贵姓范。”

“谢谢师傅让我上船，要不然我得住上海。”

“没什么的。”范师傅问汪裕先，“你多大？”

“十六。”

“我十七，比你大一岁，以后叫我范哥。”

“好的，就叫范哥。”汪裕先叫了一声范哥之后，报出了自己的名字。

“我叫范成，成功的成。”范成问，“你在什么地方做事？”

“上海华电公司。”

“董家渡对面？”

“是的。”

“那是个好地方。”范成问，“今天没上班？”

“刚报到，26 号上班。”

“家住周浦？”

“是的。”

“以后记住了，来回坐我们的船。”范成说，“上午与下午在汤家木桥，都是第一班，在董家渡都是最后一班。”

“记住了，坐哥哥的船。”汪裕先问，“哥哥住什么地方？”

“闸北，那不像周浦有很多房子，是棚子，都是苏北过来的。”范成说，“我们那里的人，也不像你们非要有个固定的地方才叫工作，我们有跑路的，扛货的，玩水的，混碗饭吃。”

“还第一次听人说这些职业。”

“跑路的，就是拉黄包车的，送人，拉板车的，运货，还有拖垃圾的，卖报纸的，都是跑路的。扛货的你是知道的，码头工人，黄浦江码头的上下货，都是我们那地方人。”范成说，“玩水的又有上水与下水之分，上水是在浴室里擦背与修脚的，那地方扬州人最多，占到七成。下水是弄船的，货运与客运，盐城人占八成。”

“哥哥知道的真多。”

“我是跑码头的嘛，南来北往的人，听得多。”

船要在中林靠码头，有三位客人要下，范成操作减速，汪裕先从船帮子上取出竹篙，将船慢慢抵靠岸，然后将缆绳套上桩，帮助客人拿东西，下了客后，又取出缆绳，将船点开，正常行驶时，他又进了驾驶室。

“你会嘛！ 像做过这活。”范成说。

“我只是看过怎样做。”

“你不像是看过，像是做过副手。”

汪裕先笑了笑，说：“什么时候没事做了，到你船上混口饭。”

"笑话了，华电公司是家大公司。"

汪裕先说自己也是刚进去，然后问："这船是你们家的吗？"

"不是我家的，是我叔叔家的。"

"也是从老家来？"

"是的，准确地说是从小关子来。"范成拉了一下喇叭，示意边上划桨的小船稳住船头，水码头上汰衣服的人让一让脚，怕浪爬上岸时弄湿人家，然后对汪裕先说，"这话说来就长了。"

"有时间呢，说说吧，说说你，说说你叔。"

汪裕先想听，他觉得他对社会上的东西了解太少，与赵锡炎交流，与傅雷交流，就是与刚刚认识的范成交流，他都感到自己的肤浅，特别接触了《新青年》后，更感到无知。他弄不清是被生活困住了，还是自己把自己困住了，他渴望知道得更多些。

范成也想说，他更需要表达，一有机会就想说说家乡的事。

"说我，就得从我叔说起，说我叔，就得先说小关子，而说小关子，就不得不说海河。"范成说，"海河的前身，叫戴沟。与你们的咸塘港一样，是条随潮水涨落自然形成的滩地水沟，因一戴姓渔民世代在此沟小取，并向地方官纳税，故名戴沟。由沟为河，是因为范公堤。范公堤阻挡了海水西灌，但也挡住了客水东去，使百川归海，潮汐共生的自然水势受阻。盐淮境内，范公堤以西的东流之水，只能经射阳河入海，而射阳河又迂回曲折，通而不畅，从射阳湖、洪泽湖泄出的大量水，无法东去入海，水灾连年，特别是夏秋之季，见雨成愁。乾隆十八年，也就是1753年，朝廷决定辟河一道，上至沟墩，与串场河相通，下至通洋，过射阳河入海，裁弯取直，过洪之时，奔腾而下，贯通河海，故名海河。"

小轮船拐个弯后，进了周浦塘，河面宽阔了许多，范成拉了下喇叭后，加足了马力。

"这小关子的'关'就设在海河上。所谓的关，其实很简单，河的两边各有一个木桩，呈八字形，当地叫八字桩。岸上有一间房，叫关所，所里有一个人，叫千尺手，负责收钱。木桩之间的河面上用一根木头横着，船只交钱才可过往，这钱叫税，可当地人说不是国家的税，是为后宫娘娘收的花粉钱，后来，我叔叔带着几个人，把这关给砸了。”

“什么？”汪裕先一脸惊讶，用手指了指在底舱里休息的那位，“就他？”

“是啊，税官也被打跑了。”范成说，“后来，他就离开了小关子，到上海十多年了，前两年，弄了这条客货船，挂靠在利达船社，跑这条线。”

周浦塘中段，有人要下船，也有人要上船，范成的叔叔从底舱里出来，进了驾驶室，汪裕先跟着范成到船头，帮着客人上下船，然后穿上救生衣，坐在船头的避风处，继续他们的话题。

“看不出来，你叔有这么大的胆。”

“那也没办法，税太重，官逼民反哦。”

“官逼民反？”

“是啊，没日子过了。”

到汤家木桥时，汪裕先交船票钱，范成没收，汪裕先不好意思，范成叔笑了笑说下次再说。汪裕先也没再客气，叫了声哥，又叫了声叔，鞠了个躬，下船回家。

6

汪裕先到家时，萍仙在给院墙边上的那块小菜地浇水，见哥哥迎了上来，接过哥哥手里的包袱皮，放进他睡觉的房间。

“妈妈呢？”汪裕先问。

“出去了。”

“有什么事？”

“好像去看一个什么人。”萍仙说。

正说着，赵惠芬推开院门进来了，汪裕先迎了过去：“妈妈！”

赵惠芬一愣，问：“怎么样？”

“很好的。”汪裕先说，“安排在灯务科，26号上班。”

“那就好。”赵惠芬露出了笑容，一块石头终于落了地。

“公司要为我做个胸牌，否则没法进出大门，要安排我住的地方，安排岗位，也有好多事呢。”汪裕先说，“我也要熟悉公司职工服务规则，华电职工要懂得华电规矩。”

赵惠芬说：“像华电人了。”

大家都笑。

汪裕先告诉妈妈陆总经理拿到王一亭信后的表情，以及人事帮办的热情，他说这个社会，地位很重要。他又告诉妈妈他去了堂舅赵锡炎那里，还喝了酒，他又告诉妈妈他找朋友傅雷了，傅雷请他吃了饭，他说傅雷的水平比他高了许多。

“不着急，你只要认真学习，也会提高的。”赵惠芬说，“等工作稳定下来，有时间就读书，你堂舅赵锡炎也是靠自学的，上海那地方读书人多。”

汪裕先点了点头。

“前两天周浦塘张家哥哥给你提亲，他有个表妹叫戴桂芳，想谈给你做媳妇。”赵惠芬说。

“妈妈，我不是还小嘛，又刚工作，哪有钱娶啊。”

“你也不小了，都十六了。”赵惠芬说，“谈媳妇与结婚是两码事，先得定下来，结婚是以后的事，你不定下来，人家得同别人家谈。”

“不能总是让妈妈操心。”

“不是让妈妈操心，为儿子找媳妇是当妈的事，成房立户了，妈妈的首尾就了了。”赵惠芬说，“下午我提前下班，去看了下，姑娘不错，长得周正。”

“妈妈顺眼就行。”

“这两天你在家，明天我同张家哥哥说一下，让你们见个面，日子还是你们自己过。”

汪裕先说："听妈妈的。"

赵惠芬笑了。

戴桂芳家在嘉定南翔，父亲是清末嘉定府的师爷，民国了，赋闲在家，为人家弄点文墨，做些咨询，加上有几间房子出租，日子过得还是挺滋润的。戴桂芳为大太太所生，后来大太太因病去世，有了二姨太，又娶了三姨太，外婆舍不得外孙女，就带了回来，住在石子街，在周浦女子学校读完小学，就不读了，陪着外婆在家，有时做点手工。外婆对她没有别的要求，就是不能嫁得太远，要在自己的眼皮下才好。媒人就给她介绍汪裕先，说他为人厚道，又住在竹行街，知根知底的。外婆说这可以，只要人说得过去。为了能把外孙女留在身边，她放宽了条件。

第二天下午，赵惠芬带汪裕先到戴桂芳外婆家。上午她同张子善说了，让他们见个面，也让外婆看看汪裕先，如果小孩子没意见，外婆也没意见，就让他们上街走走，说说话，晚上到她家吃个饭，就算定亲了。张子善说好，就去了戴桂芳的外婆家，同她与她的外婆把赵惠芬的想法一说，同意了。

外婆见到汪裕先，笑得合不拢嘴，喜欢得不得了，汪裕先与戴桂芳对眼后，都是脸一红，赵惠芬看在眼里，喜在心头，这事就成功了。说几句话后，她就对汪裕先说："把桂芳带上街走走，说说话，明天去上班了，哪还有时间？"

外婆说："是的，桂芳，去吧。"

戴桂芳就站了起来。

汪裕先向外婆、妈妈，还有媒人鞠了下躬，对戴桂芳说："走吧。"

戴桂芳对赵惠芬说："我先走了。"

赵惠芬笑了笑，说："晚上到我家吃饭。"

戴桂芳点了点头，跟在汪裕先后面，走出了外婆家的院子。

"去哪呢？"在院门外，汪裕先问戴桂芳。

戴桂芳说："去看牡丹吧，百年的牡丹。"

"好。"

百年牡丹在关岳路13弄1号朱鉴的故居，傅雷曾详细说过，李迪的《漫园词稿》中的"漫园"就是那，他从未去过，看那本书的当儿，他也想去，可没去成。今天同戴桂芳第一次出去，他都不知道去哪，而戴桂芳的提议，竟然是他曾经想去又没去成的地方，汪裕先觉得这样的默契也是个好的兆头。

朱鉴故居坐北朝南，主屋五间，东西两间突出，呈锁壳型。廊檐前有四根红色立柱，残留着春风秋雨的痕迹。黑色片瓦、走线的屋脊与飞扬的四角，中原色彩中带有徽派韵味，以百年牡丹为中心的牡丹园，满是花王气派。院墙边桃柳夹栽，成就了永远的桃红柳绿。汪裕先走在前，戴桂芳跟在后，总是那个距离，没说一句话，或许是不知道怎么说，或许就没话说，就那么走着。牡丹才是骨朵，红的尖，绿的尖，黄的尖与黑的尖，星星点点，点缀出花的未来，倒是桃红与柳绿相拥，盎然一片。汪裕先与戴桂芳在一棵柳树旁站着，对视一笑。汪裕先开了口，他说："我家很穷的。"

"有床吗？"戴桂芳问。

"有的。"

"有锅吗？"

"有的。"

"那就不穷了。"戴桂芳说，"有饭吃，有地方睡觉，就行了。"

"你这样说，我真的不好意思了。"

"没事的，外婆说我能旺夫？"

"旺夫？"

"是啊，就是婆家兴旺啊！"

"真就好了。"

戴桂芳笑了笑，说："为什么不是真的呢。"

"你还读书吗？"

“不读了。”

“想读吗？”

“现在怎么再读？ 让我想想。”戴桂芳接着问汪裕先，“那公司怎么样？”

“很好的，有一千多工人，发电，还有电车。”

“等你扎下根，也带我去。”

“等我什么时候有出息了，就带你去。”汪裕先笑了笑。

“只要有信心，就会有出息的。”

“也是。”

“你明天走吗？”

“是的。”

“什么时候才能回来？”

“没数呢，放假我就回来。”

“不回来就给我写信，石子街 106 号。”

“好的。”

就这么聊着，不知不觉，到了傍晚。

7

26 号上午九点多钟，汪裕先来到了华电公司人事科考工股报到。

老刘拿了份《上海华商电气股份有限公司用工契约》，带着汪裕先来到了张静的办公室。

“定在今天报到吗？”张静问老刘。

“是的。”老刘说，“都罢工了，不知道怎么同他们说。”

“谁带他的？”

“颜梦屏。”

“没事的，跟他谈。”张静说。

“好的。”老刘恭恭敬敬地把《上海华商电气股份有限公司用工契约》放到张帮办面前的桌上，然后叫汪裕先背《职工服务规则》中相关惩戒的五条：

在工作时间无故离开职守、高声谈笑扰乱秩序、上班打瞌睡、随地吐涕有碍卫生，迟到早退满三次，未到下班时间先行停工或阅读书报者，均受警告一次，满三次警告者以记过一次论；

凡撤离职守而妨害他人工作，对用户傲慢怠忽、在公司范围内饮酒、与人争吵谩骂妨碍工作、损坏公物其价值在一元以上五元以下者，均受记过一次；

侮辱人或殴人未致伤者，在公司内赌博、利用上班时间做物件或以此牟利者，工作时间擅自召集工人开会、损坏公物其价值五元以上者，均受记大过一次；

凡不服从公司安排，或工作疏忽二次警告仍未改正者得酌降其薪一级；

凡殴人致重伤、殴辱管理人员、偷窃公私财物、无理要挟或纠众闹事者，吸食毒品、患花柳病、聚众赌博，受拘留以上刑事处分者，因怠惰失职致用户受重大损失并影响公司声誉，或在一年内记大过三次者，均得随时解雇之。

汪裕先在背的时候，张帮办在看她的材料，专心致志的样子，老刘在一旁拿着本子对。背完后，张静问：“《规则》的八十三条都能理解吗？”

“能。”

“几次警告被解雇？”

汪裕先愣了下，说：“九次。”

“好吧，可以签约了。”

老刘接过张帮办的契约，放在边上的一个小方桌上，让汪裕先签字，一式三份，留张帮办一份，考工股一份，汪裕先带走一份。

“你现在就是华电公司的一员了，要守规矩，做一名好员工。”这是张帮办的最后交代，说，“你可以去了。”

汪裕先给张帮办鞠了躬，跟着老刘进了考工股。老刘从办公桌的抽屉里拿出一块出入公司的胸牌，铜的，上面刻着编号“1361”，又给了叠用餐券，老刘说五元，让他点一下，说这是每个新员工进来时公司的见面礼，以后吃饭自己到财务处去买，工资也在财务处领，每月的 26 号到下个月的 1 号，为工资发放日。然后就是一把钥匙，钥匙扣在一个铜牌上，铜牌上有字：“沪军营亲贤里 36 室”，是宿舍门上的。随后，老刘又开了张单子给灯务科，管理部门的流程走完后，带着汪裕先去沪军营亲贤里华电工人集中居住区。

走出公司大门，沿黄浦江走了一段路，然后向东再拐个弯上了沪军营路，不远就进入亲贤里，老刘说：“也好，都在宿舍里，省得我又要跑车间。”

来到集中居住区时，36 号宿舍的门关着，走近时，听到里面有人说话。老刘敲门，门开了，汪裕先一眼就认出是颜梦屏，那天在陆总办公室交材料的那位，三十多岁，见是老刘，他说：“刘主管有什么吩咐？”

“大白天把门关着干什么？”老刘问。

“说笑话呢。”

“新进一位员工，叫汪裕先，公司安排在灯务科，跟着你。”老刘说，“做什么，怎么做，都归你了。”

然后对汪裕先说：“他叫颜梦屏，你以后就在他班里。”

颜梦屏说：“刘主管放心。”

“差不多就行了，不能损害公司的利益，没了投资方的足够资本，玩不起来。”老刘说的是罢工一事，“见好就收。”

这话，你听不清他是站在资方还是站在劳方。他代表资方管理着一线职工，他要为公司谋求利益最大化，没有了公司的最大利益，投资者就会失去信心，企业就很难发展，管理岗位的分配总是与企业利润挂钩的。有时，他又为工人说说话，为他们争取应该得到的东西，工作的积极性调动不起来，又怎么能实现利润最大化呢。他管的是考核，考量的是工作规定执行情况，劳资双方的利益最大化，他都照顾不了。

老刘走后，颜梦屏就向汪裕先介绍屋子里的人。中等身材，脸色有点苍白的叫蔡建勋；大高个子，有点胖的叫袁梦麟；偏瘦，络腮胡子的叫王家骧；还有一位戴眼镜的叫史阿荣，住在37号宿舍。

汪裕先向各位鞠了一躬，说："请各位师傅多多关照。"

"我们这里不叫师傅，叫兄弟，大的为哥，小的为弟。"颜梦屏说，"也没什么学的，熟悉了就会了，有责任心就行了，什么要求都在职工服务规则上。"

宿舍不算小，放了四张架子床，上下两层，可住八个人，才住四个人，都在下床，汪裕先只得住上床，他看了看，选择了右边靠窗的。几个人一起动手，拿走了放着的杂物，帮助汪裕先把床铺好，又把占着的小柜子腾出来，交给汪裕先，好放一些要紧的东西，比如饭票、记账的本子，还有书报和信。收拾好后，汪裕先跟着他们一起去了职工食堂。

罢工是从凌晨一点开始的，全公司只有发电部正常运转，其他都停了，凌晨一点零二分，陆伯鸿接到总务科电话，说工人真的罢工了。陆伯鸿问什么时候，总务科说就是刚刚。当公司没有能够完全答应加薪要求时，颜梦屏说不答应条件，他就没法控制局势，工人会罢工的。当时公司并没有特别在意，因为工人的要求尽管没有完全满足，但也有了实惠，总不能说罢工就罢工吧。陆伯鸿要总务科长密切注意动向，他知道这是个不好的征兆，接二连三的罢工，敲打的是总经理及他这个团队，而一旦形成浪潮，还真不知道这个公司谁能说了算。六点钟的时候，上海淞沪特别市市区督办处又打来电话，问电车怎么没开？陆伯鸿本想隐瞒一下，敷衍过去，想这样说时，又觉得不妥，谁知道什么时候才能正常运行呢，他只得实话实说："工人罢工，电车无法运行了。"

“把带头闹事的抓起来啊。”

“没那么简单。”陆伯鸿说，“我正在想办法。”

陆伯鸿连客套话都没有说，把电话挂了。他要打电话给公司总务科，让他们通知协理朱孔嘉一早到办公室，他有话跟他说。六点半钟，当朱孔嘉到时，陆伯鸿已经坐在办公室里了，他说：“这个事情我们考虑不够全面，工作也没有细化，出现这样规模的罢工，算是大事件了，上海其他企业怎么看我们？租界里的人怎么看我们？”

“那天开会的时候，股东们还不太理解。”

“他们知道什么？只知道要钱生钱，利滚利，赚钱，哪知道左右着赚钱的其他因素。”陆伯鸿说，“这年头只顾算自己的账，不行了，真正的高手在民间，在不起眼的人群中。”

朱孔嘉说：“还是您拿个主张吧，尽早把事态平息下来。”

“你下午主动找他们谈，每石十六元的大米降为十一元，每石十四元的籼米降为九元，售给职工，不愿购买者，无论工资多少，一律每人每月加大洋两元五角。”陆伯鸿想了片刻，说，“不谈时间，先过了这一关。”

“好的。”

有了明确的意见，朱孔嘉就好谈了，他叫总务科找颜梦屏，让他们派十个代表到公司会议室商谈加薪相关事宜，并强调来的人要有代表性。说是商谈，其实就是谈判。人集合后，颜梦屏对汪裕先说：“走，一起去，现在多个工人就多一分力量。”

汪裕先听这话时，感到很熟悉，也暖暖的，但他还是有点迟疑：“我合适吗？今天才报到上班的。”

“没什么不合适的，大家的利益也是你的利益。”颜梦屏说，“也好长长见识。”

汪裕先不再坚持自己的想法，觉得也对，自己已经是职员了，为自己争点利益，没有什么不好的。

资方来了三个人：公司协理朱孔嘉、人事帮办张静、总务科长。

椭圆形的会议桌，资方坐一面，劳方坐一面，都坐定后，张静发现了汪裕先，问：“你怎么在这里？”

汪裕先站了起来，不知如何是好。

颜梦屏说：“我们十个人，有他在内。”

“他上午才报到。”张静说，“能知道什么。”

“他是新职员代表，也是一个方面。”颜梦屏说，“就是因为他什么都不知道，才让他来，新职员也要知道一些事情。”

张静没再坚持什么，对汪裕先说：“你坐下来。”

谈判还没开始，就有了不愉快。上午陆伯鸿就对他们有过交代，谈判也要因势利导，不能节外生枝，目的是要恢复生产，张静不想在这个问题上激化矛盾，态度就缓了下来，在平日，颜梦屏是不会这样对她说话的，公司所有职员，都不会与她针锋相对。其实，张静也不是不让汪裕先来谈判，只是觉得他才报到，能代表什么，又能说什么。谁知颜梦屏说他代表公司新职员，这话还真的把她呛住了，是代表着一个方面。

“什么事情都是可以谈的，停工停产不好，这样除了社会影响外，大家都有损失的。”谈判开始时，朱孔嘉说，“你们提的要求，公司已经有所考虑，联系了米行，降了米价，只是时间上有个限制，这也是有道理的。万一市场米价降了呢？市场物价回落了呢？公司是大家的，也是股东的，也不能不考虑股东利益。”

“工人要的是加薪，不单纯是米价，我们可以在公司指定的米行买米，但公司不能强行，扣我们的工资，听起来是为了我们，其实是公司与米行在做交易，哪里还有我们的利益，我们每家吃米的渠道不一的。”颜梦屏说，“而且公司解决的只是三个月的事，这与我们原来的要求相差太远。”

朱孔嘉说：“大家都谈谈。”

于是就七嘴八舌起来。

“我们一线工人很辛苦的，不像你们管理人员，工资高，有保障。”

“公司不缺钱。”

“老板要让点利给工人。”

“我们要的是加薪，只有加薪才能解决问题。”

“就加三成，也没多少钱。”

“先恢复生产怎么样？”朱孔嘉说，“其他我们再谈。”

“对的，停产停工，其实是要挟总经理，要挟公司，说不过去吧。”张静说，“矛盾还是不要激化的好。”

“先复工，一切都好说。”总务科长说。

工人代表的话也说得很绝，说不加薪是不可能复工的。

“加薪的事谈不拢，我没法子动员职工复工。”颜梦屏说，“加薪是前提条件。”

“也不能损害了股东利益。”总务科长说，“是股东创办的华电公司。”

汪裕先接着总务科长的话说：“是工人创造了财富。”

汪裕先的一句话，吸引了所有人的目光，好长一段时间没人说话，谈判进入了僵持阶段。

朱孔嘉说：“我们都不把话说绝，总是有解决问题的办法。”于是，他建议各自再协商一下。

朱孔嘉与张静、总务科长，去了朱孔嘉的办公室，颜梦屏他们留在会议室。

朱孔嘉只是走个过程，他们已经设定了程序，这个过程必须走，他们觉得不能一下子就亮出底牌，日子长着呢，工人有了这样的开头，不知道以后还会有什么招数，得步步留心，这也是陆总经理交代的。 进了朱孔嘉办公室，他问张静：“汪裕先是今天才进来的？”

“是的。”

“怎么进来的？”

“陆总经理批准的。”张静说，“王一亭的外甥。”

“他以前做过什么？”

“在钱庄学徒。”

“他的那句话，可不是钱庄学徒能说得出来的。”朱孔嘉说，“这样的人到公司来，后患无穷。”

“有那么可怕吗？”总务科长说。

“牵驴看唱本——走着瞧。”朱孔嘉说，“难对付的是这种人。”

张静皱着眉，没有作声。

“你这话是哪来的？”朱孔嘉他们走后，工人代表向汪裕先围了过来，颜梦屏问，“好像他们是被这话镇住了。”

汪裕先说是随便说的。

他不能说《新青年》，也不能说《国际歌》，赵锡炎、傅雷都对他说过，有些话不能到处说，要想好了再说，以免祸从口出。但自从第一次听到颜梦屏与陆伯鸿谈话时，他对《新青年》中的提到的问题有了理解，鲁迅的《呐喊》，又让他对现实生活有了不一样的认识，他知道找原因，找结果，找这些相关联的东西。

“你这随便一说管用啊！”颜梦屏又夸了他一番，“工人创造财富，这个说法多好！”

工人代表商议的结果是不达目的，决不复工。

又过了一会儿，朱孔嘉一行三人来了，坐定后，朱孔嘉说：“这样吧！我们商议了下，眼下职工利益还是第一位，股东的工作慢慢再做。”他说的“职工的利益是第一位”的结果是每石大米十六元以上的，降到十一元，每石籼米十四元的降到九元，职工自愿，不在工资中扣除，不愿购买的，无论工资多少，一律每人每月加大洋两元五角。

达成一致后，27日全体复工，公司进入正常状态。

第二章
工人代表

1

因为罢工胜利，工人们工作的积极性也高涨起来。司炉工总是将煤炭燃烧到极点，疯火时加适量的水，以控制燃点，发挥能量效应；码头的煤炭监管工人，改进传运模式，煤的散落现象得到抑制；电车售票员，眼睛盯得滚圆，生怕人逃票……工人也在议论，该给我们的就应该给我们，我们该努力的也不能偷懒，锅里有碗里才能有，工人与公司的目标是一致的，不应该有矛盾。诸如此类，公司的管理人员看在眼里，工人的工作是努力的，加了薪，他们也处处为公司着想。他们不能接受的是罢工，为什么非要用这种方法来解决问题呢？感到公司的尊严受到了伤害，公司受到伤害了，管理人员也就没那么神气了。

汪裕先被安排在灯务科，主要工作是抄表收费，让他跟着颜梦屏。颜梦屏负责的沿江片区，新增了好多用户，表数抄不过来，影响了征收时间，汪裕先是分担他的工作量的。颜梦屏这几天的任务就是带着他一家家跑，摸街巷，找户头，看表号，对用电度数，这个过程走完了，他也就把一半的任务交给了汪裕先。中午他们不能回公司食堂吃饭，就在一个叫“苏北杂烧”的小饭店吃。杂烧其实就是一种火锅，也叫杂烩。一个小砂锅，里面有几块剁得很碎的猪骨头，是杂骨，上面有些连着骨头的筋，也有些靠着骨头的肉，外加三两块肥肉片，一个鸡蛋，切成四块，几棵青菜，一把山芋粉丝，味道很好，加入杂骨炖的汤，营养肯定不错，外加一碗饭，很奢侈了。不是汪裕先要在这吃，颜梦屏是不会的，他一般是在对面安徽人开的面店吃一碗青菜面，面店会送一碟子萝卜干，够了，价格只有杂烧的三分之一。汪裕先要请客，他说第一次跟师傅出来摸路，得请师傅吃一顿饭。颜梦屏说他不是师傅，这种工作不需要有师傅，他只是告诉他在什么地方抄那些用户的表数，然后请用户核对签字缴费，很简单的。汪裕先说那就是指路的师傅，颜梦屏说那就听你的，往后的日子长呢，就在杂烧店里坐了下来。汪裕先选择在“苏北杂烧”请颜梦屏，除了走到这里正好是吃饭的时候，重要因素是“苏北”二字，他想到了那天让他上船又没要船钱的范成，他说他是苏北人。

饭店老板听汪裕先说着苏北人的好，又在他们的砂锅里加了汤，说：“苏北人穷，但讲义气。”

颜梦屏说，我是浙西人，我们也穷，也讲义气的。大家都笑了起来。人与人的联系，有时候还真的说不清为什么，也可能就是因为穷，走到了一起。

汪裕先说：“只要讲义气，互相帮助，就不怕穷。”

汪裕先的话又让颜梦屏想起了罢工的事，想到了那句“工人创造财富”，他问汪裕先：“你在什么地方读的书？”

“周浦。”

“来上海读过书吗？”

“没有，在上海钱庄学徒三年差一个月。”

“‘工人创造财富’这话是谁说的？”

“这话不对吗？”

“对啊，就是因为太对了，我又不知道，所以才问你是谁说的啊。”

“是我这样想的，这么想就这样说了。”

“这话太有道理了。”颜梦屏不再问这事。吃过饭后，继续跑片，直到天黑才回到宿舍。一天跑下来，汪裕先已经感到筋疲力尽了，吃过晚饭，就上床了。他从来没有在一天时间内跑这么多路，不停地跑。在钱庄学徒时，是在柜面站着，有地方可以靠一下的。有时跟着经理到客户家，也是坐黄包车，远的地方就坐汽车，也不是经常，每个月一两趟的事，并没有感觉到走路的累。

迷迷糊糊中有人碰了他一下，一惊，醒了，是史阿荣，他说：“公司来人找你。”

听这话，汪裕先心里咯噔了下。

在史阿荣身后的那位走上来，说：“我是人事科的，张帮办要你明天到她办公室一下。”

“有什么事吗？”

“我不知道，帮办没说。”

“什么时间？”

“上午下午都行。”

“好的。”

人事科的人说完后就走了，史阿荣也跟着走了。

汪裕先没了睡意，等他们走出了门，才想起应该起来同他们说话。睡梦中本来就没有醒过神来，又听说张帮办要找他，还真有点蒙了。什么事要找他呢？他来上班才第二天啊？是因为他作为工人代表参加了他们的谈判？是他在谈判时说了句“工人创造财富”？百思不得其解。想想又睡着了。

……

站在张帮办的办公桌前，汪裕先感到很冷。他用手捏了下裤脚，感觉没有少穿，就是冷，快要哆嗦了。

张帮办说：“你好像并不在意这份工作？”

张帮办在说这话的时候，手里拿着把刀，很小很锋利，他见过这样的刀，周浦小市场上，每到冬天，都有人在那宰羊，用的就是这样的刀，三下两下，头没了，再三下两下，就剖肠扒肚了。一个女人怎么能在办公室里玩这样的刀呢？她用拇指试着刀刃的时候，拿眼睛瞧着汪裕先，是一种冷峻的斜光。

“不是，我是很在意这份工作的。”汪裕先说，“我爸爸去得早，全靠妈妈养着我们。”

“这话我不信。”

“真的。”

“那你为什么要坐在我的对面，帮着罢工的人说话？”

“我没有要坐你对面。”汪裕先说，“我只能坐在你的对面，我又不能坐在你的边上。”

“你很会狡辩嘛。”

“我没狡辩。”

“你明天可以回去了，在合同期内闹事，公司是有权解除契约的。”

“不！”汪裕先一声大叫。

……

“怎么了？”睡在床下的颜梦屏翻起身，问汪裕先。

“做梦了。”

“别怕，大概是生环境吧。”颜梦屏说，“你下来，睡蔡建勋的床。”

“他们呢？”

“调休，都回去了。”

汪裕先下了床，把蔡建勋的床上收拾一下，然后把自己的被子拖了下来，理好后，钻了进去。

“人事科晚上来人找我了。”

“有事？”

“叫我明天到张帮办办公室。”

“什么时候？”

“没定时间，来人说上午下午都行。”汪裕先说，“我想明天同你再跑一个里弄。”

“不，你先去她办公室，你在试用期，找你肯定有事。”颜梦屏说，“公司的事由不得你的。”

“好的。”

“她为什么要找你呢？”

“是啊，我也在想。”

“别怕！ 不会有事的。”颜梦屏说，“不要多想，睡觉。”

颜梦屏这样说，其实心里也忐忑不安，他想到了张帮办对汪裕先参加谈判的态度，感觉情况不妙，他怕害了他。

这一夜，两个人各怀心思，在床上辗转反侧。

2

汪裕先很早就来到办公室，等着张帮办。 这是颜梦屏叫的，他说不要让她等你，你去等她，她有没有时间是她的事，你早点到，说明你的诚意，也说明你对她的尊重。 在这个公司，她不能决定谁能进来，但她绝对能让谁进不来。 说这话时，汪裕先又紧张了一下，于是，他一早就来了。

张静是准时到办公室的，她走进办公室时，钟楼报了七点半。她看到汪裕先笑了笑，说：“让你等了。”

“我也刚到。”

见到张帮办这样的情绪，汪裕先舒了口气。

“您找我？”

“是的。”张帮办说，“你坐。”

汪裕先放松多了，感觉不会有大事。这时，在外间办公的女青年给他倒了杯水。汪裕先站着，没有坐下来，他坐不下来，因为张帮办在整理自己的提包。包是墨绿色的，上面有个SV，金色，他不知道什么意思。

“别紧张。”张帮办说，“坐下来说话。”

汪裕先坐了下来。

“那天没有好好同你聊聊。”张帮办说，“作为帮助总经理办理人事事务的，应该对进来的每一个员工的情况有更多的了解。”

“谢谢帮办关心！”

“你在什么地方读的书？”

“周浦。”

“镇上吗？”

“是的。”

“你是怎么到上海来的？”

“坐小轮船。”

“听说开始修铁路了，好像有人找我们陆总经理谈投资的事。”张帮办问，“家里还有哪些人？”

“我母亲，姐姐和妹妹。”

“父亲呢？”

“去世了。”

“哦！”张帮办一惊，然后继续问，“病故？”

“是的。”

“什么病？”

“也没确诊，听妈妈说先是咳嗽，然后就不行了，吃了两个月中药。”汪裕先说到这，又想到了鲁迅说他父亲生病吃中药的事，“听说那先生很有名，但没有治好我父亲的病。”

“很可能是肺病，中药是难见效的，这些病还得靠西医，要是西医治疗，你父亲不会去得这么早的……好多人不相信西医，其实是错误的……中医慢性病调理不错的，但急性病还是西医好。”张帮办说，“天主教会准备办所医院，来拯救众生……有些人就是不理解，认为跑中国来指手画脚，其实人家不远万里跑来，还不是来帮助你？”

张帮办就这样说着，像是自言自语。说到天主教时，汪裕先想到了傅雷，他是反对天主教的说教的，可究竟反对他们什么，他也不知道。说了会儿天主教和中国人对天主教的偏见后，张帮办也不说了，她说争论这个也真的没意思，东方人的想法与西方人的想法就是不一样，人家有信仰，我们信皇帝，皇帝没了，就乱得一塌糊涂。她要汪裕先说说他母亲与姐姐妹妹的情况。

“父亲去世时，母亲三十三岁，姐姐十一岁，我八岁，妹妹五岁。”

“你母亲才三十三岁？”

“是的。”

张帮办很可能想到了自己的年龄，她有点惊讶：“她就这样一个人带着你们三个孩子？”

“是的。”

“她做什么呢？”

“在衣庄，她有个裁缝手艺。”

“把你们拉扯大真的不容易。”张帮办说这话时，在自己的胸前画了个“十”字，念了句“阿门”后说，“以后要好好孝顺你妈妈。”

汪裕先说：“是的，我妈妈真的很辛苦。”

“小学毕业后就没再读书？”

“没有，就去钱庄学徒了。”

“以你的聪明，应该读书的。”

汪裕先鼻尖都出汗了，与张静这样聊，有要崩溃的感觉，她不紧也不慢，有一句没一句，深不见底，比如她说“以你的聪明”，她认为他什么地方聪明呢？ 汪裕先没搭这个词，他说：“家里就靠妈妈养着我和姐姐妹妹，哪来的钱读书。”

“可惜了。”张帮办说，“公司再有外派学习时，推荐你去，教会那边组织的也可以。”

“谢谢帮办。”

“你才上班，业务要认真学，你现在是抄表吧？”

“是的，这两天在跑片区。”

“好，一步步学，先跑片区，然后服务用户，在服务中发展用户，用户上去了，业务量就上去了。”张帮办说，“也不能只顾抄表，要学会分析用户的用电量，从中查看用电的合理性，比如偷电漏电问题。”

“是的。”

“目标是要熟悉整个灯务科的工作。”张帮办说，“年轻人，要有志向。”

汪裕先点着头。

“另外……”张帮办接着说，“公司现在的情况比较复杂，你是知道的，主要是利益问题，工人有工人的利益，股东有股东的利益，这两方面的利益是要平衡的。 总经理的工作，我们管理人员的工作，就是在做平衡，抓生产是为争效益，搞平衡是为了调动两方面积极性。”

汪裕先反应不过来她正在说什么还要说什么，只能听着她讲，有时候让他想起《新青年》，有时候想起《呐喊》。

“你要多留意些工人的想法，有些想法公司并不知道。”张帮办说，“没办法，人事帮办就要问人的事，包括人的想法。”

“好的，我一定留意。”

张帮办笑了笑：“公司是想培养你的。”

“谢谢！”

“好了，我要与总务科商议一下工人加薪中的考核问题。”张帮办说，“以后工人中有什么事可直接找我。”

“好的。”汪裕先向张帮办鞠了一躬，退出她的办公室，松了口气。

张帮办没有说到那天的事，但汪裕先知道她为什么要找他。他没有多想，感到她没有伤害他的意思，也没有很明确要他做什么的意图。他想把这两天发生的事告诉妈妈，告诉戴桂芳，还有姐姐与妹妹，让她们分享一下他此时的快乐。走出大门后，他并没有立刻回宿舍，而是漫无目的地来到了黄浦江边，他站在一棵悬铃树下，望着江面上来往的商船，做生意的小三仓，竹排与木排，从上游飘下来的水葫芦，以及岸边杂草的绿色，生活的乐趣就在这些经意与不经意之中。

春天了，大地尽管寒意未退，但阳光下，还是暖意融融的。

3

竹行街过大济桥是大街路，大街路不长，但代表着周浦的时尚，女人的服饰在上海一落脚，这里就有了影子，发夹、头花、手链、披肩、手袋等小装饰，似乎与上海同步。大街路中间有一个向北的小街，叫石子街。这条街除了路面多为石子铺就外，街两边的住户，也喜欢在墙上用石子镶出图案，更多的人家又是靠石子加工与经营成家立业，所以叫石子街。戴桂芳住在106号。石子街北头连着瑞安桥，过了瑞安桥就是另外一个片区的，周浦人叫塘北。与瑞安桥平行的是李将军桥，也是跨在周浦塘上，桥南有个布店，叫贾恒盛布店，上海邮务总局的邮政信柜就放在这个布店，1904年就放这了，当时，贾恒盛布店是周浦第一家，这个位置也正好是周浦的中心，十字路口，又是咸塘与周浦塘交汇处，两边又都有水码头，上下十分方便。邮柜对着大门，在布店的后墙根，墙壁上有个上海邮务的标志。有两个工作人员，一男一女，女的负责接收邮件，包括来寄的和寄来的，男的主要是送邮件。汪裕先走后的第二天，戴桂芳就来过这个布店，在里面转了两圈。她知道汪裕先不会有信来，她还是想来看看。一个星期后，戴桂芳又来到这里，告诉女服务员她叫什么名字，要找一封从上海来的信。她说没有。她又说别急，只要有信，他们会送上门的。又过了一个星期，戴桂芳接到了汪裕先的信。早上，外婆出去买菜了，邮差敲门时，是这样说的：石子街 106 号戴桂芳，上海来信了。她脸就红了，她知道他们议论了她。

戴桂芳并没有立即拆开信，而是放在枕下，得意扬扬，在屋子里转，外婆推门进来时，见她这个样子，就问，有什么喜事，这样高兴。戴桂芳扬了扬眉，说没事，然后又蹭到外婆身边。外婆说肯定有什么事，她说真的没事。外婆就不问了，外婆不问时，她就说也没什么事。外婆说没什么事是什么事？她就悄悄对外婆说：他来信了。到底是个小丫头，一封来信就高兴成这个样子，轿子来了不知道要高兴成什么样子呢。戴桂芳说轿子来了就不高兴了，就哭了。

“为什么哭？”

“舍不得外婆啊。”

“这是鬼话。”

“真的。”

“没白疼你。”外婆问，“我买了鲳鱼，红烧还是清蒸？”

“清蒸。”

外婆进了厨房，戴桂芳进了她的房间，从枕头底下拿出信，用剪刀剪出一条缝，抽出信，戴桂芳想忍忍再看，就是没忍得住，坐在床边，将信铺在腿面上。

桂芳：

26 号上午到华电公司时，工人已经罢工了。知道什么叫罢工吗？就是工人不上班了，全公司除了发电车间外，其他都停了，包括电车，原因是工人的工资太低，要求增加工资，几天前就谈了，我第一次去公司时,就知道他们在谈,公司没答应,这次一罢工,问题解决了,每个职工每月增加大洋两元五角,我也有。

我已经与公司签了约,被安排在灯务科工作,具体是抄表,知道抄表吗?这是一个工种,就是把每户每月用多少电的度数抄下来,与用户核实好,然后开个单子收费。前几天是在跑片区,熟悉我的服务对象。

这里的情况大概就是这些,我现在要对你说的就是你要读书。我们不可能再进学校读书了,但可以自己读,认不识的字,弄不懂的问题,可以问人。我读《新青年》与《呐喊》时,就想:落后与愚昧是因为无知,我们不读书,没有知识,就永远被人欺负。所以你一定要读书。

上次你告诉我想到袜厂工作,不知去了没有,如没去成,可找我妈妈,到衣庄去,在妈妈那里做手工,学得可能快些,也好有个照应,不知道你是怎么想的。

有时间去看看我妈妈,她会高兴的。

裕先

汪裕先的信,戴桂芳看了好几遍,都快要背下了。上午,在来信的兴奋中,下午,在怎么回信的纠结中。她想给他写封回信,不知道怎么落笔。晚饭后,她坐到桌子旁,拿出笔和纸,想了半天也没有想好。外婆看着她苦思冥想,心里也难过,就说:“你怎么想就怎么写,不要顾及那么多。”

戴桂芳想想也是。就想到了开头:信收到了。你说读书,我不知道读哪些书?在什么地方买,你写几个书的名字给我,我去买。再问他:公司没有假吗?如能回来就好了……戴桂芳就这样想着,在纸上画了顶帽子,上面一个扣,下面一个圆脸,三笔两笔,马褂出来了。

外婆说:“这不是汪裕先吗?”

“哪像啊?”戴桂芳说,“都没鼻子没眼睛的。”

“整个都像。”

祖孙俩正说笑时，有人敲门。

“谁啊？”

“外婆，是我，裕先。”

戴桂芳跑进了房间，外婆去开门。汪裕先说：“刚从上海回来，坐船到小云台街了，来看看外婆。”

外婆说好好好，就对着房门说：“还不出来？”

戴桂芳抿着嘴，忍住笑，走了出来，问：“怎么回来了？”

“是想回来。”汪裕先，“我给你的信收到了吗？”

“收到了，今天上午才收到。”

“就这么点路，怎么走了这么多天。”汪裕先说，“就是我信上说的那些事，工人又要罢工了，所以就趁机请假回来一趟。”

“怎么又罢工了？”

“这是公司的事，上个月加的薪这个月扣了。”

“公司说话不算数？”

“是的。工人就不答应了。”

“我去给你做饭。”戴桂芳走进厨房一看，外婆在做，就又出来，说，“我正准备给你写回信，不知道怎么写呢。”

“想说什么就写什么。”

“外婆也是这样说的。”戴桂芳说，“可我从来就没有写过信。”

“总归要有第一次的，写写就会写了。”

“准备问你要我读什么书，你说要读书，可我不知道读什么书，你在信中又没说。”

“我也不知道应该读些什么书，我只觉得我们知道的东西太少。”汪裕先说，“比如我堂舅送我的《新青年》，就是一本好书，可有时我不太懂，不是不认识字，而是里面的一些内容我不能理解，说明我懂的东西少。”

“读不懂的就不读。”

“要读懂才是。”汪裕先说。

戴桂芳不想讨论更多的读书事，就不作声了。汪裕先看到纸上画着一个人，问：“画的谁？”

“你说呢？”

“好像是我。”

“外婆说就是你呢。”

“是你画的？”

“还有谁？”

外婆为汪裕先做了碗鸡蛋面，又用竹笋炒了碟咸肉，放在厨房的饭桌上，外婆就出来了。戴桂芳叫汪裕先进去吃，外婆对她说，你陪他去啊。戴桂芳笑了笑，就进去了。她是故意等外婆说出这句话。外婆看两个小青年说东说西的，笑得合不拢嘴，她的高兴是他们不能理解的。六岁带回来，现在成了大姑娘，又到了说私房话的年龄，她是女儿的女儿，她从她身上看到了女儿的身影，也看到了自己曾经的年少，她舍不得她离开，但终究希望有个男孩把她从身边带走，也就了了心愿。外婆这样想着，进了自己的房间，两个小青年说了些什么，她就不知道了。

汪裕先临走时，外婆叫戴桂芳送一下，汪裕先不让，要她把门关上，上了杠，然后他从外面推了一下，看关好没有，就走了。

……

汪裕先走进家门时，赵惠芬有点紧张，她见儿子回来，怕是出什么事。萍仙没在意。母女俩在桌子旁做针线，这是她们每天晚上必做的事。汪裕先定了亲，接下来就是要结婚，萍仙一天天长大，都十三岁了，虽说裕先工作了，可赵惠芬的压力依然很大，她放下手中的活，问：“怎么回来了？”

“工人又要罢工了。”

“为什么事呢？”

“还是为加工资的事，上次罢工，就是我去报到上班的那天，公司答应了，每个人每月增加两块五角大洋，工人才复工的。”汪裕先说，“现在公司反悔了，这个月扣了加的薪，职工不答应，就又酝酿着罢工了。”

“就为这事回来的？”

“是的，妈妈，我不想掺和在里面。”

“什么是掺和在里面？ 你怕什么呢？”

汪裕先就把上次谈判后人事科张帮办找他谈话的事对赵惠芬详细说了一遍，他不想把工人中的事报告张帮办，可又得罪不起她，所以他选择了躲避。

“有些东西，你是躲不过的，你这一走，公司张帮办怎么看你？ 让你盯着点，了解些情况，你走了。”赵惠芬听后叹了口气，说，“工人又怎么看你？ 一有事就躲得远远的，争下来的好处你要还是不要？”

汪裕先本以为回来是个聪明的做法，被妈妈这样一说，不知所措了，他觉得妈妈的话是对的。

“我不知道该怎么做，但这个时候你应该在公司。”赵惠芬又说，“一个男人是要有担当的。”

赵惠芬说后，流下了泪。

“妈妈，我明天一早就去。”

“妈妈不是不让你回来，也不是让你走，妈妈就是觉得，一个男人要学会面对，遇事不能躲。”赵惠芬说，“应该到了知好歹的时候了。”

“谢谢妈妈！”

4

汪裕先来到张静办公室时，很直白地对她说：“工人又要罢工了。”

“罢工也不是个办法。”张静说，“陆总经理的压力很大，大多数董事对加薪有意见。”

“这次工人为首的是顾德标。”

张静没有问，但汪裕先要说，他曾答应她注意这些事。

“那是要承担责任的，不是说闹事就闹事，说罢工就罢工的，任何地方都要有规矩。”张静对汪裕先说，“告诉他们，这样下去不好。”

张静是想通过汪裕先把公司的态度传递给工人，人事帮办更多的是对人的管理，罢工其实是人事出了问题，陆总经理曾经找她谈过话，要她把人管好，要发现苗头，注意防范，培养公司信得过的人才。这些只是说，可怎么做呢？ 张静感到一头雾水。 汪裕先也想把工人的诉求反映上去，于是就说：“公司说话应该算数。”

“是的，当时也没想那么多，草率了点。”

张静没有再说什么，汪裕先也回到了灯务科。

3 月 14 日，顾德标等人带着公司职工的签名信，来到了公司办公室，要求继续加薪，陆伯鸿不在公司，出面的是协理王乔。

王乔问：“谁让你们进来的？”

顾德标说：“我们自己进来的。”

“这是公司办公室，你们怎么说进来就进来了，还有规矩吗？”

“我们有事同公司商量。”

“什么事？ 为什么不登记，不预约就直接进公司办公楼？”王乔说，“看看职员规则是怎么定的。”

顾德标他们就不说话，听王乔说职员规则。 他们也没在意这个职员规则对他们的惩戒，他们想的仍然是他们的加薪要求，惩罚一次无关紧要，他们都是诚实的工人，不会有更多次惩罚的，比起两块五大洋的加薪，这一点算不了什么。 王乔见大家都不说话，就说：“说吧！”

顾德标走到王乔面前，把职工签名信放在桌子上，说：“职工要求继续加薪。”

王乔一看到那密密麻麻的签名，皱起了眉：“哪来这么多人签字？”

“不会有假的。”

“加薪是不可能的，你们要你们的利益，可董事会呢？ 股东呢？人家就没有利益？”王乔说，“不要只考虑自己，也要想想企业，想想股东。”

“我们也没加多少，每人每个月不到三个大洋，每年也不到三十个大洋。”顾德标说，“我们都卖给了公司，靠这点工资养家糊口。”

“说起来好像没什么，你们算算，一个工人三十个大洋，十个工人就是三百个大洋，一千工人呢，就是三万大洋，这个数目还小吗？”

双方各不让步，谈判进入了僵局。

王乔说：“情况就是这样，你们回去同工人讲清楚，我有其他事了。”

顾德标等谈判代表围了上来，说：“你代表公司的，没有结果，你不能走。”

“想绑架我？”

“不是绑架，是协商加薪的事。”

王乔对办公室小杨说：“给警察局打个电话。”

“给警察局打电话又怎样？”顾德标说，“我们又没怎么你。”

警察不听他们的解释，十多分钟后，一辆卡车，下来十多个人，为首的问：“谁在闹事？”

顾德标说：“我们没有闹事，我们在协商加薪。”

“加薪加薪！”为首的警察说，“工人不在车间做工，跑到公司办公室来胡扯，还说没闹事，铐起来，带走。”

话音刚落，上来两个警察，顾德标还没反应过来，就被铐了起来，与他一起来的七八个工人用惊恐的眼神望了望顾德标，又望了望警察，什么也没说，看着他们带走了顾德标。

双方的矛盾一下子就激化了。 3 月 15 日凌晨，除发电部外，公司全体罢工，并向公司提出十四条复工要求，其中包括每人每月加薪三成；工作八小时，每天分两班，每班四小时；释放被捕代表等。 并重新推出工人代表，与公司交涉。

“上次我代表新工人，这次我仍然代表。”汪裕先主动站了出来，得到了工人的拥护，颜梦屏说，“你站出来更有说服力。”

王乔说：“有人蓄意组织闹事，企图破坏生产。”

“没有人要破坏生产，停产了，大家都没有好处。”汪裕先说，“此次罢工，是公司说话不算数造成的，责任不在工人。”

“公司是股份制，公司的一切权利在董事会，我们不能越过董事会来确定职工加薪的事。”王乔说，“上次谈判少了这个环节，所以，做出的决定是错的，错的就要改正。”

“事关职工利益，不能如此儿戏的。”

“既然你们代表职工来谈，就请你们回去向职工讲清楚，现在加薪是不可能的，所有的条件都是不可能的，只有等开了董事会。”王乔说，“复工了，有些事才有可能协商。”

王乔说完就走了。

第二天一早，公司办公室杨秘书找汪裕先，说上海工团联合会的人来华电公司，想同他们谈谈，时间九点，在公司二楼会议室。汪裕先说好的。汪裕先是工人代表中的一员，十个人中的一个，就是因为他上次说了一句“工人创造财富”的话，九个人就一致推他出来说话。他也想起妈妈的话，男人应该有担当，他想大家既然让他出来说话，就不推。

在公司会议室坐下来后，汪裕先发现公司只有杨秘书，代表公司谈判的王乔没有来。杨秘书坐在上海工团联合会的人那一边，介绍会长，他说这是上海工团联合会会长，他说是会长，没有说姓名。这时，会长就说话了。会长说大家都不太熟悉我们工团联合会，刚成立，也就是这个月的8号才成立的。他说这个工团联合会的成立也是应运而生，上海滩不再是清王朝时代的上海滩了，现在已经成了国之门户，世界之门户，工商业的发展也如黄浦浪潮，一浪推着一浪。会长激情无比，说着说着，站了起来，他说我们工团联合会主要是服务企业，服务企业职工，然后就谈宗旨、职能与服务范围。接着他说时局，他说现在上海的情况很复杂，皖系被奉系赶跑了，直系又把奉系打败了，现在国民政府又在广东操兵练将，准备北伐，北洋政府又在行国家令，弹压地方武装，整个国家可以说乱得一塌糊涂，上海也明争暗斗，各种势力都想在上海立足扎根，壮大力量。说到这，话题一转，就说上了罢工一事。

“我很害怕上海的工人被利用，我们在座的被利用。”会长说，“以为工人争利益的名义，制造乱局，搞垮企业。”

“请会长放心，据我们工人所知，现在还没有哪方面的势力在利用我们，也没有谁制造乱局想搞垮企业，这一点我们比会长更清楚。”会长或许还有话要讲下去，但说到这个点上，汪裕先感到是说话的时候了。“现在社会不稳定，物价疯涨，工人们这点工资不足以解决生活问题，就不说养家了，所以要求加工资，也不多，就三成，况且本来工资的基数就很低，从现在企业的运行情况看，有这个能力。”

“你怎么知道企业有这个能力？”

“请会长问问公司的财务科。”汪裕先说，“加薪的事也是谈好了的，2月份已经发了，这个月不但没发，反而扣了上个月的，又把谈判的职工代表抓了起来，所以工人罢工了，情况就这么简单。”

“要求加薪没有错，可以慢慢谈，但也不能一有要求，公司就得满足，得不到满足就罢工？”会长说，“这样不好，不是解决问题的办法。”接下来他就谈职工与公司的关系，他说公司是由好多个股东筹资办起来的，很不容易，它为我们上海带来了光明，为上海市民的出行带来了方便，也为我们带来了岗位，解决了我们的吃饭问题，所以说公司是我们的衣食父母。

“工人创造了财富。”

“没有他们出资，你们怎么创造财富？”

“没有我们工人，他们的钱只能是废铜烂铁！”

汪裕先在关键时候说上两句，让会长感到头疼。会长没法扩展他的思路，他想说的话没有完全说到位，就被汪裕先打断了，甚至让他的话他要说的道理变得毫无意义。 会长问汪裕先：“你代表工人？”

“是啊，我们来的都是工人代表啊。”

“为首的呢？”

工人代表异口同声：“他就是为首的。”工人代表的回答，使会长感到一头雾水，他觉得汪裕先就是刺头，很难对付，他问汪裕先：“多大？”

“十六岁。”

“什么时候进的公司？”

“上个月 26 号。”

“你这么小，对社会状态一无所知，进公司又才几天，还要与公司谈判，扯什么淡！”

“我进公司时，你们的工团联合会还没成立呢，你们来扯什么淡！”

汪裕先的一句话，让会长及工团联合会的人噎住了，参加谈判的工人代表也感到震惊，小杨傻了似的盯着汪裕先看，谈判现场寂静无声。 而打破这个僵局的是会长的哈哈一笑，也震惊了所有人，他笑得那么爽朗，那么敞亮，那么的充满自信，笑后说：“初生牛犊不怕虎，后生可畏，真的后生可畏！”

“对不起会长！”汪裕先说，“目无尊长，冒犯了。”

“没有，是我小瞧了你，后生可畏！”

会长又说了句后生可畏，以表示自己的歉意。 话说到这份上，汪裕先觉得应该避免对抗，他说：“以会长的智慧，这个问题如何解决是好。”

“我以为，先复工，加薪的事慢慢谈。”会长仍然坚持他的观点。

“要是谈不拢呢？”

“谈不拢也要谈。”

“话是这么说，可工人不答应。”

“也要向职工做些解释，办个企业不容易，大家要珍惜。”会长说，“企业倒闭了，我们就什么也没有了，要让股东有足够的好处，他们才有投资的积极性，锅里有了，还愁碗里没有？”

“现在的关键是锅里有了，而碗里没有。”

“你们先复工，余下的事，我们来做。”

“如果工团诚心诚意来做工作，那就说服公司加薪。”汪裕先说，“工人这边，不加薪是不会上班的。”

工团是来说服工人上班的，而不是为工人争取利益的，如此下去毫无意义。汪裕先决定撤离，留出时间让会长与公司谈，或许能找出解决问题的办法。汪裕先他们离开会议室时，会长一行人也站了起来，礼送他们，说：“好好工作，会有解决问题的办法的。”

“我们要有思想准备，工团联合会不会帮我们的，他们代表着资本家的利益。”在回去的路上，汪裕先说，“不能依靠别人，全靠我们自己。”

公司说加薪要董事会研究，可十多天过去了，也没见召开董事会。杨秘书说，公司根本就没有这个计划，怎么可能开会。有些工人动摇了，他们不想与公司对峙下去，说这样下去没意思，加不了工资还弄坏了印象。公司也在放话，要按照职工服务规则处分职工，人事科的考工股，已经跑来跑去了解情况了，假如因此被开除了怎么办？工资低些，毕竟有工资，一旦被开除，什么都没有了，干了这么多年，不划算。为了分化工人队伍，公司通过亲朋关系，动员工人复工，并组织工人在“照常服务”的复工簿上签字。

“你应该带个头，你舅舅是股东，要为他着想。”张静找到汪裕先，说，“陆总经理要你带个头。”

“这个头我不能带。”汪裕先说，“他们要罢工时，我提前报告了帮办，是谁领头，我也报告了帮办，帮办要我做的事，我都做了。但这个字我不能签，我是工人推出来的代表。”

“正因为是代表，签了更有说服力。”

“那我更不能签这个字了。”

“你年纪轻轻的，怎么这么犟呢？”

“不是我犟，应该这样做人，如同帮办忠心为股东一样，工人既然推选我代表他们，我就不能背叛他们。”汪裕先说，“我可以不在华电公司上班，但我不可不做人。”

汪裕先说罢，向张静深深地鞠了一躬。

张静不再说什么，走了。

第二天，《申报》刊登了启事，说因不明真相，受人煽动罢工，现痛改前非，照常服务公司。文尾有两百多工人的签名。

罢工进入了低潮。

汪裕先不是此次罢工的总负责人，他只是十个代表中的一个，在还没有找到应对措施时，他建议放低复工要求，由原来的十四项改成四项，加薪两成。最后，加薪为两个层次，每人每月两元与一元，被捕工人交保释放。

“我们先敬汪裕先一杯。”罢工结束的当晚，颜梦屏建议为顾德标压惊，还有袁化麟，四个人，地点选在“苏北杂烧”，颜梦屏说那地方便宜，又离公司远点，省得有人上眼药。端起酒杯时，颜梦屏并没有先为顾德标压惊，而是请了汪裕先。

“这不对，我们是为顾德标压惊的，先请他才是。”汪裕先说。

顾德标说：“不是你，我是出不来的。”

汪裕先一愣，没有弄明白是什么道理。

“多亏你及时提出放低复工条件，如果还死守那十四条，工友们就守不住了。”颜梦屏说，“已经有两百多人签字复工，再过几天还不都复工，都复工了顾德标能出来？”

“会有这样的结局吗？”

“肯定是这样的。”颜梦屏说，“我们已经没法稳住工人了。”

汪裕先端起酒杯，一饮而尽，说：“谢谢各位！”接下来，斟酒，为顾德标压惊。

“听说你让工团联合会会长下不了台？”

“没那么神乎，是他欺我人小。”

“工团联合会好像不是为工人说话的。”

“他们那天一坐下来，我就知道他们不是为了工人，而是为了老板。”

“你怎么知道？”

“嘴一张，就劝工人复工，就知道来者不善。”

“要是有个工人自己的组织多好啊！”袁化麟说，“给我们工人撑把劲。”

“听说有了，不知道在什么地方？”

……

1924年5月，中共中央扩大委员会在上海召开会议，明确提出注重中共自身的发展和独立开展工人运动，并决定在组织上加强党对工人运动的领导。

第三章 俱乐部

1

复工后的华电公司又恢复了平静。工人与资方管理人员的关系如以前一样的平缓，彼此间有着足够的尊重。汪裕先跑片区，很少接触车间当班工人与公司的管理人员，更不觉得有什么不同。他已经熟悉了自己所服务的片区，从街道到里弄，再到用户，了如指掌，可以独立抄表核报了。他每到一户，都要聊聊家庭情况，人家也喜欢同他聊。

中午在外吃一顿，很随便，有时面条，有时是菜泡饭，有时吃几只水饺。晚上回公司，吃食堂，基本上是两碗粥，一碟咸菜，特别想吃时，加只包子，然后回宿舍，躺在床上，看书，或者闭着眼睛想心事。同宿舍的人，有时并不同时都在，他不知道他们去了哪，又干了些什么。他不想问，也不想知道。

没人在宿舍时，他就会想家。想妈妈，想姐姐，想妹妹，想戴桂芳。与几年前在钱庄学徒的想家不一样，那个时候，就是想家，想着想着，就会哭起来，有时会蹲在钱庄后门的墙拐子外哭，那里有几棵黄杨树，在那后边，不被人看到，晚上就在被窝里哭，哭过一阵子也就算了。现在想得很具体了。比如想姐姐，想姐姐该有孩子了，为什么还没有呢？他想妹妹，妹妹那么自己惯自己，总是找机会撒娇。他想戴桂芳，想什么时候结婚？现在的工资这么低，能让她过个好日子吗？还要有孩子，于是他又想起罢工的事，工人们罢工不就是因为工资低吗？更多的时候是想妈妈，在妈妈身边的时候，不觉得妈妈重要，一旦离开妈妈，心里就不踏实了。

有人说这是小男孩与大男人的区别。

“汪裕先，来信了。”王家骧敲门进来。

汪裕先说声谢谢，接过信。

“怎么一下子有了两封？”

“一封是我妈的，还有一封是我媳妇的。”

“你结婚了？”

“没呢。”

“没结婚，怎么就媳妇了。”

“订婚了。”汪裕先说，“没结婚也是媳妇。”

“公司要裁减非生产性人员了。”

“你听谁说的？”

“车间里都在议论，董事会开过了，说要加薪，就要裁员，那些产生不了效益的人员要裁减，工资的总额不能变。”王家骧说，“都说要拿上次带头闹罢工的人开刀。”

“是工人的谈判代表？”

“谈判代表只是代表，听说里面还有策划的人。”

“策划？”

“对，就是他们说的煽动的人。”

“哪有什么煽动的人？”

“我也是这样想的。”

“依我看，公司里没有闲人，公司的闲人都在办公楼里。”

王家骧没有听明白这话，说：“他们还能说他自己是闲人，裁他们自己？”

“这才是煽动。”

又闲扯了会儿，王家骧回宿舍，汪裕先看信。他先打开母亲的信。

裕先儿：

妈妈接到你的来信很高兴，但看到你被工人推选为谈判代表，代表工人与公司为加薪的事进行交涉，还是有些说不出的担忧。工人推选你，是对你的信任，可你才去上班，就与公司面对面，会不会影响你转正？会不会影响你自身发展呢？这个社会要谋个正行正业不容易，何况你又是王一亭介绍的，大家都有个面子在里面。

你那天走后，妈妈一直在想着我对你说的话，可能有不对的地方，我只是想你应该有担当，我并不是要你在公司，在工人罢工中担当点什么。你自己定吧，无论在什么地方，要学会保护好自己。

妈妈字

从妈妈的信中，汪裕先知道母亲在纠结着。其实，妈妈没有强求他做什么或不做什么，她只是提醒自己在关键时刻不能“溜”，如果那天工人罢工不在位，就是溜了，等到复工再回来上班，怎么向工友们解释？通过工人推选代表，通过与公司面对面谈判，汪裕先看到了自己的价值，他得感谢母亲关键时刻的那几句话。

戴桂芳的信很简单。

裕先：

没接到你的来信时，我想了很多，你也是能想到的，看到你的来信，我以前的想法也就没有了，以后无论什么事，都要告诉我，不然我会急的，主要是放心不下。工人罢工的事我不懂，公司克扣工人工资，是不厚道的，人家辛辛苦苦，你也不能只顾自己赚钱，不顾工人死活。你代表工人谈判，只要你认为值得就好。

祝好！

桂芳

妈妈的想法与未婚妻的想法，是不一样的，也应该是不一样的。妈妈想到的是儿子长大成人，有自己的想法与担当。未婚妻的想法是顺从与平安，只要你认为对的，就跟着你走，她选择了你，就选择了你要走的路。

第二天一早，汪裕先就去了张静的办公室，也是早早就在那等了，张静也准时的，她对汪裕先笑了笑，问："有什么事？"

"公司最近要裁员吗？"

"没有啊。"

"有没有这个打算？"

"没有啊。"

"董事会上没有提出来？"

"董事会都没开呢。"

"现在工人中在传，说公司开过董事会了，董事们要求加薪了就要裁员，将那些非生产性人员裁减下来。"汪裕先还说，"说要拿上次带头罢工的人开刀。"

"没有这回事。"

张静感到这事非同小可，就问：“还有什么情况？”

“工人在酝酿公司提出裁员时大罢工，发电车间一起停。”汪裕先这样说是为了最后试探这种传言的真实性。

张静的脸沉了下来，对汪裕先说：“有什么情况及时告诉我。”

汪裕先向张静鞠躬后，走了。离开办公楼的时候，他想自己不够厚道，充盈了信息的量，放大了严重性，与张静一交谈，感觉还真有点奇怪，在公司人事帮办一无所知的情况下，怎么可能有了“裁员说”，王家骧不会无中生有，车间工人也不会无中生有，那么是谁要制造这样的乱局呢？

“华电公司好像有点复杂了。”汪裕先走后，张静来到总经理办公室，说，“现在车间里传要裁员。”

陆伯鸿放下手中的会计报表，问：“谁说的？”

“汪裕先，王一亭外甥。”张静说，“说公司开了董事会，加薪就要裁员，控制工资总量，裁减非生产人员，据说要清理主张罢工的人。”

“这话是冲着我来的。”

“什么意思？”

“有些人见不得公司稳定，你想想，‘加薪’与‘裁员’关联在一起，是一般人想得出来，说得出来的？”陆伯鸿说，“公司非生产人员是哪些人？是科股长与管理人员，一线工人哪有非生产人员？是在说我陆伯鸿用的管理人员多了。”

张静恍然大悟。

“你说是不是？”

“是的。”

“哪有闹加薪的带头人？要加薪是没有错的，那么多人签字，你说谁不对？争取自己利益能错？”陆伯鸿说，“他们要这些人再起来罢工，停产，出我的洋相，这才是阴谋，这才是煽动！”

“这么阴险啊！”

“某个股东与法电的人在串通，想并购。”陆伯鸿叹了口气，“想有自己的民族企业也真的不容易哦，谁都想要自己的利益，可是谁在想这个国家？”

张静不知道怎么说了。

“汪裕先这个青年不错，几次的事发，看出了他是个有想法的人，既能照顾职工利益，又能维护公司形象，与其他人不一般，可以培养他，让他协调一个方面，肯定能发挥积极的作用。”

“我知道总经理的意图。”

“发个告示，明确表态公司没有裁员的想法。”陆伯鸿说，“不能让他们的阴谋得逞。”

当天下午，公司车间的大门外，有了一张告示：

公司从没有裁员的意图，有关说法纯属不法分子造谣生事，望员工明辨是非，安心工作，不让煽动闹事者有可乘之机。

华商电气股份有限公司

2

星期五一早，张静派人来找汪裕先，说请他去一下。

汪裕先迟疑了一下。

来找汪裕先的人说，本来是昨天晚上来的，有事耽搁了。

“不是说你信送迟了。”汪裕先说，“我会准时去的。”

送信人走了，颜梦屏问：“不会有什么事吧？”

“没什么事，她要了解一些情况。”

“知道她想了解什么情况？”

“主要是工人的情绪。”

“这是很好的，无论从什么角度，你都应该配合她。”

“什么是‘无论从什么角度’？”

“从工人的利益出发，把工人的想法及时告诉公司，也好争取利益，能在正常状态下解决问题，我们为什么要罢工？ 罢工总归是激化了矛盾。”颜梦屏说，“从你个人发展来说，帮办相信你，说明公司相信你，让你知道公司的想法，让他们知道工人的诉求，传递信息，如此下去，会让你进入管理层的，多好的事。”

“我没这么想过。”

“那我提醒你一下，应该有这样的想法。”颜梦屏又补了句，“有这样的想法也是没有错的，你刚进公司，有这么好的印象，是不容易的。”

“我就觉得资本家是狡诈的。”

“这话是谁说的?”

“瞿秋白。”

“瞿秋白? 什么人?”

“不知道，我在什么地方看了他的一篇文章。”

“你总是在关键时候说出句让人莫名其妙，有时又让人吃惊的话。”颜梦屏说，“这也是公司看重你的原因，我这样想。”

“是不是祸从口出?”

“也不是什么祸，只是说明你的想法与别人不一样。”

聊了一会儿，颜梦屏去片区，汪裕先去公司办公室。因为跑片区，汪裕先学会了走后街巷，后街巷尽管弯曲，但当你从这个巷到另外一个巷时，你会发现其实不是一条道走到底的，你在不经意的地方拐个弯，可能就上了另外一条里弄，生活的规则总是让生活着的人在不用另辟蹊径时寻找到惬意。

来到办公楼时，张帮办没到，她还是在上班那个节点，踏着钟声走进办公室。几次相遇，张帮办都是这样不紧不慢，有板有眼，她对上班时间的把握，让汪裕先感到她是个守规则的人。

见到张帮办，汪裕先照例鞠躬，然后跟着张帮办进了她的办公室，比起前几次，他已经没有那么拘束了。张帮办外间的那位小秘书，照例给他倒杯水，面部表情也不那么僵着了，略带些笑容，一种不设防的善意的微笑。

“现在的情况怎么样？职工的情绪还稳定吧？”张帮办问，很直接。

“各项工作都在正常运转，工人们也没有议论了。”汪裕先说，“其实，工人就是那么单纯，为了自己那点利益弄得水火不相容似的，而一旦扣子解了，就什么也不计较了。”

“是的，有些情况，工人不是很清楚，他们知道现在有人想把华电公司卖给法电公司吗？没人知道。”

“真的有这回事吗？”

“怎么是真的假的？确确实实存在着，卖给了法电，眼下谁都不会吃亏，我们管理人员的工资待遇不会少，工人的工资也不会少，但中国少了个企业，而当他们控制了上海的整个电力时，他们怎么做就不得而知了。”张静说，“陆总经理坚决不同意，于是就有了对垒，有人便造谣生事。”

“我们没想到这些。”

“不是你们没想到，就是公司的管理层也没有想到。”张静说，“总经理的努力，为的是保住民族企业。”

“对不起，有时我们为难了帮办，为难了总经理。”汪裕先说这话时，充满了诚意。

“也不能完全怪工人，工人要增加工资，没有错，况且也有这个空间。”张帮办说，“所以第一次谈判时通过了，后来有人反对，主要是股东，陆总做了好多工作，他们不听，最后举手表决，扣了工人加薪部分……好了，不说这个了。”

张静说不说了，就收住了话题，但没过几分钟，她又说：“上海滩要是没了中国人的企业，那是中国工人的悲哀，那些日本人的纺织厂把工人当人了吗？”

这句话，震惊了汪裕先，他回忆起工人罢工时，作为工人代表的他跟公司说的话。他不认为张帮办的话是对他说的，但他认为张帮办还是个有良心的人。

“在工人中开展一些活动如何？”张帮办对汪裕先说，“比如工余时讲讲《新约》，唱唱经。”

汪裕先说：“这个我一点不懂。”

“没事的，也不复杂。”张静边说边从她的文件柜里拿出本书，递给汪裕先，“你先看看，很容易懂的。”

汪裕先接过书，是本《新约》。他好像听傅雷讲过，教会学校必须读的书。张静是要他了解一些工人情况，不知道为什么提出开展活动，又说要读《新约》与唱经，难道是要他加入天主教，宣传教义？汪裕先翻了翻书，放到了桌上。

“每个人都要有信仰的，没有信仰就等于没有灵魂。”张静说，“这个世界上没有比没有灵魂更可怕的了。”

“中国人信佛教的多。”

“佛教的层次很低，世界上有文化的人不信这个。”

“这个我不懂。”

“没事的，有些东西，只要介入，慢慢就会懂的，神学，靠的是悟性。”张静说，“上次陆总经理与我谈起工人问题时，说到要有文化活动，形成企业的凝聚力，我想这项工作你试着做，能做起来，可设个专职。”

汪裕先有点动心了，如果能有个这样的专职，他会有很多时间自学，能学到很多东西，他想通过自己的学习，到上海的哪所学校再读两三年书，他越来越觉得读书的重要。可想想傅雷总是反对天主教，就又怀疑起来，他想有机会听听傅雷的，于是他对张静说：“让我想想，看能不能做得下来。”

“做是能做下来的，关键是你想不想做。”张静说，“这事也不能强求，主的旨意不可违，就看你的造化了。”

“谢谢帮办！”

张静站了起来，提醒汪裕先把书带上，意味着谈话结束了。汪裕先把书放进了工作包。这个包是公司发的，上面有公司灯务科的字样，里面有抄表的本子，开票的单据，一只简易水杯，一把小手电筒，还有起子、锤子、钳子等等，这些都用得着，他必须带在身边。

3

汪裕先这天收工早，五点多钟就到了宿舍。初夏季节，白天特别长，五点多的时候，太阳还在天上挂着。汪裕先洗了把脸，想收拾下去机修车间，王家骧说顾德标找他两趟了，他不知道有什么事，他也不知道机修车间具体做什么，也想去看看，况且，人家都找了两次，肯定有什么事。

华电的机修车间不在总部，沿黄浦江向北，然后上油车码头街向西，顺着路进居贤弄。虽说是个弄，可空间很大，这条进居贤弄的路也很宽大，不像里弄小路，48号就是华电公司的机修车间了。机修车间分两个部，机修一部与机修二部，机修一部是修电机的，机器的核心部位，包括电的、内燃的机芯，自动与手动的控制系统，都在这里维修与保养；机修二部修的是外壳，钣金与喷涂。顾德标负责控制系统的维修，或许是整天与机械打交道，不善言辞，见到汪裕先时，只说："你来了。"

汪裕先说："来了。"

顾德标有一个单独的工作间，顺着墙根横竖摆放几张台子，台子上都是相连着的线路板，以及烙铁、铅条、焊枪、水喷等。他把座让给了汪裕先，自己在一张小台板上坐下。他说："上次那事怎么就是我倒霉了？"

汪裕先没有理解他说的"上次那事"，问："上次什么事？"

"工人罢工啊？"

"不是结了吗？"汪裕先说，"你也回来了，大家也都加了点薪。"

"大家都没事，加了薪，可我交保了。"

"交什么保？不是公司出面保的吗？"

"公司出面，是个形式，是我家拿的五元大洋。"顾德标说，"我去找张帮办，张帮办说找你。”

“叫找我？”

“是啊。”

“我算什么呢？”

“她说你是最后的谈判代表。”

“我同你一样，都是大伙叫我们出头说话的。”

“他们欺负我老实。”顾德标说，“要加工资，个个来劲，可都不想和公司领导说话，叫我说，我就成了领头的，最后把我拷走，关了起来，还要我家交保，公道吗？”

“不公道！”

“其实，我不该找你，你比我小十多岁。”

“这不是年龄大小的问题，最后确实是我跟公司王协理谈的，我不知道你们家交了五元保证金。”

“我家孩子多，老婆愁死了，没得多余的钱，要是能过去，我就不提这事了，也不会找张帮办的，也不会听张帮办话找你，你找谁啊？”顾德标说，“去了两趟，没见着你，也不想找了，自认倒霉，结果你来了。”

“大家得好处，也不应该让你一个人担着。”汪裕先说，“做人总得讲良心。”

顾德标不作声。

“你放心，我来找他们。”

“那就谢谢你了。”

与顾德标分手后，汪裕先也发愁了，他找谁呢？ 用顾德标的话说，他也只是别人推出来说话的人，现在事情都过去了，找谁说这个事？ 他又凭什么找人家说这个事呢？ 但既然人家信任，又答应了人家，他还是硬着头皮去找王乔。

“这个事情还真麻烦。”王乔说，“警察所的人，都不是省油的灯，钱收去了，能拿得回来？”

“那怎么办？”

汪裕先离开机修车间，几乎是一路小跑，他想在公司下班前找到王乔，听他这么一说，心凉了半截。

“叫他自己去要吧，钱是他们家交的。”王乔说，“你跟他跑什么？”

“不是我跟他跑，上次我替工人说话的，说交保就放顾德标出来的，我以为是公司交保了。”汪裕先说，“五元钱，不是五分钱，谁家也承受不了。”

“公司怎么能替他交保？ 他自己闹事，就得自己负责。”

“他没有闹事，他只是代表工人说话，公司也要求派代表的，假如没有代表，所有工人都来怎么办？”汪裕先说，“真是多一事不如少一事了。”

“就是多一事不如少一事。”

“这样吧，公司出个信，我去派出所。”汪裕先说，“事情到了这地步，不能让人家个人担着。”

王乔想了想答应了，让办公室出了个公函。

派出所在南市西门，制造局路上，院子很大，一幢小楼，三层。大门前横着一根棍子，搭在三岔架子上，右边出入处站个警察，见到汪裕先，问：“干什么的？”

“办事的。”

“知道你是办事的，公事还是私事？”

汪裕愣了一下，说不上来是公事还是私事。

“公事拿证件，私事说出找哪个让他来接。”

汪裕先掏出华电公司的信，他说去登记一下。 负责登记的警察和善些，说：“这事你到三楼找所长，最东边一间，上面有字。”

汪裕先来到三楼，所长室的门开着，一个人躺在半圈椅内，腿跷在办公桌上，闭着眼睛，不知道是睡着了，还是在养神。 知道有人在门外，他就是没反应。 汪裕先就站着等，好一会儿，这人开口了：

“找谁？”

“找所长。”

“怎么不说话？”

“你是所长？”

“这不是废话！一大早坐在这，不是所长还能有谁？”

汪裕先感到这人不好说话，小心翼翼地走近，把公司的信递给他。所长拿过信，看了一遍，把腿从桌子上拿下，说：“什么意思？”

汪裕先望着他，不知道问的是什么意思。

“你是汪裕先？”

“是的，我是汪裕先。”

“什么叫‘兹介绍汪裕先前往商量顾德标保金一事’？这个怎么商量？你说。”

“人已经回去了，这保证金是他家拿的，家庭生活有困难，要把保证金拿回去。”

“要么叫公司写个保证，保证这个人不再闹事，要么把顾德标送过来，等候处理。”所长发怒了，“开什么玩笑，闹事了，叫我抓人，平息了交保赎人，现在又来要保证金，把警察当猴子耍！”

“不是这个意思……”

“是什么意思？”所长不让汪裕先说话，问，“你在公司做什么？”

“我是工人。”

“工人代表？哼！”所长一脸的轻蔑，“工人代表同公司谈，让你们公司领导跟我说。”

就这样，汪裕先离开了派出所，这应了颜梦屏的话。昨天晚上回宿舍后汪裕先说了这事，颜梦屏就说要不到这钱，蔡建勋说也有可能要回来，事情过去了，警察扣这个钱干什么？颜梦屏说他们恨不能挖地三尺找钱，到手的钱给你？成与不成，汪裕先想试一下，公司的信都到手了，再说也不能亏了顾德标，为工人说话的，被拘留了，还自家掏钱保回来，道义上说不过去。去前他还是有信心的，站到所长的门口，看到他那样式，就知道把握不大，他一开口，汪裕先就知道一点希望都没有，送上门来听他骂的。

晚上吃过饭回宿舍，颜梦屏见到汪裕先的样子，问：“泡汤了吧？”

“被你说中了。”

“社会就是这样，你比我年轻，知道的事更少些。”

“我想的是怎么对顾德标说。”

“我也不知道是这样保释的，我以为公司出面保证一下的。”

“我也以为。”汪裕先说，“知道是这样，我们当时就不应该承认。”

“先不对顾德标说，让人寒心。”

“公司是不会拿钱了，连面都不会出的。”

“我们自己筹吧，五个人就一个人一元，十个人就一个人五角。”

“只有这样，我们明天分头联系人。”

正说着，蔡建勋过来了，听说这样的情况，他说他算一个，接着就是袁化麟、王家骧、史阿大，都愿意认份子。颜梦屏说：“既然这样，就不找其他人，也不对外讲，扩大了影响不好，你们每人认八角，我工资比你们高，家庭负担也轻些，我认一元，给顾德标就行了。”

大家都说这样好。

当晚，汪裕先就将筹好的钱交给了顾德标，他说他带着公司的信找到了派出所，将钱拿了回来。顾德标激动得要哭，他谢谢汪裕先后，说昨晚回去，老婆都愁出病了。

汪裕先一阵心酸。

4

抄表工在华电公司来说是职员，与车间的普通工人有所区别，工资略高点，行动自由些，用上海话说“活套”。而对汪裕先来说，最大的收获是能知道更多的信息。比如他现在所要抄报的这户人家，老先生正在给老太太读报："昨日，北京政府外交总长顾维钧与苏俄代表加拉罕正式签订《中俄解决悬案大约协定》，说自本日起，帝俄与中国订立的一切条约和帝俄与第三国订立的一切有损中国主权利益的条约，一概无效；苏俄放弃帝俄在中国境内的一切租界、租地；苏俄放弃庚子赔款的俄国部分；取消帝俄在中国的领事裁判权……"

"这是真的吗？"汪裕先已经抄好表数了，为了听这则新闻，他在看电表的线路，拖延时间。

"谁知道呢，报纸上这样说的。"

"上海租界连着租界，都成外国人的天下了。"

"小伙子，何止是上海，整个中国都成外国人的天下了。"老先生放下报纸，"捧着外国人，中国人自己窝里斗。"

"别激动！"老太太说，"一谈到这事就激动。"老太太对汪裕先说他心脏不好，不要同他谈这事。汪裕先连声说好，收起电费单据走出了院门。又跑了一条巷子，上午就结束了，他要去看看赵锡炎。

赵锡炎正在抽检书刊，见了汪裕先，非常高兴。

"今天怎么有空来了？是不一样了，可能是工作了，在社会上走动。"

"收工早，想看看舅舅。"汪裕先笑了笑，说，"中午请舅舅吃饭。"

"舅舅请。"

"我请，上次说过了，等我拿工资时请客的，现在我拿工资了。"

"也好。"赵锡炎说罢，就收拾了桌面上的东西，走出邮务总局，他说，"到我住的那地方，有个叫杭州小炒的饭店，全是小菜，很实惠。"

汪裕先说好的，就到那地方。他们在临河的一个小间里坐了下来，汪裕先点了一碟花生米，水煮的，一个炒猪肝，一个炒茶干，外加一碗菊花脑，还要了瓶瘦西湖白酒，半斤装的。老板说这酒是自酿的，瓶子上贴的"瘦西湖"三个字。赵锡炎说这还是郑板桥的字？老板接着说郑板桥在我们那做过县令，喜欢吃狗肉。赵锡炎说县令都好吃，老板笑了。

花生米一上来，就开始喝酒，一喝酒，话就来了。其实不喝酒也是有话的，汪裕先说了前后两次华电工人罢工的事后，赵锡炎说："这是我们现在的社会状态造成的。"

汪裕先理不清这样的关系，他想说的是公司只顾自己的利益，而工人又好起哄，说不干就躺下不干了，都很极端，公司与工人存在着共同利益，而又有不好调和的矛盾，他也想问问舅舅自己是不是被利用了。

赵锡炎的话题一旦提及社会，总有他的感慨，这或许与他所控制的书刊有关。他说原有的封建制度已经解体，但封建势力仍然存在，他们挂着民国的名头，行封建之实，抢占地盘，比如军阀，它存在的道理就是武装割据，在一个国家里形成了许多个势力范围，来掠夺国民利益，而帝国主义仍延续清王朝的签约，占着租界与租地，拿走中国人的黄金与白银，资本家扩充资本的手段就是压榨工人。他说："一个稳定的社会必须有一个合理的利益分配。"

汪裕先不懂这些，他说："工人的工资实在是太低。"

"这样的情况，还有谁顾及到工人的利益？"赵锡炎说，"不过，听说共产党在关注着工人，要开展什么独立的工人运动。"

"听谁说的？"

"记不清楚了，好像在哪本杂志上。"赵锡炎说，"对了，有个叫'上海书店'的，大多数是这方面的书，你可以去找找。"

"在什么地方？"

"小北门，花园路上。"赵锡炎说，"那里的书刊不一样，有不同观点，我能理解，就怕政府容不下。"

"我代表工人与公司谈判时，好多想法都是你上次给我的《新青年》上面的，我说了他们都很惊奇，我感到说得很有力量。"

"那是本共产党的杂志。"

“上面说的都蛮有道理的，但有的不知道为什么会那样说？”

“那是共产党的主张，有的我也不太懂，有兴趣你可多看看。”赵锡炎说，“也不能随便给人看，是有所控制的，上海这地方复杂，面对面你都不知道是谁。”

“跟朋友交换了，他给了我一本《呐喊》。”

“鲁迅的《呐喊》？”

“是的。”

“这人是谁？ 是上次同你见面的那位？”

“是的，叫傅雷，也是周浦人。”

“好家伙，他现在干什么？”

“在徐汇公学读书。”汪裕先说，“他被学校开除过两次了，考入这个学校也才几个月。”

“学校为什么要开除他？”

“第一次反对学校读死书，讲封建礼教，第二次是反对教会学校的宗教教育。”

“别人睡了他醒着！”赵锡炎有点兴奋，他夸赞了傅雷，端起酒杯与汪裕先喝酒。

花生米吃光了，还没见其他菜来，赵锡炎叫了一声老板，声音未落，老板已端着菜来到桌前，说猪肝用完了，现去买的。汪裕先说，说一声换个菜就行了，老板说我们从不轻易让客人换菜的，客人点的菜是有客人道理的。

汪裕先说谢谢。

“《呐喊》你看了吗？”

“看了。”

“怎么样？”

“看第二遍时，才觉得他是想把睡着的人喊醒，亦如他在序言里所说，叫醒他们告诉他们真实情况，或许会痛苦，但拿不准会想出办法来。”

“对的，我也在读，是这么个意思，他没说白。”

“他为什么不说白呢？”

“说白了就不是小说了，也就出不来了。”赵锡炎说，“他要打倒这个制度，他要推翻这个政府，首先要人们知道这个制度是吃人的，这个政府是反动的，文学的手段就是潜移默化。”

“我感觉还是真正的呐喊才好。”

“那就去看《向导》《前锋》与《新青年》吧，那里的主张都是很直白的。”

“转弯抹角地说，指桑骂槐，总是不痛快。”

“舅舅还是要提醒你慎重，有些书是让你有所思考，有所醒悟，在这个社会里做个明白人，有些书是要你跟着走，前面的路，可能是光明大道，也可能是万丈深渊，你们这个家需要你的支撑。”

“知道了，谢谢舅舅！”

饭后，赵锡炎没有回宿舍，直接去了办公室，书刊检查的事很多，北京的，广东的，武汉的，向上海邮寄书刊，品种繁多，内容复杂，他不得不抓紧时间。汪裕先继续去他的片区，每天都要完成一定的工作量，才能按月完成抄报。

5

汪裕先正想找傅雷时，傅雷却找来了。那天，汪裕先正在剥红蛋，是蔡建勋送的，他生了个儿子。按照当地人的风俗，生儿子要送红蛋给最亲的人，在厂里，最亲的人就是一个宿舍的人了。其他人也不好送，送多了又送不起，限定在一个宿舍，说得过去，也不会有人计较，一个人三个。汪裕先刚吃了一个，第二个正在剥，傅雷推门进来了。

“怎么是你？”

“想不到吧。”

“我正想着什么时候去看你呢。”

“这不正好嘛，我来了。”

傅雷的到来，让汪裕先摸不着头脑，他带了很多东西，两个大的包袱皮，似乎把铺盖都带来了。

“吃个蛋，同事生了个儿子。”汪裕先把蛋递给傅雷。

“我吃了，你就少吃了。”

“我已经多吃了。”

傅雷把蛋在床头的柜子一敲，顺手滚了一下，一捏，就脱了壳。

“怎么了？”

“又被学校开除了。”

“这次为的什么？”

“反对他们在学校进行宗教传播。”傅雷说，“天主教最近在上海召开了全国主教会议，拟定了在中国的全盘传教计划，包括在教会所办学校有专门的课程安排，讲授天主教义，礼拜必须念《圣经》，这是强行的，我们坚决反对。”

“那个学校不就是天主教教会办的学校吗？”

“教会办的学校也不行，那是在中国办的学校，教育的是中国人。”傅雷说，“我们的主张是学校中均不得有宣传教义的课程，不得举行祈祷仪式，以传教为业的人不得参与教育事业。”

“结果呢？”

“不是说了吗，我被开除了。”

汪裕先笑了起来，他说：“反对的结果就是被开除。”

“我知道会被开除的，但我不怕，我还是要反，只有反才能引起更多人的觉悟，否则，中国人就成了他们的奴隶！”

“你反对学校的宗教教育被开除，我们公司的顾德标为罢工工人说话被拘留，这个社会怎么就不让人说话呢？”

“帝国主义、封建主义、资本家、外国的宗教势力与军阀都是不让中国老百姓说话的，他们都不允许中国人有思想。”

“这个社会真是越看越黑暗！”

“我在你这住几天可以吗？”

“可以的，同舍的人也不长住这，有时就是我一个人住，上面的床都是空的。”汪裕先说，“等有人，我跟他们打声招呼，吃饭到我们食堂，我有饭菜票。”

“我也不整天住在这里，还得去联系学校，我是要读书的。”傅雷说，“联系好了学校才能告诉妈妈，否则妈妈会担心的。”

汪裕先点了点头，然后说：“我拿到工资了，要钱用吗？”

“不缺钱，你放心。”傅雷问，“你刚才说要找我，有事吗？”

汪裕先就把张静找他搞文化活动的事对傅雷说了一遍。

“主要做什么？”

“讲讲《新约》中的故事，唱唱经。”汪裕先说，“据说是陆总经理同她谈的，如果搞好了，可以在人事科设个专职。”

“这也是天主教《上海会议》的内容，他们想宗教全面渗透。”傅雷说，“你知道鸦片吗？ 这是精神鸦片！”

“我不懂他们的教义，但知道你反对，所以问你。”

“中国人已经愚昧无知了，再对他们宣讲教义，就变成痴呆了，就不会再有利益诉求，他们想用精神控制，使工人不再有罢工的想法，为他们谋求更多的利益。”傅雷说，“听我的，别为他们做这事。”

“你这样说我就明白了。”

“他们想利用你的善良。”

这样说着，汪裕先与傅雷去了食堂。

三天后，傅雷走了，他以同等学力考入了上海大同大学附属中学。 汪裕先帮他一起收拾了铺盖，临走时，他叮嘱汪裕先：“什么事情都要思考，凡对大多数工人不利的事，坚决不能做，我们做不了好事，但决不能做坏事。”

汪裕先点了点头。

就在送走傅雷的当天晚上，颜梦屏向他介绍一个叫俞昌时的人，他说："他想在我们这里成立工人俱乐部，邀请我们参加。"①

汪裕先曾对颜梦屏说起张静要他组织职工文化活动的事，颜梦屏问他怎么弄，他说他不知道怎么弄，她只是说讲讲新约故事，唱唱圣经。颜梦屏问这不是传教士的事吗？汪裕先说他不知道什么叫传教士。后来就没再说什么。他不知道这事与那事有没有关系。

"我是中国道德总会的，我叫俞昌时。"说罢向汪裕先行鞠躬礼，他说，"我们准备在这里搞个工人俱乐部。"

"俱乐部是做什么的？"汪裕先问。

"组织工人开展娱乐活动，互相帮助解决问题，学习文化知识。"

"好的！这个我参加。"汪裕先问，"什么时候开展活动？要我做什么？"

"明天晚上八点，在华电职工食堂搞个成立仪式，我已经联系了十个人，你明天也联系十个人就行了。"

"好，没问题。"

汪裕先特别兴奋，他早就觉得应该有人把工人组织起来，可他不知道怎么组织。张静想组织工人开展活动，可她那是讲《新约》，唱圣经，是在传教，而俞昌时要组织的工人俱乐部竟是为了娱乐活动，为了工人的互相帮助，为了学习文化知识，这里面既有《新青年》的团结起来，又有鲁迅把大家叫醒的意思。支持俞昌时，就是抵制张静传教，他又想到了傅雷的那番话。

早上去片区前，汪裕先来到张静办公室，同往常一样，来得很早，他来等着张静。他一直认为颜梦屏的话有道理，先到是对她的尊重，尊重一个人比对一个人无端唱赞歌还重要，而且尊重了别人，其实也是在赢得别人的尊重，这一点，汪裕先已经有了体会。可这一次，他

---

① 1924年秋，中国共产党上海地方执行委员会委员李立三，派出中共沪南支部成员李士林与俞昌时到南市组织工人俱乐部，并在沪军营亲贤里华电职工集居区创办工人夜校。见《中国共产党大事记》《上海华商电气公司工人运动史》。

没有张静早，他到的时候，张静已经在办公室坐着。

“张帮办早！”

“我一早出去办事，顺道就来了，是早了点。”张静问汪裕先，“有事吗？”

汪裕先就把俞昌时在华电公司创办工人俱乐部的事说了一遍，他说他还没来得及筹划工人文化生活的事，俞昌时已经准备举行仪式，召开成立会议了，他说：“俞昌时是中国道德总会的，他不认识帮办，请我请一下帮办，如果帮办时间好安排，请到场说两句，我也好把工作做进去。”

张帮办想了想说：“也好，把讲《新约》与唱经结合起来。”

晚上八点半，张静准时到场，相约参加活动的人比张静还来得早，谁也没想到会有这么多人来参加活动，且都提前到。张静到时，汪裕先先介绍张静，告诉俞昌时是华电公司的人事帮办，介绍俞昌时，告诉张静他是中国道德总会的俞先生，然后请张静在前排坐下。

“我叫俞昌时，是中国道德总会的，我们的办公地点在静安区。”这个会是一请十，十请百拉起来的，其实来了不止一百个人，华电公司没有出面，华电公司的科股长也没有出面，组织者就是俞昌时自己。他说：“中国道德总会是个慈善机构，主要从事道德教化与社会帮助，我是工作人员，想在总会工作之外，多做点事，尽我所能帮助需要帮助的人，所以在这里成立俱乐部。”

“好！”

汪裕先带头喊好，并鼓起掌来。

“今天我们特别请来华电公司人事帮办张静女士。”俞昌时接着说，“下面我们用热烈的掌声请张帮办讲话。”

一阵掌声后，张静走到了台前。对于张静，大家都是熟悉的，每个人进公司时，都接受过她的训导，因此充满善意。

“工友们晚上好！”张静很庄重地向大家鞠躬，“谢谢中国道德总会以及俞先生的邀请，我们公司也准备组织工人文化活动，前几天就同汪裕先说过。”

汪裕先站了一下，表示张静确实说过。

“工人们是需要文化生活的，以前我们做得不够，我们正准备做时，中国道德总会来做了，我们表示支持，有什么需要我们公司出面的，我们也会协同。”张静说，“希望俞先生在做道德教化时，也讲讲《新约》，唱唱圣经，融合起来，肯定是很好的，很有作用的。谢谢各位！”

张静讲完后，又坐回到了那张椅子上。

“让我们用热烈的掌声感谢张帮办的支持。”俞昌时说，“我们俱乐部要开展的活动总的来说有四项，一是开展娱乐活动，比如打球、象棋、跳绳、拔河；二是读书认字，我们中的大多数人不识字，或者叫初识字，这是不够的，这样的文化不利于企业发展，也有碍于个人的长进，我们将通过举办夜校，来帮助大家读书认字；三是学习民国新生活，皇帝被推翻了，民国建立了，我们进入了新生活，新生活有新生活的要求，比如女人不能裹小脚，比如不能有童养媳，不能人进了民国，还过清朝的日子；四是团结互助，一人有难，大家帮助，大家有难，齐心渡过，不能望船沉。”话音刚落，掌声又起。

“刚才张帮办讲，希望我们能够讲讲《新约》，唱唱经，我首先谢谢帮办的好意，我们不反对从业人员的传经布道，也不反对在座各位的宗教信仰，你们信基督，可以到教堂去，离我们这里比较近的有徐汇教堂、静安寺教堂、普陀教堂和闸北教堂，听汪裕先说张帮办不但有崇高的基督情怀，对《圣经》的理解也精深，有此信仰者可以向张帮办请教。但中国道德总会宣传的是中国的伦理纲常，中国的道德，并由此规范中国人的行为，所以，工人俱乐部不讲教义，也不唱经，更不会有祈祷。”俞昌时坚决地说，“没有神仙皇帝，也没有救世主，一切靠我们自己！”

掌声再次响起。

俞昌时最后宣布：“明天晚上八点半准时在这里上课认字。”

又一阵掌声后，工人俱乐部的成立仪式就结束了，工人们一起来到食堂的大门外，把张静送上了车，然后就回到了各自的宿舍。

联系的十个人在食堂里又留了一下，说出各自组织的人的名字，俞昌时说明晚上课用。

第四章 寻 找

1

华电工人俱乐部成立的第二天下午，张静来到陆伯鸿的办公室，她是上午同办公室约的。按照办公规定，所有管理人员找陆伯鸿当面请示问题，必须向办公室预约，并且要事先报告约请事由。

“我不是提醒你们要搞工人文化活动？”陆伯鸿说，“有些事情要考虑得全面些。”

“我们已经着手了，汪裕先已经在做工作。”

“那小孩子是能做事的，比较认真，但不知道你看出来没有，他是很有想法的，与其他工人不一样。”陆伯鸿说，“其他工人只能是起哄，而他是要讲道理的。”

“上次代表工人谈判，我也感觉他不一样。”

“起哄的人好哄，讲道理的人固执，很难说服。”陆伯鸿说，“企业不好做了，人也不好用了，过去，在上海只要找顶外国人的帽子戴上，朝廷基本不问的，现在呢？ 外国人好应付，中国的军阀你惹不起，皖系走了，来奉系，直系又把奉系赶跑，广东的国民政府又要北上，这人心还不乱？”

“要么，阻止这个俱乐部的活动，我们自己搞。”

“你以为合适吗？”

张静没作声。

“现在只能是融合，把我们要讲的融合进去。”

“昨晚上我就说了，让他们讲讲《新约》，唱唱经。”

“他们怎么说？”

“不同意。”

“这就是中国道德总会的人，他们可不是一般的给点钱，给点米，开个粥厂施粥的慈善机构，他这种慈善是包含精神救助的。”陆伯鸿问，“知道精神救助吗？”

“说不准。”

“就是我们的信仰，我们的布道。”陆伯鸿说，“他们倡导的觉醒。”

“他们不懂得救赎，怎么觉醒？”

“我们救赎了吗？ 我们有我们的信仰，可我们终究是中国人，要知道中国人的情绪，《上海会议》①还是激怒了中国人。”陆伯鸿说，“前不久，北京非宗教大同盟在《晨报》上发表宣言，抵制基督传播，蔡元

---

① 1924年5月15日召开第一届天主教主教会议（由于大会在上海举行，所以简称《上海会议》）。

培在北京非宗教大同盟讲演大会上发表的演说，更是针针见血，民间也是遥相呼应，现在虽说是春末夏初，可福音的传播却是严冬，你在这个时候提出让他们唱经，可能吗？”

“听总经理的。”

“支持他们。”

“支持他们？”

“对的，从总经理经费中支出十块大洋，支持他们办俱乐部。”陆伯鸿说，“他们今晚不是有夜校吗？你送过去。”

“好的。”

“中途送，要让参加学习的工人知道我们公司的关心与支持。”

“总经理真是大仁大义。”

“这也是布道。”

张静真的没有弄明白陆伯鸿的这句话，但她想也没有必要弄明白总经理的每句话，她的职责就按照他的要求办。

“另外再支出十块大洋，在工人集中居住区找个地方，请个牧师讲经。”

张静愣住了，没回得过神来。

“不要靠着工人食堂，远一点，环境舒适点，要有温馨感。”

“明白了。”

晚上八点没到，就有工人来食堂了。汪裕先来得最早，他把食堂的地扫了一遍，又用热水把几十张饭桌擦了一遍，然后帮助俞昌时把黑板架起来。这块黑板是半边门板改的，新刷的黑漆。然后他就在靠着门口的一张桌子坐下来，登记来的人。

俞昌时往黑板前一站，首先在黑板上写了“工人”两个大字，就开讲了。

他问大家，这两个字有没有不认得的，大家都说没有，他又强调了一下，说认不得的请举手，还是没有。他是想了解一下参加第一课的八十六个人的文化程度，说明不是文盲，他要为他今后的课做准备。他说工人是在工厂工作的人，与农民不同，农民是种田。但在工厂工作的人又不全叫工人，比如总经理、副总经理、科长、股长、帮办，他们就不是工人，而是管理人员，工人是在这个企业做工的，管理人员是管理这个企业的，于是，就形成了劳资关系。

讲到这，工人中有点小议论，他们说从来没有人同他们讲这些，这样的说法挺有意思。工人们议论时，俞昌时就停了下来，让工人议论。议论是对他讲课的评价，也让他知道了要讲些什么，他要说出他要说的，就必须让他们愿意听他说，听懂他在说些什么。

“这种关系是什么关系呢？是契约关系，什么是契约关系呢？”说到这，俞昌时问大家，“进公司时是不是与公司签契约了？”

“签了！”

异口同声。

“签了，契约关系就形成了。”俞昌时说，“这样就有了我们的利益责任，公司规定了我们要做什么，这就是工种。公司还规定我们什么时候上班，什么时候下班，这就是工时。公司还规定了工人的服务规则八十三条，这就是工作要求。比如工作时间不能擅离职守，不能有碍卫生，不能打瞌睡，不能看书读报，不能饮酒，不能赌博，不能损坏公物等等。”

俞昌时似乎把公司的要求说了一遍，这是他刻意的，他看到张静从后门走了进来，坐在汪裕先背后的桌子旁边。要想在这里立足，是要迎合公司要求的，对立起来就没有市场了，大家都不利。汪裕先也在想，俞昌时不是华电职工，怎么会对华电工人服务规则这么熟悉呢，他背下来都费了劲的。俞昌时说，我们签了约，就得按契约的规则要求做好服务，也就在这时，他把话头一转，说：“张帮办今天也来到了我们中间，请大家欢迎！”

工人们站了起来，顺着俞昌时的目光，找到了在最后面的张帮办，她一般情况下是不到车间的，工人们很难见到她，在这样的场合又一次见到她，还是非常高兴，掌声响了起来。

“我是代表陆总经理来看望大家的。”张静走到前面，说，“总经理听说办俱乐部，办夜校，非常高兴也非常重视，从他的业务费用中拿出十个大洋，表示支持。”说罢，从提包中拿出十个大洋，当着众人的面，交给了俞昌时。

俞昌时接过大洋后，说：“请为总经理鼓掌，为张帮办鼓掌！”

一阵掌声后，张静说：“刚才俞先生讲得很好，请继续。”

大家把张静送到门口，看着她上了车，又回到了原来的座位。

“这钱我先收着，怎么用这钱，我会征得在座的每一位的同意。”俞昌时继续讲课，他说，“我刚才说了公司职工服务规则八十三条，这是公司对工人的要求，那么，工人有对公司的要求吗？ 有！ 就是给我们工资。”俞昌时说罢，一转身，在黑板上又写下两个字：工资。

这时，工人又议论开了，有的说工资太低，有的说当时签契约时，就没有标明给多少工资，有的说这个契约不平等，公司对我们要求特别严，而给我们的待遇却不具体，更没有约束性。

汪裕先想的不是这些，他想的是俞昌时的才能，他怎么会想到这样讲的呢？ 他比自己也大不了多少，顶多五岁，可他懂得的东西太多了，想到这，就去厨房，为他倒了碗开水。

“我们到工厂当工人，为的是什么？”俞昌时转身又在“工资”两个字下画了一条线，说，“就是为了这两个字，工资。 这是我们与公司签订的契约关系的另一个重要方面，我们按照公司的要求做工，公司就得给我们工资，这是契约要求。”

“可公司对我们的要求太严，而给我们的工资太低！”

“是的，这是契约的不平等。”俞昌时说，“可我们为什么要签呢？”

“也没办法啊，我们要吃饭，要养家糊口，就得找工作。”

“当时能进这样的企业，真的不容易，都是有背景的人介绍的，否则，我们也进不来。”俞昌时说，“不签，你进不了，签了约，仍然有争取更大利益的权利。 比如上次罢工，我们不就争取了利益，每人每月加了两块大洋或一块大洋，虽然不多，没能达到我们的要求，但也告诉我们得到诉求的可能。”

“什么是诉求？”

“就是我们想要得到的。”

“是要求？”

“对的。”

“其实，契约是对等的，你要求我怎么怎么，一下子规定八十三条，我也能要求你怎么怎么，比如工资，比如工时，比如其他福利。可现在的情况，我们工人没法提这些要求，因为劳动力太多，也就是说想要进这个公司的人太多，进不来，我们来的人，都要通过一定的关系，比如公司董事会的人介绍，比如公司科股室的干部介绍，还有是教会介绍来的，没人介绍你还进不来，你能提条件？ 提不了。”俞昌时说，“我们签了约，我们是正式工人，我们为我们的劳动应该得到什么样的报酬向公司提要求，也是合理的。”

“他们的工资怎么会那么高呢？”

“你是指？”

“老板，还有管理人员，据说他们一年能买一处房子。”

“他们是资本家。”

“什么是资本家？”

“办这个公司，比如发电机组，比如电车，比如变压器，比如要购进煤炭等，都得要钱吧，这个钱就是这个公司的资本，出这些钱的人就叫资本家，资本家拿出钱来办企业干什么？”

“赚钱！”

“对的，他们是为了赚钱，怎么赚钱呢？”俞昌时说，“算电的账，比如居民用了一度电给一角钱，我说比如，除去煤炭、运输、发电机的成本与线路、变压器等设备税费的分摊，还有工人工资等等一切费用，剩下来的就是资本家的。”

汪裕先如饥似渴，对俞昌时的讲解佩服得五体投地，他又把俞昌时的碗拿到厨房，给俞昌时续上开水。

“电费的价格定下了，你公司不能随意变，比如一度电一角钱，就一角钱，发电用的煤炭价格，你也变不了，前期投入的发电机组、电车、变压器、输变电线路分摊费用也没法变。”俞昌时说，“资本家要想赚得更多利润，怎么赚？”

“赚工人的！”

“对的！ 汪裕先说得对，赚工人的，工人工资是可变资本。”俞昌时说，“少用工人，拉长工时，少发工资，是资本家获得更多利润的主要手段。”

“怪不得3月份答应的加薪后来又变了。”

“对啊，你们加薪了，他们的利润就少了。”

汪裕先听得懂，有些东西他在赵锡炎给他的书中读到过，傅雷也同他说过些，他就是不能像俞昌时这样说出所以然来。 晚上结束时，他把俞昌时请到自己的宿舍，他问俞昌时有没有讲课材料，他想借来认真学习一下。 俞昌时说：“这个没有，我也是听来的，你就记记吧，稍微记记就行了，很好懂也很好记。”

到南市，到华电工人集中居住区成立工人俱乐部和夜校，是李立三根据中共中央指示的总体安排。 俱乐部怎么成立？ 工人夜校怎么办？ 讲什么内容？ 都有总安排。 但也有规定，以口授为主，这一点，他不能对汪裕先讲，这是纪律。 他知道汪裕先的思想比较活跃，也有可能接触了一些进步书刊，更知道他同张静走得近，张静也想要他做工人工作。

汪裕先说：“谢谢！”

“不用谢的，我得谢谢你给我送开水。”俞昌时说，“下次上课我给你带本子来。”

汪裕先想得更多的是俞昌时是不是共产党，用赵锡炎的话说，共产党在暗处，你找不到他，他在注视着你。

2

陆伯鸿本来没有在公司宣传教义的想法,《上海会议》后也没有这样的想法。《上海会议》的主旨是统一和规范教会学校的教义教育，会议还没结束，社会就有议论，会议发表了文稿后，社会反响强烈，陆伯鸿也多有思考，尽管他信仰天主教，甚至是中国的天主教领袖[①]，但他是中国人，对中国人的了解远胜于对天主教发源地人的了解。无论什么宗教与信仰，离开生长的土地，又不与当地的实际相结合，总有空悬的不稳定性。办企业与传经布道不一样，办企业，讲究的是经济效益，是见针见血的利益纷争，而布道是精神层面的东西，有些境界是不着边际的，在吃不饱饭的中国人面前没有什么比大米与白面更重要。他的科股负责人与重要岗位的管理人员都是天主教徒，只是在信仰上画线，但他从未想过用教义教化公司员工。这一次，他却要张静在公司内设个点，讲授圣经，是想和工人俱乐部摆个擂台，还是试一下员工对天主教的感知?

张静把教点设在食堂的背面，原来是接待客人用的，就着厨房，厨师烧好菜，从后门可以端进餐厅，后来公司有了小灶，也有专门厨师，与办公楼隔着一堵墙，原来的餐厅一直闲着。张静联系了总务科，把墙粉刷了一遍，又请来耶稣像，耶稣像前铺一层板，约两寸高，形成一个台子，台子上放张桌子，桌子上铺白布，台下是条椅，可坐四五十个人。牧师来看了一下，说是不是小了点。张静说如果哪一天坐不下了就换个更大的地方。可两个星期下来，只有三个人，一个是在场外扫垃圾的，另外两个是煤场的零工。而到夜校学习的已经有一百二十多人。

“你能不能做点工作?”张静找到汪裕先，“天主教的精神救赎和科技推广肯定比不着边际的空谈更有意思。”

“这工作我做不了，没法动员更多的人去接受精神救赎。”

---

① 1922 年被罗马教皇授予“剑袍爵士”称号。

“为什么？”

“在主里没有拒绝，只有接纳；在主里没有攻击，只有包容；在主里没有争分，只有合一；在主里没有伤害，只有扶持；在主里没有诅咒，只有祝福；在主里没有冷漠，只有温暖；在主里没有绝望，只有盼望；在主里没有仇敌，只有相爱；在主里没有忧伤，只有笑脸；在主里没有骄傲，只有谦卑；在主里没有歪理，只有真理；在主里没有偶像，只有基督；在主里没有嘲笑，只有尊重；在主里没有论断，只有关怀。”汪裕先问，“公司的管理人员都是天主教徒，能做到这些？”

“看来你对天主教义还是很有研究的。”

“所以我说服不了他们。”

这次见面，张静相当不愉快，说罢就走。

工人夜校的几次课后，汪裕先与俞昌时有交流，参加交流的还有袁化麟、颜梦屏、蔡建勋、史阿大、王家骧。后来，俞昌时把这几个人叫作工人夜校小组，有事一起商量，碰到问题一起解决，俱乐部与夜校的事一起做。

这次开课前，俞昌时说他向中国道德总会报告了公司给的十块大洋的事，总会表示用于对困难工人的救助。他说：“这十块大洋是公司给的，办夜校我们不用这个钱，要用钱我们自己筹。钱放在我这，大家发现需要帮助的困难工人，就提出来，大家举手表决，只要大多数人同意，我们就动用这个钱。”他问大家有没有意见，没有意见就鼓掌通过。

一阵掌声后，这个事情就这样定下了。

接下来，俞昌时在黑板上写下两个字：工友。

“什么是工友？我们先从‘友’字说起。”俞昌时说，“友，朋友，友好，友谊，友情，友爱，等等。工人之间的朋友，叫工友。什么样的人才叫工友？没有恶意，有善意，一切为你好，没有索取。比如哪位工人家里发生困难了，我能帮助就出手帮助，不需要得到什么。一人有困难，大家来帮助，大家有困难，一起去求助，这就是工友的情意。”

讲完“工友”，俞昌时又在黑板上写下另外两个字：工匠。然后他从业务的精益求精说起，谈到学习与坚守，谈到工人要有真本领，有真本领就有话语权，就有人相信你，听你的，每一个工人都要力争做工匠，不想当工匠的工人不是一个好工人。他最后说，在我们这个国家，肯定需要更多有技术的工人。

他说得很自信。

夜校下课后，工人夜校小组的人聚到了306宿舍。

汪裕先问俞昌时：“共产党在什么地方？”

俞昌时愣住了，大家把目光都投向了汪裕先，然后转向俞昌时。这个问题问得太突然，所有人都没有想到汪裕先问这样的问题，尽管他们对社会都有一些想法，但还没有想到共产党在什么地方。俞昌时一时语塞，他不能告诉他们上海是中国共产党的诞生地，也不能告诉他们共产党的组织机构就在上海，更不能说出他就是共产党员，现在的形势还不利于共产党公开活动，让他欣慰的是有人在找共产党。俞昌时说：“我不知道在什么地方，但我知道他们在活动着，在有组织地领导革命。”

“领导什么革命？”汪裕先接着问。

“共产党前不久已经帮助孙中山改组了国民党，孙中山现在实行的联俄、联共、扶助农工的三大政策，就是在共产党的启发下完成的。”俞昌时进一步解释说，“联俄，就是联合苏俄，苏俄革命成功了，打倒了帝国主义，推翻了资本主义；联共，就是联合共产党，共产党是中国的新生力量，无私无畏；扶助农工，就是发挥农民与工人的作用，团结起来一起革命，以实现对外废除不平等条约，收回主权，对内打倒军阀的目的。”

俞昌时一说，所有人都目瞪口呆。

“要我们做什么？”袁化麟问。

“我们能做什么？”颜梦屏接着问。

“共产党主张要将工人组织起来。”俞昌时说，“发动工人参加斗争，防止资产阶级的妥协性，民族解放才能彻底。”

“怎么组织？”汪裕先问，“工人俱乐部算不算组织？”

“俱乐部是个组织，但还不算是工人的组织。”俞昌时说，“工人的组织应该是有斗争性和敢于奉献的人参加的组织。”

“那是什么？”

“据说全国铁路工人代表大会在北京召开了，成立了全国铁路总工会。”

“成立工会？”汪裕先问。

“应该是工会。”

“共产党为什么不站出来，公开领导工人革命？”

“现在既有北京政府，又有广东政府，还有各个军阀，共产党还没有力量与他们抗衡。”

“你怎么知道的？”

“我是这么想的。”俞昌时说，“否则为什么不公开呢？”

汪裕先觉得俞昌时就是共产党，但不能肯定，他是中国道德总会的人，他来是帮助工人学文化懂道理的，他怎么可能是领导革命的共产党呢？ 共产党又在什么地方呢？

为动员工人参加教会活动的事，张静对汪裕先有了意见，但后来还是理解了他，她知道他的本质并不坏，只是固执些，理解与不理解的事，不会转弯抹角。 其实，那天张静走后，汪裕先也在检点自己，应该用另外一种方式交谈，说出工人们不愿接受教义的原因，而不应该拿矛戳盾，使她在情理上接受不了。

两个星期后的一天下午，张静找来汪裕先，问：“你知道车务部的事吗？”

车务部是负责电车运行的。

“不知道。”

“他们成立了工会。”

张静说这话时，眼睛盯着汪裕先，似乎想从他的脸上发现问题。

“什么工会？”

“你应该知道的，是替工人说话的组织。”张静说，“替工人说话？是个幌子！”

“不能成立吗？”

“替工人说话有公司有官厅，为什么还要成立一个组织？”张静说，“明显是要与公司对着干，与官厅对着干。”

张静简单地与汪裕先说了说后，让他通知俞昌时到她办公室。汪裕先到了静安区，找到中国道德总会，在一个亭子间见到了俞昌时。这是汪裕先第一次在工人俱乐部之外的地方见到俞昌时。亭子间很小，阳光又不够充足，因此，白天也有点昏暗。

俞昌时一脸狐疑，望着汪裕先，他知道有什么事。

“张帮办让你到她的办公室去一下。”

“具体什么事呢？”

“车务部成立工会，被官厅取缔了，正在调查处理。”

俞昌时眉头一皱：“什么时候的事？”

“我也是下午听张帮办说的。”

“你一点也不知道？”

“我跑片区，跟车务部没有联系。”

俞昌时关上门，跟着汪裕先就走。到了张静的办公室，快到下班时间，张静没有走的意思，见到俞昌时，她很直接地说：“车务部成立工会，被官厅取缔了，我找你来，是代表公司同你谈一次话。”

“请帮办讲。”

“陆总经理说了，中国道德总会做慈善，他也做慈善，他能理解慈善的主旨，为工人讲文化与中国道德，他是欢迎的，也从他的业务经费中拿出十个大洋以示支持。”张静说，“但他不希望俞先生做其他什么事，比如赶潮流，搞什么革命。”

“我们只是讲中国传统文化，教大家学学生活常识，认认字，民国了嘛，总得有新的气象。”

“这个我能理解，希望你也能理解我们公司规矩。”张静说，“我们是讲求稳定，要正常生产，发电车间停了，市民没电用，电车停了，市民不便出行，再怎么革命，生活规则不能乱。”

“这个我知道，一定一定。”

“你们可以不讲，但不能乱讲，没了规矩，我们是要干预的。”

“知道了。”俞昌时说，“请帮办放心！”

走出公司大门，俞昌时对汪裕先说：“我上次说的对吧？”

汪裕先点了点头。

3

张静办的基督传教点，并不如牧师的想象，办了两个月，只剩下一个人了。原来在煤场做零工的两个人，因体力不能适应公司的工作量，被总务科解雇了，就不可能再到这个传教点活动了。他们找到牧师，想请他出面说说，留他们继续工作，离开了煤场，他们的生活就没有着落了，可没有说通。他们就问牧师：主不是说要帮助人吗？我们正需要主的帮助啊！牧师说，主也不是万能的，特别是尘世人间，盘根错节，主也不能理清。后来，这个传教点就关门了。

公司没有正面干扰工人俱乐部的活动，夜校也进行着，但已经有所限制，比如限制晚上活动的时间，理由很简单，时间长了会影响职工的休息，由此会影响安全生产，原来每个星期一次的夜校与文娱活动改为半个月一次，且要以书面形式申报活动时间与活动内容，实际参加活动的人数，有时，公司还派人巡查。俞昌时感到这不是长远之计，往往是在公司没有人在场时，讲一些工人们想知道的敏感话题，比如马克思列宁主义，比如阶级斗争，比如工人运动。

“我们要有自己的组织。”汪裕先首先与颜梦屏商议，他们在一个宿舍，通过一段时间的交往，他们谈得来，且有些观点相近。

颜梦屏赞同，他说：“我们是不是先在职员中组织？”

“我也是这样想的。”

华电公司的普通工人也是有区别的，虽说都在一线，有的在车间，有的在路上，大多都受时间限制，没有更多的自由。职员不一样，比如汪裕先与颜梦屏，他们负责抄表，不受上下班时间限制，工作有弹性，一般情况下，按月完成片区抄报就行了，出了公司门，就是自由天地。职员也不是所有人都可以当的，首要条件是要有一定的文化，有了文化还必须是有脸面的人推荐的，比如王一亭推荐了汪裕先。王一亭的身份地位决定了汪裕先还有上升的空间，张静让他做事，就是一种征兆。有背景的人总是会让人信得过。而汪裕先现在想的更多的不是升职进入管理层，享受更好的待遇，而是如何将工人组织起来。

“职员有更多时间参加活动，他们都有点背景，出点小问题也容易过关。”汪裕先说，“而且他们对问题的理解能力要强些，道理说得通，组织起来容易。”

“叫什么呢？我想不能叫工会，车务部组织的工会刚被取缔。”颜梦屏说，“这个名字由你想，你水平比我高。”

“我也没水平，但我会认真想。”

“这个时候不能公开，要秘密进行。”俞昌时知道后提醒汪裕先，“现在华电的环境不算太差，但我们要珍惜，有了好的环境，才能发展自己。”

汪裕先说是的。汪裕先心里想，说这样话的人就应该是共产党。每次与俞昌时交流后，他都会有这样的想法，但他也不再表现出来，既然都是秘密的，为什么要挑明来问，这样也不尊重对方。

按照汪裕先与颜梦屏的商量，他们分头联系发起人，并接受了俞昌时的提醒，在联系发起人时，很谨慎，都是从谈家常入手，然后谈这一段工人俱乐部的活动，以及工人夜校学习的感受，在对方有同样想法时，才谈到成立一个类似于工会的组织，开展活动，争取工人的利益。他们最后联系了其他五个人。

“要开个碰头会，宣布一下，定个路子。”

“应该的。”

“在什么地方开呢？”

“就在我们这个宿舍吧。”

“这个不好，我们不能说我们要商议事，让其他人出去，没法解释。”汪裕先说，“是秘密的，不能公开，就不宜在公司里的任何地方开会，没有不透风的墙，别人一议论，事情就做不成了。”

“也是。”

“到‘苏北杂烧’如何？”汪裕先说，“那地方远离公司，又是个小饭店，晚上也好庆贺一下。”

“这个主意好，还是你脑子灵活，我怎么就没有想起来呢。”颜梦屏说，“昨天俞昌时听说我们有活动，给了两块大洋，说支持我们，茶水钱。”

“他哪来的钱？ 不会是上次公司那十个大洋吧？”

“不是，道德总会的活动经费。”颜梦屏说，“他说道德总会有个‘教育’经费列支项目，他给我们申请了。”

“这样也好。”

第二天下午四点多钟，一行人陆续来到“苏北杂烧”，除了颜梦屏、汪裕先外，还有赵品芳、吴增寿、沈揆佰、朱伯桢、刘殿甲。 开会的地点在饭店一个临河的小房间里，跑堂的送上一壶开水，拉上门，走了。 河边青草萋萋，河中荷叶已经放开，有两三只鸭子戏水。几个人望着窗外景色，感觉生活还是美好的。

“我们准备成立一个组织，暂定名叫‘华电职员协进会’，马上大家讨论。”颜梦屏说，“我们选择在这里开会，主要是想避开公司的耳目，大家是知道的，公司不准成立什么组织，官厅也是严查。 筹备工作是我与汪裕先商量的，具体是他在做，现在就请他说具体点。”

“先从‘协进会’这个名字说起吧。”汪裕先说，“其实应该叫工会，但这个名字比较敏感，不知道大家听说没有，车务部成立工会，被官厅取缔了，事情还没了，还在调查处理中，公司方面也很在意工人活动，所以我们叫‘协进会’。协，是会意字，十，表示众多，办，表示同力，合起来表示众人同力，齐心合力。协进会，就是共同合作，互相帮助，共同进步。大家看看，对这个名字有什么不同意见。”

“天主教也有协进会。”赵品芳说，“我们叫协进会，会不会有传教之嫌？”

“协进会不是天主教的专属用语，上海就有好多协进会，比如运输协进会，体育运动协进会等等。”汪裕先解释说，“之所以选择用这个名字，一是它能表达我们的意思，二是必要时可以自圆其说，如传播教义。”

“为的是保护自己。”颜梦屏补充了句。

“这个名字是可以的，我只是问一下。”

“大家还有没有意见？”颜梦屏说，“没有意见请汪裕先继续说。”

汪裕先就宣读了协进会章程：传播进步思想，倡导新的生活；组织学习活动，提高文化水平；团结起来互助，共同面对困难。

“什么是传播进步思想？”还没等汪裕先做解释，讨论就开始了。

“现在都民国了，可我们很多人的想法还是清朝的，比如很多人‘认命’，认为一切都是命中注定，其实不是。”汪裕先说，“从来就没有救世主，一切靠我们自己，我们的命运靠我们自己改变，这就是新的思想。”

“汪裕先说得对，所以我们不要相信主与神。”颜梦屏说，“新的生活就是积极的向上的，文明的卫生的。”

通过讨论，加了“严守组织秘密，维护大家利益”的内容，最后举手表决，通过了这个章程。

“职员协进会设执行委员会，我们七个人，就是职员协进会的执行委员，负责发展会员，组织活动。”表决过后，汪裕先说，“协进会需要有人牵头做事，我们想设主任一人，副主任一人，请大家推荐。”

赵品芳说：“推荐什么，就你们两人。”其他四个人一致同意。这时，汪裕先说：“颜梦屏做主任，我做副主任，做具体事。”

“还是你做主任。”

“这就不要推了。”汪裕先说，“没有意见就请大家鼓掌通过。”

整个议程结束后，汪裕先说由主任颜梦屏请客，这是他们事先商议好的，没有提及中国道德总会给了活动经费，他们不想让参加的人留下想象空间，去解释中国道德总会为什么要支持他们的活动。再说，以汪裕先的理解，这笔钱根本不是什么中国道德总会的，俞昌时不是总会的主要领导，没有可能方便这样的支出，他认为，这是共产党的活动经费。

汪裕先只是这样想。

4

自从公司规定夜校上课时间与授课内容要书面报告后，汪裕先就负责起与公司沟通的事务。几个人商议由谁联系公司时，一致认为汪裕先最合适，除了汪裕先与张静接触多外，他的语言表达也比其他人更到位，几次公开场合下与公司对话，使人们有了这样的认识。5月中旬夜校一课，准备讲孙中山逝世、顾正红被杀、全国第二次劳动大会。

“都是些敏感话题，这样讲合适吗？”张静问。

张静早就注意到了夜校的政治倾向，也早就说过，夜校要把重点放在文化知识提高上，放在道德教育上，因此才有了报批制度。可每一次内容都让她头皮发麻，总有一些社会问题，她认为工人无须知道的东西，夜校却大做文章，比如军阀，比如帝国主义，讲这些，能解决工人的吃饭问题？

“话题是敏感了点，但不能说不合适。”

“比如孙中山，这样的人物，我们要议论他干什么？比如顾正红，那是日本企业里的事，我们讲这些好不好？还有全国劳动大会，怎么讲？”张静接着又说，“中山先生是个有基督情怀的伟人。”

“中山先生对中国最大的贡献是推翻了帝制，不推翻帝制哪有我们现在的民国生活，他又致力于废除不平等条约。”汪裕先不接张静关于孙中山有基督情怀的话题，他说孙中山推翻帝制，废除不平等条约，“凭什么外国人在上海占着中国的土地，搞国中之国，日本人在中国开枪打死中国工人，我们在家里自己说说还不行？ 说说自己的劳动大会也不行？”

汪裕先有点激动。

“我没有说不行，你还小，有些事你并不太清楚。”张静没有生气，甚至连眉头都没有皱一下，一般情况下，在她不愉快的时候，在有些话让她不能接受的时候，她的修养要求她皱一下眉。

“对不起帮办！”汪裕先站起来，向张静深深地鞠了一躬。

“我能理解你们。”

这话让汪裕先大吃一惊，也就在这时，他才觉得张静对他的管理每每都有让步。

“你不知道，现在关注你们夜校的人比较多，社会的情况远比你想象的复杂，有些东西我也说不准，得向总经理汇报。”

张静拿着汪裕先送来的申报，去找陆伯鸿。

“让他们讲，让他们讲！ 你能不让他们讲？”陆伯鸿接过申报，说，“中国这个社会，没有这些热血青年，肯定不行的。”

“好的。”

“我就是怕他们弄出什么事来。”陆伯鸿又叮嘱了句，“让他们不要影响正常生产。”

“好的。”

张静知道陆伯鸿的心事比她还重。

下午，俞昌时对汪裕先说，“晚上这一课你上。”

“我？”

“是的。”

“我从来没讲过，我讲不好。”

“你能讲好，你只是没有讲过。”俞昌时说，“我们要发动民众，就得宣传民众，宣传民众的事，靠大家做，一个人或几个人是不行的。”

汪裕先想，能说这样的话，应该是共产党。听俞昌时这样一说，他就没有再说什么。

“我这里有份材料，你先看，下午我帮你理一下。”俞昌时说，“你懂得的东西很多。”

汪裕先答应了俞昌时的要求，他也想试试，在与公司的几次谈判中，他感觉自己的临场发挥很好，特别是上午为讲课内容与张静的对话，让他更有自信，那也是在没有准备的情况下，要是有所准备，会更好些。

“我为大家讲了好多课，落了俗套，有时我的讲法或许还不合大家口味，以后我们改变方法，我们出题目，让大家都来讲，或者说是交流学习心得，这也是一种学习，当哪一天社会要我们做事时，就都能站出来。”开课时，俞昌时同往常一样，走到台上，等大家静下来后，他说，“今天这一课，我们请汪裕先讲，大家欢迎！”

在热烈的掌声中，汪裕先走上讲台。与俞昌时相比，他稚嫩了些，个头不高，又是张娃娃脸。大家都知道他忙前忙后，服务俱乐部活动，服务夜校，听说他讲课，还是一片惊奇。

汪裕先在黑板上写下“孙中山”三个字，转身问大家知道不知道孙中山，知道不知道孙中山给中国做的贡献，知道不知道孙中山逝世了。汪裕先这样问后，就看着大家，他想从每个人的目光中得到回答。看得所有人都紧张，有人紧张是怕他提问到自己，有人紧张怕他讲不下去，怯场。其实，都是多余的，他是在用这样的方法壮一下自己的胆。他说知道民国的人都应该知道孙中山，他最大的贡献是推翻了封建帝制，现在他走了，是3月12日在北京逝世的，丢下他未竟的事业。他在临走前给中国人留下了一句话：革命尚未成功，同志仍须努力。他为什么说“革命尚未成功”呢？皇帝打倒了，封建制度没有彻底推翻，民国建立了，帝国主义强加在中国人头上的条约仍然没有废除，所以他所领导的革命没有成功，这是中国人的大不幸！ 或许有人会问，这与我们老百姓有关系吗？ 与我们工人有关系吗？ 说到这，汪裕先拿起粉笔，在黑板上写下另外三个字：顾正红。

汪裕先说，他是一名工人，是日本纱厂的一名维修工。 日本在上海办了二十多家纱厂，掠夺中国的原料，又雇用中国的廉价劳动力，进行无情的压榨。 工人每天上班十二个小时，只有一角二分钱工资，还要扣存百分之五储蓄在他们的厂中，工作满十年才能拿到。 顾正红就是被日本人奴役着的几万工人中的一员，他为了争取工人利益，在与日本人的争执中被开枪打死，这个事情就发生在前天，1925 年 5 月 15 日，中国人的一条生命，就这样被日本人残杀了。 而我们的所谓政府呢？ 他们帮着日本人维护秩序，逮捕抗议的工人与群众……说到这，汪裕先流下了泪。

“打倒日本帝国主义！”颜梦屏喊了起来，接着大家都跟着喊了起来。

“这就是孙中山说的‘革命尚未成功’。 哪一天上海没有了租界，外国人不在上海滩为所欲为了，哪一天革命就算成功了。”汪裕先擦了擦泪，说，“大家想想，对于这样的革命，我们每个人是不是都有份？”

“我们不参与到革命中，我们就永远也打倒不了帝国主义，永远被奴役被剥削。”坐在前面的俞昌时站起来说，“我们要响应孙中山的号召，共同努力，把革命进行到底。”

“我们是产业工人，我们上班挣钱养家糊口。 但我想，一个人只想到自己的养家糊口，是养不了家也糊不了口的，因为我们没有足够的力量，我们打不倒帝国主义，推翻不了封建主义，我们就不可能有好日子过了，怎么办？”汪裕先说，“前几天，我在《申报》上看到一条信息，说 5 月上旬在广东召开了全国第二次劳动大会，并成立了中华全国总工会。 我想，工人就应该有自己的组织，如果工人组织起来了，二十多家纱厂的工人还对付不了日本那几个强盗！？”

一阵掌声后，汪裕先说：“讲得不好，请大家谅解，请俞昌时老师纠正。”

“汪裕先讲得很好，我希望有更多的人来台上讲。”俞昌时对今天的课做小结，“今天讲了孙中山，讲了顾正红，讲了全国第二次劳动大会，其实主题只有一个：革命！ 我们不要害怕革命这个词，革命永远是正确的！”

第五章 加入中国共产党

1

顾正红事件在上海持续发酵，工人的情绪仿佛是江南的梅雨，在愁闷中飞扬成团，寻找倾注的时机。先是日商内外棉五个厂八千多工人联合罢工，之后，学生出来示威，又遭到军阀的逮捕，正义得不到伸张。5 月 30 日，更多的人走上街头。下午，学生与工人在公共租界南京路散发传单，演讲示威，张贴反帝标语，抗议顾正红被杀与爱国学生被捕，也就在这时，英国巡捕向学生与群众开枪，当场打死十三人，重伤数十人。当晚，中共中央在上海召开紧急会议，决定组织行动委员会，建立反帝联合战线，发动罢工、罢市、罢课。6月1日，上海总工会公开成立，李立三任委员长，并在宝山路宝山里2号挂牌办公，当天下午发出命令，宣布6月2日起为反抗帝国主义大屠杀实行同盟大罢工。

……

“裕先！”范成出现在汪裕先宿舍门前。

“哥哥！”汪裕先一把抓住他的手，问，“你怎么来了？怎么摸着的？”

“出门在外，嘴就是路，多问问就行了。”

“哪来那么多哥哥？”颜梦屏笑着问。

“小轮船上的，汤家木桥与董家渡那条线，我来去坐他们的船，他叫范成。”然后向范成介绍说，“这也是我哥，叫颜梦屏，我们住同一宿舍。”

“你这里有哥，我也带来了位哥哥，是我的表哥，叫沈寿亚，他的家在小关子北边，上海大学的学生。”范成对沈寿亚说，“这就是我说的汪裕先。”

沈寿亚与汪裕先、颜梦屏握了手后，就进了宿舍。

“有什么事吗？”汪裕先问。

“你们知道内外棉厂一个工人被日本人杀害了吗？”

“知道。”

“叫顾正红，与我们是同乡，他的家在我与表哥家的北边，一个叫吴滩的地方。”范成说，“表哥就为他的事来的。”

“大多数人不知道他叫什么名字，但都知道他是一个中国人，这个中国人在自己的土地上，为工人利益说了几句话，被日本人开枪杀害了。我们上海大学的学生们不能接受，已经罢课了，我想，每一位中国人都不会接受！”沈寿亚说，“帝国主义不打倒，我们终究没有好日子过。”

沈寿亚把这两天上海因为顾正红被杀后发生的事说了一遍。日本在上海的二十多家纱厂，有一半厂工人已经罢工了，被日本人控制得十分严的另一半，工人在动摇之中，罢工是迟早的事，与日本企业相关的经营门点也大部分停业，公共租界四周的商业服务业关门了。上海总工会，昨天也成立了，并发布命令，明天上海同盟游行示威，实行罢工、罢课、罢市。沈寿亚说：“上海大学、大同大学等高校，已经罢课了，大部分学生进街道、里弄，走家串户，组织人员参加游行与‘三罢’。”

这时，有更多的人围了过来，听沈寿亚说情况，对日本人杀害中国工人义愤填膺，他一言你一语，争议着我们这个国家该怎么办，感到无能为力。

汪裕先问：“我们怎么做？”

“组织工友上街游行。”

“行！”

颜梦屏说：“我们一起去！”

围过来的人也都表示一起要游行。

正当沈寿亚来华电联系人组织第二天游行时，华电公司会议室灯火通明，陆伯鸿在召开管理层会议，他说：“日本内外棉纱厂打死工人的事，已经持续发酵半个多月了，事态已经扩大到不可收拾的地步，官厅已无法控制。昨天，上海总工会成立了，办公地点就设在宝山路，一个叫李立三的人任委员长，我们不知道他的底细，但他敢站出来，就一定有背景，一定有实力，以前受限制、受打压，现在已经站了出来，出头了，这股力量是不得了的。下午，上海商会传达了上海总工会的命令，明天起为反对帝国主义同盟大罢工。这是个非常时期，希望大家都要有警觉。”

陆伯鸿正讲着话时，秘书小杨站到了门口，一脸焦急的样子，他问：“有事吗？进来说。”

“刚才宿舍管理员来报，说有一个大学生在汪裕先他们宿舍活动，要组织工人明早上街游行。”

“张帮办在吗？”

“在。”张静站了起来。

“现在派人去找汪裕先，让他即刻过来，就说我找。”

“好。”

陆伯鸿接着说：“我向大家讲清楚，打倒帝国主义，我们应该举双手赞同，而且我们要投入更大的力量，为什么？ 大家心知肚明。 保持工厂的稳定，是我们每个人的工作责任，大家要守职，不能帝国主义没打倒，我们却乱了方寸。 职工的积极性要得到保护，我想我们在座的各位是没有力量的，因为你们衣食无忧，甚至是花天酒地，哪里还想与帝国主义拼命？ 只有这些工人无私无畏，多包容些。”

一阵“阿门”声后，陆伯鸿在胸前画了十字。

汪裕先被带到公司时，会已经散了。 他与张帮办一起，站在陆伯鸿面前。 虽然没有第一次拿着王一亭的信站在陆伯鸿面前那么紧张，但还是拘谨的，他也想坦然些，可无论怎样想就是放松不下来。 骨子里的东西，一时改变不了。

“你们坐下来。”陆伯鸿慈眉善目，说话声音也很轻柔。

“下午上海商会活动，见到王老，你舅。”陆伯鸿说，“你不错，年纪虽小，影响力不小，且有自己的想法。”

“谢谢您！”汪裕先站起身，鞠躬。

“找你主要是为罢工与游行的事。”

汪裕先心里一惊，身上有了汗。“您请说。”

“我非常支持你们罢工与游行，外国人敢在中国的土地上杀中国人，是向中国政府和全体中国人民示威，每个人都应该站出来斗争。我们比你们更知道帝国主义对中国资源的掠夺与对中国人的压榨，不打倒帝国主义，中国就翻不了身，下午商会的会，也是为罢工与游行的事。”陆伯鸿说，“听说上海大学的一个学生到公司来找你，我想这次活动就你牵头联系，组织去游行，原则有两条：关键岗位不停工，比如发电部，停了电，影响市民的生活不谈，晚上，主要街道一片漆黑怎么办？ 还涉及四五家医院，抢救病人怎么办？ 华电停了，法电公司没停，会给帝国主义势力一个把柄，中国人办的企业就是不如外国人。比如电车，我们可以不进租界的站点，远离租界那条线，但其他线要运行起来，要让人动起来，游行示威要让更多的人聚集起来，我们的电车也是不能停的。”

“我现在明白这个道理了。”

“刚才我在公司管理人员会议上就说了，不能没打倒帝国主义，自己倒下了。”

汪裕先点了点头。

“另外，要求参加游行的工人学会保护自己，学会躲枪子，我们罢工、罢市、罢课是造声势，向国际社会、北洋政府施加压力，最终解决问题的是组织，是政府。”陆伯鸿问，“知道我的意思吗？”

“知道。”

“这方面的事，你多向张帮办报告。”陆伯鸿又对张静说，“此事非同小可，你多操点心。”

辞别陆伯鸿后，在楼下大厅，张静对汪裕先说：“陆总的话，语重心长，希望你能记住。”

“放心，我是公司职工，有什么事我向您报告。”

陆伯鸿对工人运动的态度很暧昧，处理公司工人为加薪罢工的事件，加薪的反复，好像没有看出一个总经理的强硬，或玩什么手段，与公司其他管理人员和股东不一样，他在利用一些力量调和公司与职工的矛盾。 刚才一番话，让汪裕先感到在对待帝国主义势力问题上，资本家正义的一面。 回到宿舍，颜梦屏、蔡建勋、王家骧等都在，他们在等汪裕先，当他把情况一说，也都认同，便以职员协进会的名义，连夜行动，组织工人。 第二天一早，华电近两百名工人，拉着横幅，上书“华电工人与上海工人站在一起，坚决打倒帝国主义及其在中国的势力！”汪裕先与颜梦屏走在最前面，交替着领喊口号，“打倒帝国主义！”“废除不平等条约，收回租界！”按照沈寿亚的要求，由街巷里弄，向南京路靠近……

过了几天，赵锡炎来找汪裕先，说有时间回去看看：“最近上海乱，你妈妈担心你。”

赵锡炎夫人生孩子，回周浦一趟，也去看了看赵惠芬。

“这么一说，还真的想家了，两个多月没回去了。”

赵锡炎说：“周浦通小火车了，很快的。”

“你坐过吗？”

“我这两次就是坐的火车，周家渡到周浦，就半个小时。”

“真的想回家。”汪裕先突然有了忧伤。

赵锡炎就发笑，心想，到底还是个孩子。

其实，他还想戴桂芳，在心里，他没说。这两个月，先是为了加薪与厂里谈判，然后是成立工人俱乐部，办工人夜校，一有闲空就看书，接下来就是游行，又想了很多想不通的事。想到这，他就问赵锡炎：“这事什么时候有个了结？”

“北京外交部已经两次向驻京各国公使提出了抗议，上海总工会、全国学生联合会、上海学生联合会与商界总联合会推举了代表，组成了‘工商学联合委员会’，提出了交涉条件。”

“哪些交涉条件？”

“好像是‘惩办凶手并赔偿，取消领事裁判权，永远撤出驻沪的英、日海陆军’等十七项。具体的我也说不清楚，那天我在《申报》上看的。”

“他们同谁交涉？”

“只有同北京政府交涉。”

“日本人杀了中国人，引起了中国人的抗议，英国巡捕又枪杀抗议的人，怎么就同北京政府交涉了？”

“‘工商学联合委员会’不同北京政府交涉能同谁交涉？”

“那还不如以牙还牙，杀了那些外国鬼子，砸了他们的厂！”

“八国联军就这么进来的。”赵锡炎说，“也就是二十多年前的事，最后赔款九个多亿，三十九年还清，还要还十多年呢。”

“这是个什么国家？”

“这就是半封建半殖民地国家人民的苦难。”赵锡炎说，“要是谁组织起来杀外国鬼子，砸外国人的厂，北京政府就会来杀谁的。”

“我们还游什么行？”

“不游行怎么行？没有声势浩大的游行，‘工商学联合委员会’就失去依靠的力量，就没法向北京政府施压，就不能引起国际社会的关注，问题就更没法解决。”

就这样，汪裕先与赵锡炎在黄浦江边谈到深夜。

一江的水，映不出几个星星，汪裕先深深地叹了口气。

2

进入 7 月，上海的天空开始湿热起来，东南风总是慢悠悠的，日夜不停，带着一路的燥热前行，如同江水一样，拐过弯还是向东流，从不改变它的走向，东海与黄海伴着潮汐涨落规律，以不同的回流形态，向岸边推进，把水气托举在城市上空，然后在风扬中落下。

汪裕先与颜梦屏等职员协进会的执行委员们，分批组织人员上街游行，拉着华商电气股份有限公司的横幅，走街串巷，边演讲边动员街道市民参加游行。早上从公司出发，游行的人数越来越多，像滚雪球似的，临近租界时，就黑压压一片了，群情总是激愤，越来越多的人看到了华电公司的力量。每天的游行一结束，大家就开始做自己的工作，片区抄表，线路整修，新线路选定的事，大多是在加班，有时到夜半三更。

“我们自己的事必须做好。”在职员协进会的一次执行委员会议上，汪裕先说，“我们为的是打倒帝国主义，我们不能让公司认为我们只有激情而没有责任。”

“裕先说得对，我们要把自己岗位上的事做好。”颜梦屏说，“我们要理直气壮地拿一份工资，只有这样，我们才有力量在反帝大同盟中。”

“有些事我们可以联合起来做。”

“互相帮助。”

“现在不会有更多的人反对我们这么做，因为我们要打倒的是帝国主义，为我们的穷苦工人说话争利益，正义在我们这一边。”汪裕先说，“但也没有更多的人愿意这样做，他们徘徊，他们患得患失，他们等着帝国主义自己倒下，自己滚回去，他们希望北京政府强硬起来，其实都是幻想。因此，我们要做好自己的事，跟着反帝同盟走下去，吸引更多的人走下去，我们这个国家才有希望。”

颜梦屏带头鼓掌。颜梦屏知道他去了上海书店，也知道他正在看好多书，每次夜校上课时，他又学得特别认真，他讲出来的话，都是直抵人心的。活动结束后，他对汪裕先说：“我有想法，可我说不出来啊。”

“抬举我了。”

“真的！以后片区上的事我多做点，组织工人活动的事，你多做点。”颜梦屏说，“这样既支持着反帝大同盟，又能做好自己的工作。”

“听哥哥的。”

没过几天，张静来找汪裕先，很早的时候，汪裕先还没起床，她把他叫到集中居住区的值班室，说：“游行的事应该结束了。”

“怎么了？华电工人参加游行没有影响工作。”

“没有说你们影响工作，你们配合得很好，做得也很好。”张静说，“陆总经理说了，你们为华电人争了面子。”

“为什么说应该结束了？”

“各马路商会已经宣布复市了，官厅开始维护秩序，给各个企业施压。”张静说，“他们或许现在不对你们采取行动，但如果得不到制止，会采取行动的，警察所的人来了，找了陆总经理。”

汪裕先揉了揉眼睛。

“听我的话，不会错的。”张静接着说，“剩下的事让北京政府做。”

"好吧。"

"好好工作！"

汪裕先点了点头。

张静走后，汪裕先同已经坐在床边的颜梦屏商量，他们把职员协进会的执行委员请到宿舍，商量着如何应对。汪裕先说："张静说复市的事，我信，公司知道的事肯定比我们及时，她说警察所找陆总经理，我也信，但我们也不能就这样结束。"

"我也是这样想，他们的想法与上海总工会的想法不一样，他们想到的只是自己的利益，不可能想到工人。"颜梦屏说，"我们还是要坚持，只要街上还有一支队伍，我们就响应着，到最后。"

"今天我们不拉华电公司的横幅。"汪裕先还没把话说完，王家骧说，"也不能全听他们的。"

"不是听他们的，这是策略。"颜梦屏说，"能得到他们的支持，我们的力量会更大些。"

"对的，帝国主义是我们共同的敌人。"

"今天我弄点纸来，做小旗子，我们打着旗子游行如何？"汪裕先问王家骧。

"你们的做法我一点意见也没有。"王家骧说，"我只是一说。"

"你说得也没错。"颜梦屏说，"我们不会全听他们的。"

迫于中国人与世界舆论的压力，北京政府接二连三向驻京各国公使提出抗议，最后也只能将此案作为地方事件处理，即在上海谈判，北京政府派专使蔡廷干、郑谦、曾宗鉴南下，英日等国亦派委员六人至上海。谈判围绕中国代表提出解决办法十三条：

（一）撤销非常戒备。

（二）所有因此案被捕华人，一律释放，并恢复公共租界被封及占据之各学校原状。

（三）惩凶，先行停职，听候严办。

（四）赔偿，赔偿伤亡及工商学因此案所受之损失。

（五）道歉。

（六）收回会审公廨。

（七）洋务职工及海员工厂工人等，因悲愤罢工者，将来仍还原职，并不扣罢工期内薪资。

（八）优待工人，工人工作与否，随其自愿，不得因此处罚。

（九）工部局投票权案。（甲）工部局董事会及纳税人代表会，由华人共同组织之。纳税人代表额数，以纳税多寡比例为定额，其纳税人会出席投票权与各关系之西人一律平等。（乙）关于投票权，须查明其产业为己有的或代理的，己有的方有投票权，代理的，其投票权应归产业所有人有之。

（十）制止越界筑路，工部局不得越租界范围外建筑马路，其已筑成者，由中国政府无条件收回管理。

（十一）撤销印刷附律，加征码头捐，交易所领照案。

（十二）华人在租界有言论集会出版之自由。

（十三）撤换工部局总书记鲁和。

最后的结果，只是上海公共租界仅将总巡麦高云、捕头爱伏生免职，中国收回了上海会审公廨。8月中旬，顾正红案始行解决，由日本纱厂与工人订立条款，包括赔偿顾正红家属损失费一万元，补助罢工损失费十万元，日人入厂不准携带武器，不得无故开除工人、降低工资等。

上海的“三罢”告一段落，但拥护国权，反对帝国主义的爱国运动没有停止，特别是工人运动风起云涌，帝国主义及其在中国的走狗紧张起来，他们害怕上海工人运动的浪潮再起，为全国的罢工推波助澜。9月18日，淞沪戒严总司令邢士康下令封闭上海总工会，逮捕刘贯之、杨剑虹等工会干部，通缉李立三。

张静把汪裕先找到办公室，给他一份《申报》，上面有《淞沪戒严总司令查封上海总工会公告》，说：“上海总工会被官厅查封了，你是知道的。现在正在追查他们的其他组织。”

“他们对外反抗帝国主义，对内拥护国权，怎么就被封了呢？他们没有破坏秩序啊？”

“我找你不是讨论这个问题，上次车务部成立工会，被官厅取缔，后续调查还没了结。”张静说，“我不管你成立没成立什么组织，我是提醒你注意些，陆总经理说了，不能让他没法向王一亭交代。”

“您放心，我不会做对不住我舅舅的事，也不会让您与陆总经理操心。”

“有这话我就放心了。”

取缔上海总工会，逮捕工会干部的事，在上海各产业引起了强烈不满，并提出抗议。尽管抗议是无力的，但工人的组织发展与工人运动并没有停止，只是又转入地下，为再次走出来积蓄力量。9 月 25 日，中共中央发表《为总工会被封告工友书》，指出：“军阀只能一时封闭你们的工会，不能永久封闭你们的工会，更不能封闭你们万众一心的团结精神。”

汪裕先并没有觉得张静要阻止他们的活动，他甚至觉得张静知道他们组织了职员协进会，认为她真的在提醒他，这些，汪裕先不能跟颜梦屏说，也不能跟赵锡炎说，不能跟任何人说。有时，善意的提醒是没有什么理由的。

“是不是请俞昌时为我们讲讲当前的形势？感到心里很闷。”颜梦屏找汪裕先商议，“你说我们成立协进会干什么？就是为了给工人争取点利益？社会都成这样了。”

“我也是这样想的，最让我不能理解的是上海总工会怎么说封就被封了呢？”

“封了总工会，是不是说明领导的‘三罢’就错了？”

“请俞昌时讲讲吧，就我们协进会执行委员七个人，其他人不带。”汪裕先想到了张静的提醒。

“对的，也不在宿舍区。”

“好，就到‘苏北杂烧’，我去联系。”汪裕先说，“你联系好了俞昌时，我通知他们。”

联系好俞昌时后，时间定在第二天下午。汪裕先去片区时，提前跟苏北杂烧老板说了，下午三点来喝点茶。老板说好，我们准备。其实也没什么准备的，烧壶开水，泡点菊花茶，夏天了，清凉些。但如果不提前告诉人家，下午三点没开门呢，饭店生意，四点半开门，六点上客。

大家按时来到了苏北杂烧，坐下后，颜梦屏叫汪裕先先说两句。

“俞老师是我与颜梦屏商议着请来的，大家欢迎！”汪裕先说。大家鼓掌，俞昌时躬身谢意后，汪裕先接着说：“近来我们很苦闷，可以说整个社会都在苦闷中。日本的内外棉厂无辜打死中国工人，顾正红代表工人抗议，被枪杀，大学生们游行示威，又被租界的英国人枪杀，而由此引发了反抗帝国主义的运动，现在这个运动的组织者——上海总工会又被官厅查封，好像我们破坏了社会秩序，影响了社会稳定。我们近一个月来的游行示威、声援活动错了吗？我们这个国家怎么了？我们应该怎么办？我们弄不明白，所以请俞老师给我们讲讲。”

“汪裕先的一番发问，让我震撼，我不知道你们会思考得这么深，也让我进一步感受到中国共产党的主张是正确的。”俞昌时第一次在公开场合说起中国共产党，这不但让汪裕先惊讶，也让所有人吃惊。私下里都在传说共产党，可谁也不知道共产党在什么地方，谁又是共产党的代表。大家知道讲了几个月课的俞昌时，是一种进步力量，可他从来没有说过他是共产党，他现在说共产党的主张是正确的，那他应该是共产党，或者是与共产党走得近的人，他知道共产党。他说：“我们中国道德总会一直关注共产党的主张，去年5月份，他们就提出了‘建立工会组织，发展劳动运动’，并强调直接组织工人运动；9月份，他们发表了第三次对时局的主张，号召反对帝国主义，推翻直系军阀的统治。”

汪裕先记住了俞昌时说的共产党的主张这一种说法，开展工人运动就是共产党的主张。

“现在的彷徨，不是哪一个人的问题，是我们这个社会的大部分人的问题，现在我想就汪裕先提出来的问题，跟大家说说我的看法。”俞昌时说，“帝国主义凭借不平等条约，强占我国的领土，在上海、广东、山东，在所有方便进出的沿海城市，都有他们的租界，掠夺中国的资源，压榨中国工人，一年又一年，中国人流出的是血，而流入这些帝国主义国家的却是白银，这个条约是谁签的？ 是清王朝。 现在这个王朝被推翻了，可那些不平等的条约还在，帝国主义就依仗它的强大强取豪夺，有恃无恐。 不废除不平等条约，我们国家哪有什么主权？我们的工人随时都有被枪杀的可能！”

“必须打倒帝国主义！”

“对！ 必须打倒他们。”

“打倒帝国主义，废除不平等条约，把他们从中国的土地上赶走，靠谁？ 靠我们吗？”俞昌时问大家，接着自问自答，“不行！ 我们没有力量，没有枪，没有炮，也没有财力支持，得靠官方，靠政府，可我们的政府是什么样子呢？ 是一个又一个军阀把持着的政府，他们只顾抢地盘，搜刮民脂民膏，他们为帝国主义在中国的利益，为地主资产阶级维护所谓的社会秩序，他们心目中根本就没有工人与农民！”

“所以他们查封了上海总工会？”

“对！ 汪裕先说得对，他们为他们的利益充当帝国主义与资本家的打手。”俞昌时说，“他们根本不配为我们这个国家的政府。 5月份的时候，孙中山要北上，中国共产党支持他北上，支持他发表《北上宣言》，为的是召开国民会议，统一我们的国家，结束军阀统治，为的是废除不平等条约，保住国权。 令人痛心的是，孙先生壮志未酬身先死……当中国的天空刚有亮色时，又阴沉下来。”

对于俞昌时来说，这是反对帝国主义同盟大罢工后，在华电公司第一次正面宣传共产党的主张。 以前的夜校，他讲的更多的道理是隐喻，是一种斗争意识的启蒙，也正是这样的启蒙才有了工人的游行示威，加入到反帝同盟中。这一次的宣传，他看到了以汪裕先为代表的华电青年的觉醒意识，这种意识，在他们的面部表情中已经显现。

“打倒军阀才能打倒帝国主义。”汪裕先说。

颜梦屏说：“否则，我们反对帝国主义，他们就会镇压我们。”

“大家说得对，军阀是帝国主义势力在中国的走狗，所以打倒军阀就是为了打倒帝国主义，就是为了不平等条约的废除。”俞昌时接着说，“我们现在的任务就是宣传和发动工人，迎接大革命的到来！”

“怎么宣传？”

“宣传工作也不复杂，像我这样讲，不用稿子，把想好了的说出来，让更多的人懂得就行了。对了，像上次汪裕先讲课那样，就是宣传。”俞昌时说，“比如讲为什么要打倒军阀，很简单，工会组织反帝同盟大罢工，为的是打倒帝国主义，打倒帝国主义是因为他们占着中国的土地，掠抢中国的资源，在中国土地上枪杀中国人，而军阀却查封领导‘三罢’运动的上海总工会，这样一说，大家就懂了为什么要打倒军阀。认真想想，你们能想出好多道理，多讲讲，就会讲了。”

“他们不让工会组织存在，我们怎么组织工人演讲？”王家骧问。

“上海总工会被查封了，那是形式，军阀查封的只是那几间房，可工会还在，工会会员还在，我们可以一对一讲，有一个人听，就会有第二个来，接二连三，就会有很多人来听，一传十，十传百。”汪裕先说，“这样就把我们要说的道理传开去了。”

“对的，就是这个道理。”俞昌时说，“汪裕先已经是你们的老师了，向他学习。”

大家鼓掌，汪裕先站起来向大家鞠躬，表示不好意思。俞昌时在结束时，每人发了一个银圆，他说道德总会有大众道德教育基金，主要是让大家买些学习资料，小北门花园路上有个“上海书店”，里面有些资料，可以选些看得懂的看看，学习总是有好处的。临走时，他又结了茶水费，颜梦屏与汪裕先都感到不过意，他说没事的，都是想为这个社会做点事。

3

转眼间到了 1926 年春，黄浦江两岸草露嫩芽，杨柳吐絮，春风拂拂，江水滔滔，弄船的人操舵或掌桨，顺水而下的，逆流而上的，都在细心掌控。上游漂来的杂草，在江中滚来滚去，沉浮由浪，尽显恣意。

颜梦屏约汪裕先到了江边，站在一棵柳树下。

“有事？”汪裕先觉得颜梦屏把他约到黄浦江边说话，怪怪的。

颜梦屏看了看他说：“我介绍你加入中国共产党，你愿意吗？”

“愿意。”汪裕先惊喜地问，“你是共产党员？”

“是的。”

“我怎么没有看出来？”

“让人看出是共产党员还能保守党的秘密？ 还能保护好自己为党工作？”

“那我怎样才能算是共产党员呢？”

“别急。”颜梦屏拿出一面很小的党旗，用绳子绑在树干上，说，“跟我宣誓。”

颜梦屏：我自愿加入中国共产党
汪裕先：我自愿加入中国共产党
颜梦屏：服从党的纪律
汪裕先：服从党的纪律
颜梦屏：为共产主义奋斗终生
汪裕先：为共产主义奋斗终生
颜梦屏：严守秘密
汪裕先：严守秘密
颜梦屏：牺牲自己

汪裕先：牺牲自己

颜梦屏：永不叛党

汪裕先：永不叛党

宣誓完毕，颜梦屏握住汪裕先的手："祝贺你！ 你现在已经是一名共产党员了。"

"谢谢哥哥！"

"党内是称同志的。"

"是！"汪裕先很诚恳地向颜梦屏鞠了一躬。

"其实，组织上早就在培养你。"颜梦屏说，"比如让你作为谈判代表，让你在职工夜校讲课，都是组织的巧妙安排。"

"我一点都没注意。"

"组织上在注意着你，一直在找工人中的先进分子。"

"真的感谢你关注我帮助我。"

"不是感谢我，要感谢组织，要记住为共产主义奋斗终生，哪怕是死了，都不能叛党。"

"知道，牺牲自己，永不叛党！"

"现在可以告诉你了，袁化麟，还有车务部的宋凤祥、徐慎甫，上次来这里的大学生沈寿亚，也是共产党员。"颜梦屏说，"这是党的秘密，不能对其他人说。"

"能问你件事吗？"

"说吧，今天是组织上让我接受你的宣誓，接纳你为中国共产党党员，有话尽管说。"

"俞昌时是共产党员吗？"

"他不但是共产党员，而且是沪南党支部成员，是中国共产党上海地方执行委员会委员李立三派来的。"

汪裕先有点紧张，他一下子知道了共产党的这么多秘密。

"他不是说他是中国道德总会的吗？"

“这个不好多问，以后也不要问任何人，不该知道的就不要问，这也是党的纪律。”

“李立三是领导我们‘三罢’的上海总工会主席吗？”

“是的，就是他。”颜梦屏说，“经党组织领导各界人民的斗争，上海总工会已经于上个月又公开办公了。”

“我们公司也可以成立工会了？”

“时机还不成熟。”

又交流了会儿，颜梦屏问汪裕先：“还有什么要向党组织说的吗？”

“没有了。”

“好的，今天的谈话到此结束，组织上有什么事，我会第一时间告诉你，希望你信守誓言，努力为党工作。”

“努力为党工作。”

说罢，两双手紧紧地握在一起。

……

进入5月，上海总工会、上海学生联合会、上海妇女联合会决定召开“五卅”一周年纪念大会。华电公司的党员进行了分工，汪裕先、颜梦屏、袁化麟、宋凤祥、徐慎甫要分别动员两百人，以保证华电公司有一千人参加纪念大会，汪裕先还要组织人员进行标语宣传。因此，汪裕先要提前一个星期完成片区的电费抄报任务，他一直认为做好工作是更好地为党工作的基础，否则公司的压力会让他无法安心宣传发动。这天早晨，天刚放亮，他就起床了，正准备去片区时，公司来人，说张帮办让他上午到她办公室。像前几次一样，汪裕先提前到了公司，花工在收拾花畴，保洁的人还在楼道里擦着地，张静已经坐在办公室了。外间的那个女青年还没来。

“帮办早上好！”

“早上好！”张静问，“最近忙什么了？”

“正常，跑片区，抄表。”

“很好，工作着就是幸福的。”

“谢谢帮办！”

“今天找你来，我不代表公司，是个人的名义。”

汪裕先有点惊讶。

“我很快就要离开公司，就这个月，接替我的人一到，我就走，去美国纽约，儿子要到哥伦比亚大学读书，先生去了花旗银行，所以我也得走。”

“什么时候回来呢？”

“定居了，不想回来了，这个国家乱到这种程度，哪有出头的日子？”张静说，“临走前，还是想同你说说。”

“您请讲。”

“你同我儿子同年同月同日生，看到你，我想到儿子，想到我儿子在美国那个稳定舒适的环境里读书，又想到了你与你们这个家。你很有天分，可这个国家没法让你们这样的孩子读书，甚至吃饱饭。”张静说，“你舅舅很关心你，陆总想培养你到管理岗位上，所以有些事总是让我联系你，可你不知道公司也很复杂，也存在着势力。”

“谢谢帮办关心！”

“我找你来，是告诉你这个情况，我在时，我能提醒你，照顾你，我离开了公司，就全靠自己了，心里要有数，好好工作。”张静说，“陆总会安排其他人联系你的，他与你舅王一亭关系不一般。”

“谢谢您的提醒！”

“上海滩乱象丛生，有些事可为，有些事不可为。”张静说，“你还年轻，妈妈又不在身边。”

“谢谢你提醒。”

“你妈妈不容易，三十多岁，一个人带着你们三个孩子，以后回去多看看你妈。”张静说罢，从抽屉里拿出六个银圆，说，“这个带回去给你妈妈，贴补家用，你的工资低。”

汪裕先不好意思接，说：“我不能收您的。”

“公司每年都有救助资金，人事科负责申请的，没事。”

汪裕先接过银圆，向张静鞠躬。

“放好了，带回家。”

汪裕先点了点头。

张静走出办公室，送汪裕先出门，还叮嘱了句：“好好做事。”

汪裕先走出公司大门，就流下了眼泪，他强忍着波动的情绪，快步走到黄浦江边，坐在临江的一块石头上，对着江水，失声痛哭……

4

1926 年 5 月 30 日，晨，东方发白时，就有职工陆续向发电车间前的广场上集结。保卫科一查活动安排表，没有大的活动，就向公司总值班室报告，当总经理协理朱孔嘉赶到现场时，场上已黑压压一片。

29 日上午，为“五卅”一周年纪念活动一事，上海总工会已经来人与公司联系，要求派人出席纪念活动，朱孔嘉说我们公司没有工会组织，也没人组织，就不参加了。总工会来人说，找个人联系一下，有人去就让他们去，我们是中国人，应该支持反帝爱国运动，再说，反帝爱国，华电公司也不能没有动静。朱孔嘉觉得他说得有理，看着租界，看到那些洋人耀武扬威，朱孔嘉与其他上海人一样，也不舒服，就答应了，也就想到了汪裕先。想到汪裕先是张静离开公司前与他有过一次交流。张静介绍了汪裕先的情况后，建议他关照点，这小孩子听话，王一亭是他的舅，与总经理陆伯鸿关系不一般，等等。于是，他就把汪裕先找来，说了上海总工会的纪念活动，他哪知道汪裕先他们早就做了准备。

“问问哪些人愿意去，带十来个人去，表明一下态度，点个卯就行了。”朱孔嘉还补上一句，“关键岗位上的人不能去。”

“放心。”

当下，汪裕先就同颜梦屏商议，把公司允许参加纪念活动的事宜传出去，秘密组织成了公开行动。广场上拉着“打倒帝国主义，收回租界！”“拥护工农政策，打倒军阀！”“华电人永远和上海工人在一起”等横幅，由身高的壮年举着，工人手里都有一杆小旗，写着“打倒帝国主义”“打倒军阀”“收回租界”“取消不平等条约”等。

“怎么回事？”朱孔嘉鼻尖上流汗，把汪裕先拉到一边，问，“怎么这么多人？”

“您不是说问问谁去吗？ 他们都愿意去。”

“随便问问能问出这么多人？”

汪裕先一时语塞。

“你这不是在玩弄人！”朱孔嘉急得要跳，“张静这人……”

颜梦屏过来对朱孔嘉说：“工人的爱国心情可以理解，也就半天时间。”

“用不了半天，也就一个小时，就回来了。”汪裕先说。

“你们先别动，我去向陆总经理报告，开什么玩笑！”

朱孔嘉急匆匆地走向发电车间，那里有电话。

“他拖时间怎么办？”颜梦屏说。

“没事，等他半小时都能赶到会场。”汪裕先说，“我算过时间。”

“总经理不让去怎么办？ 强行走？”

“不会不让去的，他不会担不爱国的名，这么多工人都在这。”汪裕先说，“只是把朱孔嘉得罪了。”

“有什么事吗？”陆伯鸿抓起电话就问，他是怕出重大事故，发电上的事，要出就是大事。

朱孔嘉把情况汇报了一下，陆伯鸿并不急，他问：“你事先知道这事吗？”

“上海总工会来过一个人，说要华电工人参加‘五卅’一周年纪念，我想应付一下，叫汪裕先问问有谁去，去几个，点个卯，可谁知……”

“怎么了？ 多少人？”

“近千人。”

“近千人？ 你中套了！ 现在人在哪？”

“都集中在发电车间前的广场上。”

“现在你能不让他们去？你制止得了？”陆伯鸿说，“支持他们，叫他们注意安全。”

陆伯鸿说罢挂了电话，听声音，朱孔嘉知道他很生气。

朱孔嘉擦了额头上的汗，来到广场，汪裕先与颜梦屏向他走来时，他没有理，到了集结的人群面前，放大嗓门说：“刚才我向总经理报告了大家参加‘五卅’纪念活动的情况，总经理非常支持大家的爱国行动，有国才有家，国破家不兴，只有打倒了帝国主义，中国人才能在自己的土地上安安稳稳地过日子。他让我转告大家，注意安全，不要伤着自己，等着你们凯旋，出发吧！”

工人们一拥而起，拉着横幅上了路。

汪裕先与颜梦屏像是被冷落在一旁。

……

“这次活动组织得很好，但我们丢掉了公司的支持，这个损失很大。”活动结束后，汪裕先与颜梦屏两个人坐在宿舍里对活动进行了评估。颜梦屏说：“我们这次虽然组织了近千人，但与公司相比，我们仍然是弱势群体。”

“这是教训。”汪裕先说，“其实我们可以利用另外一种方式，同样能达到目的。比如我起初就应该向朱协理讲清楚，不影响正常工作的情况下能去多少人就去多少人，朱孔嘉不会感到意外，也不会向总经理报告。”

“是的。”

“我想找一下陆总经理，向他解释，请他谅解。”

“有必要，离开公司的支持，我们也很难组织发动。”

当天下午，汪裕先去找陆伯鸿，而要找陆伯鸿，必须通过公司办公室，办公室的人向陆总经理汇报，得到的回复是：“总经理在接待客人。”

第二次来到公司办公室时，得到的答复是仍然是没空。第三次也是如此。汪裕先知道陆伯鸿不想见他。汪裕先第四次来见陆伯鸿时，陆伯鸿问：“有什么事，你说。”

当真让他说时，他又不知道从何说起了。

“看在你舅舅的面子上，我今天见你一面。”说到汪裕先的舅舅，陆伯鸿就问，“你了解你舅舅吗？王一亭？”他接着说：“你只知道他是你舅。”

汪裕先站在陆伯鸿的办公桌前，靠左，边上有一张木椅，陆伯鸿没有叫他坐，他只能站着。他想不出应该对陆伯鸿说什么，也没法回答他接二连三的提问，他似乎也不需要他的回答，他真的不知道他为什么这样问。

“出身寒门小户，幼年丧父，十三岁去钱庄学徒。”陆伯鸿突然转了话题问汪裕先，“这段经历是不是同你一样？”

“是的。”

“你父亲去世时你多大？”

“八岁。”

“你母亲呢？”

“二十九岁。”

汪裕先心里被问得酸酸的。

“他能有今天，靠的是什么？是诚实，是敬业，他做每一件事，都是认真的负责任的，无论是起初天余号的跑街，还是后来的经理，再后来日清公司的总代理。”陆伯鸿说事，总是跳跃式的，汪裕先根本没法思考，“你是一亭介绍来的，几次相遇时他也总是提及你，为什么？是关心你，他不知道你能做什么，他也不知道你做了些什么，我还特地叫张帮办关注着你。而你呢，并没有把聪明用在为公司做事上。你们想过没有，企业搞垮了，投资人有损失，可你们也都丢了饭碗！”

汪裕先时不时拿眼看一下陆伯鸿，表示自己的歉意与对所说的认同。

“我不反对爱国运动，我比你们这些青年人更痛恨帝国主义，他们的经济掠夺会摧毁我们的整个国家。我更不反对工人运动，也不反对革命，但你们得对企业负责，对他人负责，对自己负责。”陆伯鸿说，“你们不通过公司，置企业的正常生产与经营于不顾，私自鼓动近千人去参加活动，这叫革命吗？这叫爱国吗？”

“朱协理……”

面对陆伯鸿的目光，汪裕先没有勇气把“朱协理知道”这话说下去。

“遇到突发事件，死了人怎么办？你们想过没有？”陆伯鸿说，“我知道你们一腔热血，革命革命！可为什么要把革命同企业对立起来呢？北京政府也好，广东的革命政府也好，没有哪个政府会赞同你们这样的做法的。你可以同你们革命的人说说，革命，不能没有民族企业，不能搞垮民族企业，企业都垮了，经济崩溃了，拿什么来支撑这个革命？拿什么来建设这个国家？”

“我会记得您所说的话。”

“还有什么要说的吗？”

“听了您的一番话，我没话说了。”

陆伯鸿说：“把自己的工作做好，无论到哪天，自己都要端个饭碗。”

“谢谢您！”汪裕先很是无奈地离开了陆伯鸿的办公室，他要见陆伯鸿，可他什么也没说。

上海总工会在斗争中争得生存空间，而活动更为社会认同。办扫盲班，教工人识字；开展体育活动，以强身健体；宣传新的生活方式，提高人的素养等等，给社会的印象，是有利推进民国社会的文明行动，不再认为只是为工人争取福利闹罢工的组织。社会公众承认，资本家心有不爽，又难以挑剌，官厅也只有认可。在上海总工会第六(南市)办事处与中共南市部委的具体指导下，华商电气公司成立工会的事也紧锣密鼓，以车务部工会、机务部工会、职员协进会等三个秘密工会为班底，车务部工会主席宋风祥，副主席徐慎甫，机务部工会主席徐王生，副主席吴湘明、方荣根，职员协进会主席颜梦屏，副主席汪裕先等七人为华电工会的发起人，向公司与上海总工会提出申请。

汪裕先承担了申报申请工作。

汪裕先拿着有七个人签名的申请报告来到总经理办公室，小杨说，这个不是办公室的事，归人事科管，张静走了，人事协理还没到位，事情是考工股的老刘在做。老刘说，人事科管人事，不问组织的事，你这个是要建一个组织，找总务科看看。汪裕先就拿着报告来到总务科，文书股叫他找服务股，服务股的人接了报告，说还没服务过这样的事，得请示领导后答复你。

“什么时候？”

“急吗？”

“不急。”

“这也不是急的事。”服务股的人说，“明天过来看看，要不，等我通知？”

“我明天过来，麻烦您别忘了。”

总务科分管领导是朱孔嘉，他接到服务股送来的报告后，立即向陆伯鸿汇报。

“同意！”陆伯鸿似乎是没有思考。停了片刻，他问朱孔嘉：“上海总工会都公开办公了，你感觉出了什么？”

“没有觉察。”朱孔嘉想了想又说，“真的没觉察什么。”

“上个月初，国民革命军在广东出征了，宣誓要铲除军阀，已经攻占了长沙与岳州，现在正向武昌进发。”陆伯鸿说，“孙传芳已经是惶恐不安，哪里还顾得了什么工会。”

“怪不得官厅不问这事了。”

“自己都成被铲除对象了，还能说别人不合法？”

“我说呢，被查封了的工会怎么敢公开出来说话。”

“现在连日本的那些纱厂也建了，我们能不让建？让他们建！”陆伯鸿说，“这帮年轻人，想法不一样，走上正道就好了。”

“上次我就领教过了。”

“也是个教训。”陆伯鸿说，“你分管工会工作，参加他们活动，介入进去，摸摸他们的想法，看清他们的意图，因势利导。”

“很难引导。”

“难什么？他不还得上班？不还得要工资？成立的时候，你去祝贺一下，由秘密走向公开，由地下走出来，值得祝贺。”陆伯鸿说，“讲话时强调一下爱岗敬业、遵章守纪，无论干什么事，都得敬业，都得守规矩。”

“好的。”

陆伯鸿这种态度，是朱孔嘉没有想到的。

1926年8月6日，华商电气公司工会召开成立大会，一百二十多名会员代表参加会议，会议选举宋凤祥、徐慎甫、颜梦屏、汪裕先、徐王生、吴湘明、方荣根为工会委员会委员，宋凤祥任主席。会址设在南车站鸿懋里1号。

朱孔嘉应邀参加了工会成立大会，没有讲话，一句话也没有说。

第六章 宣传北伐

1

1926年7月4日，中国国民党中央执行委员会通过《中国国民党为国民革命军出师北伐宣言》。国民革命军在宣言中表达了“为国请命，为国除奸，成败利钝，在所不顾，任何牺牲，在所不惜”的决心，号召全国民众通力协助，并坚信国民革命一定能胜利。7月9日，国民革命军在广州东校场举行北伐誓师典礼，通电全国，宣告北伐战争正式开始。北伐军兵分西、东、中三路，西路军为主力，正面作战，进攻湖南与湖北，直取武汉；

东路军沿海北上，进军浙闽；中路军在保障西路军侧翼安全的同时，进攻江西。7月31日，中共中央为动员民众配合响应北伐军，发出第一号通告，要求各地党组织立即行动起来，推翻当地的军阀政权，建立地方的人民政府。

“第一件要做的事，就是宣传北伐。”颜梦屏与宋凤祥、汪裕先商议，“不宣传北伐，就无法唤起民众加入革命行列。”

宋凤祥说：“没有民众起来革命，就无法推翻军阀政权。”

“现在的关键是怎么宣传？”

“如果以组织出面，是华电公司总工会，不能暴露党组织。”

这三个人的对话，其实是华电公司共产党的支部与工会组织的联席会，专题讨论北伐宣传问题。几天前，为落实中共中央一号通告精神，中共上海区委书记罗亦农与组织部长赵世炎到华电来过，宣传北伐，组织民众推翻军阀政权，华电工人是主力军，华电有一千多名工人，有工会组织，夜校也在正常进行，工作基础好，罗亦农要求华电党组织与工会要发挥这一优势。

“利用夜校，首先在公司宣传北伐，让工人们知道，也是一个宣讲培训，告诉大家怎么宣讲。”汪裕先说，“接下来就要组织人员在闹市口设点宣讲，要把标语贴到街巷里弄。”

“我们目前能做的也就这些。”颜梦屏说，“夜校学习人员我来组织，汪裕先负责讲课，宋凤祥带人贴标语，大家有没有意见？”

宋凤祥与汪裕先表示没意见。

当天晚上，工人夜校坐满了人，有三百多人，除了食堂的凳子外，好多人自己带了马扎。汪裕先的课也做了充分准备，除了收集《申报》上的关于北伐的新闻，还去赵锡炎处找了《向导》《前锋》等共产党办的杂志，了解共产党的主张。他首先宣读了国民革命军的《北伐宣言》：

本党从来主张用和平方法，建设统一政府，盖一则中华民国之政府应由中华人民自起而建设,一则以凋敝之民生不堪再经内乱之祸。故总理北上之时,即谆谆以开国民会议解决时局号召全国。孰知段贼于国民会议阳诺而阴拒,而帝国主义者,复煽动军阀益肆凶焰。迄于今日,召集国民会议以谋和平统一之主张,未能实现,而且卖国军阀吴佩孚得英帝国主义者之助,死灰复燃,竟欲效袁贼世凯之故智,大举外债,用以摧残国民独立自由之运动。帝国主义者复饵以关税增收之利益,与以金钱军械之接济,直接帮助吴贼,压迫中国国民革命,间接即所以谋永久掌握中国关税之权,而使中国经济生命陷于万劫不复之地。吴贼又见国民革命之势力日益扩张,卖国借款之狡计势难得逞,乃一面更倾其全力攻击国民革命根据之地。既勾结匪徒,扰乱广东,又纠集党羽侵入湘省。本党至此,忍无可忍,乃不能不出于出师之一途矣。

本党敢郑重向全国民众宣言曰:中国人民一切困苦之总原因,在帝国主义者之侵略,及其工具卖国军阀之暴虐;中国人民之唯一的需要,在建设一人民的统一政府。而过去数年间之经验,已证明帝国主义者及卖国军阀实为和平统一之障碍,为革命势力之仇敌。故帝国主义者及卖国军阀之势力不被推翻,则不但统一政府之建设永无希望,而中华民国唯一希望所系之革命根据地,且有被帝国主义者及卖国军阀联合进攻之虞。本党为实现中国人民之唯一的需要——统一政府之建设,——为巩固国民革命根据地,不能不出师以剿除卖国军阀之势力。本党为民请命,为国除奸,成败利钝,在所不顾,任何牺牲,在所不惜。本党惟知遵守总理所昭示之方略,尽本党应尽之天职;宗旨一定,死生以之。愿全国民众平日同情于本党之主义及政纲者,更移其平日同情之心,进而同情于本党之出师,赞助本党之出师,参加本党之作战,则军阀势力之推倒,将愈加迅速,统一政府之建设,将愈有保障,而国民革命之成功,亦愈将不远矣。

统一政府建设万岁!

国民革命成功万岁!

中国人民自由解放万岁！

中国国民革命军万岁！

“大家听了《北伐宣言》，应该清楚国民革命军为什么要北伐，它告诉我们，推翻了封建帝制十多年，民主共和国还没有建立起来，四分五裂，整个国家被军阀割据着，比如北洋军阀、皖系军阀、直系军阀、奉系军阀、晋系军阀、浙系军阀、江苏军阀，等等，他们各占一地，各自称雄，各出政令，搜刮民财，祸害百姓。比如6月13日那几个当兵的，大家知道，他们去高昌庙，却不坐去高昌庙的那趟电车，而坐到望道桥的车，不肯下车，非要去高昌庙，还去夺售票员的票盒，售票员不让，还恼羞成怒，打售票员，被警察劝走后，仍不罢休，回兵营后又纠集几十个兵到车务部行凶报复，因没有找到原来的售票员，就砸坏了一辆电车，还将在场的售票员周伯荣打成重伤，并拖到兵营关押。大家想想看，这不是欺压百姓的军阀吗？有的军阀还得到了列强支持，比如直系有英国与美国支持，西南有法国支持，奉系有日本支持，相互勾结，卖国求荣。”汪裕先说，“这些军阀不打倒，对内，国家得不到统一，对外，不平等条约废除不了，如此，独立与自由就无以时日，深受其害的是全国的老百姓。这就是我向大家讲的第一个问题，为什么要北伐。”

汪裕先说到这，颜梦屏带头呼起口号：“打倒军阀！打倒列强！”

工人们也应声而起：“打倒军阀！打倒列强！”

“打倒军阀，仅靠北伐军不行，也就是说，没有各党各派的支持，没有全体人民的支持，北伐不会成功。支持北伐，我们在座的几百号人，力量是微薄的。”汪裕先接着说，“但依靠我们在座的各位，去宣传，去发动，一带十，十带百，百带千千万，我们的力量就是无穷的。”

掌声响起，群情激奋，汪裕先这样一算，感到力量确实很大，每个人都是无限的。

“这就是我要向大家讲的第二个问题，我们工人怎么支持北伐军？也就是走出去，搞宣传，让更多的人了解北伐是怎么回事，知道为什么要北伐，知道为什么要打倒军阀，动员更多的人支持北伐。第三个问题，就是怎么宣传，怎么发动？”汪裕先端起碗，喝了口水，继续说，“要走出去，这是我们在座各位的责任，也是我们工人的责任。要走出公司，走进街道，走进里弄，与市民面对面；要在闹市口设宣讲点，大造北伐声势；要在街巷贴标语，让没有听到我们宣传的人能看到我们要宣传的内容。只有这样，我们才能将北伐与北伐的主张宣传出去。”

又是一阵雷鸣般的掌声。

……

“同胞们！向大家报告一个好消息，国民革命军开始北伐了。”8月初的一天上午，汪裕先首先上街宣讲，他选择了民国路与新桥街的闹市口，没说几句，就围了一大圈人。汪裕先个子不高，一围起来，外面的人就看不到了，听声不见人，外面的人就往里挤，一挤，就没了秩序，想听也听不清。同他一起来的华电职员王家骧就从商店借了条长凳，让他站着，汪裕先爬上凳子，四周静了下来。他接着说：“已经占领了长沙，攻下了岳州。”

“什么是国民革命军？”

街上的宣讲不同于夜校，工人听课，最大的好处是不急，让讲课的人把话说完，讲到最后，更多的问题得到了解决。在大街上宣讲，有一句没听懂，就会问，宣讲人如不及时回答，人家就走了，只要有人走，就会有更多的人走，散了容易，聚起来难。

“国民革命军，是孙中山‘联俄，联共，扶助农工’而组建的一支以打倒帝国主义、推翻军阀统治为目的的军队。”汪裕先从孙中山与辛亥革命说起，谈他为什么提出联俄，从俄国的十月革命中悟出怎样的道理；谈他为什么要联共，怎样在共产党的帮助下改造国民党，组建军事学校，培养自己的军事人才；谈他为什么要提出扶助农工，因为农民与工人是革命的有生力量，等等。

这个问题刚回答完，就有人问：“那驻在上海的这些军队是什么军？”

汪裕先说：“是军阀！”

“军阀？”

“对的。”

“为什么叫军阀？”

听宣讲的人越来越多，但汪裕先不能由着性子，按照自己的准备讲，而是用回答问题的形式讲，把系统的宣讲资料，分解开来，顺着听众的提问讲。

“军阀是没有国家和人民概念的，靠军事力量称雄，抢占地盘，横征暴敛以养兵，养兵以坐大，坐大是为了自己作威作福，根本不顾老百姓。比如日本人枪杀中国工人，他们问了吗？没有！他们在兵营里发呆闲聊。比如英国巡捕枪杀游行示威的爱国学生，他们站出来保护了吗？还是没有！当官的还在吃花酒，听小调。他们只是在工人罢工、商人罢市、学生罢课游行示威时维持所谓的秩序，只是在工会为工人讲话时查封工会。”

“打倒军阀！打倒帝国主义！”王家骧带头呼起口号。

围着的市民也应声高呼：“打倒军阀！打倒帝国主义！”

“他们只是搜刮民财，加大税赋，养姨太太，吃喝嫖赌抽！”汪裕先问，“这样的军阀要不要打倒？”

“打倒军阀！打倒军阀！”

一阵口号声后，有人问：“‘北伐’与‘军阀’一样吗？”

“不是一回事，北伐的伐，是讨伐，是征讨，因为国民革命军在广东，是南方，是我们国家的最南头，一路向北讨伐，铲除军阀，所以叫北伐。”

“我们没枪没炮，怎么打倒军阀？弄不过他们的。”

“同军阀斗，我们老百姓没有正面战争，正面战争让北伐的国民革命军去打，我们只是用另外一种方式消耗他们的力量，捣他们的老巢，有木棍与铁棍就够了。”汪裕先说，“当需要的时候，我们可以力所能及地为北伐军提供些银两与粮食，我们可以断掉军阀所走的路，所需要的水源，必要时哪怕是大喊几声以助威，也是支持。”

“讲什么呢？”这时，一个警察挤进人群，来到汪裕先面前，“蛊惑人心！”

“我在讲北伐，讲反帝反军阀，蛊惑什么人心了？”

“北伐是你讲的吗？ 军阀是你反的吗？”

“打倒军阀迎北伐！ 怎么了？”

“你说怎么了？”警察转身向众人，“赶快散开，别听他胡说八道。”

“我胡说什么了？”

“再啰嗦就把你抓起来！”

“我宣传北伐，反帝反军阀，不当亡国奴有什么罪？”汪裕先毫无惧色。

市民们也哄了起来：“我们只是听宣传，你来凶巴巴干什么？”

“扰乱社会秩序！”

“简直是笑话，上海滩地痞流氓无数，打砸抢时有发生，你们不去管，听听反帝反军阀宣讲就扰乱社会秩序了，好意思说得出口。”

“打倒帝国主义！ 打倒军阀！”

口号一声接着一声，随着一阵哄笑，警察灰溜溜地离开了宣讲现场。

“谢谢各位鼎力相助！”汪裕先说，“通过这件事，也告诉大家，支持北伐，有时其实就是出来讲句公道话。”

2

与宣传北伐同步进行的是上海总工会酝酿的工人武装起义。 在中共上海区委和总工会在康悌路小学办武装训练班，罗亦农与赵世炎分别授课。训练班从俄国讲起，说二月革命如同中国的辛亥革命，推翻了封建帝制，却没有建立更好的社会体制，封建割据仍然存在，战乱不断，人民渴望自由与民主，渴望和平，于是就有了十月革命。从十月革命的成功，讲到工人阶级的带头作用，讲到农民的觉醒，讲到城市武装暴动的战略战术。讲课人强调，还不能说北伐就是俄国的十月革命，但是类似，准备用战争结束战乱，打倒军阀，废除不平等条约，统一中国。从上海五卅运动所产生的国内国际影响，讲到上海工人武装起义的重要性，鼓励学员起义时争取打头阵。然后就是枪械的拆装和武器使用培训。华电颜梦屏、宋凤祥、袁化麟参加了培训。

汪裕先继续着宣传发动工作。每天早晨，天麻麻亮的时候，他就出发，去他的片区，他除了抄表，还有新用户的开户，一条线拉起来，就是一个里弄，或更长的街巷，就要多出好多用户，工程的人一走，余下的事，都是他的。他不能因为宣传北伐而丢下这些，这样就对不住陆伯鸿。他的话是对的，每个人都要端着自己的饭碗，无论到什么时候，你都得有事做，有事做才有饭吃，企业垮了，大家都没饭吃，还革什么命？他就给自己划定工作量，每天必须完成，或者超额完成。然后就近做一次北伐宣讲，星期三晚上，夜校开课，其余的晚上，他就在宿舍关门读书。自从加入中国共产党后，他知道了保密的重要，不让别人出卖，也不能自己出卖自己，这是颜梦屏在他成为共产党员那天对他说的话，他记住了，每次看革命书籍，他都关上门。

这天晚上，宿舍里只有他一个人。近些日子，他都是一个人住。颜梦屏与袁化麟在培训班上，蔡建勋老婆生了小孩，晚上基本上都回家，王家骧谈恋爱，对象家离公司不远，过一条马路，一条街走到底就到了，是个手艺人家，没事帮助她家做点事，也是讨好未来的丈母娘，所以，有时回有时不回。汪裕先关上门，在看《革命》上的《中国社会各阶级的分析》。这本杂志是赵锡炎给他的，自从孙传芳下令封了上海书店后，他看的书，大多是赵锡炎提供的。他仍然负责书刊的拆检。

在经济落后的半殖民地的中国,地主阶级和买办阶级完全是国际资产阶级的附庸,其生存和发展,是附属于帝国主义的。这些阶级代表中国最落后的和最反动的生产关系,阻碍中国生产力的发展。他们和中国革命的目的完全不相容。特别是大地主阶级和大买办阶级,他们始终站在帝国主义一边,是极端的反革命派。

汪裕先看到《中国社会各阶级的分析》里这一段时，想到了表舅王一亭，他曾经是日本日清公司的总代理，总代理是不是买办阶级？他就是靠日清公司起家的，然后发展壮大，有了自己的产业，比如保险、运输、房地产等，后来又投资办学，开办慈善业，在上海是数得上的富豪。 当他读到关于中产阶级的分析时，他又想到了陆伯鸿，怎么看都像。 分析是这样说的：

中产阶级主要是指民族资产阶级,他们对于中国革命具有矛盾的态度:他们在受外资打击、军阀压迫感觉痛苦时,需要革命,赞成反帝国主义反军阀的革命运动;但是当着革命在国内有本国无产阶级的勇猛参加,在国外有国际无产阶级的积极援助,对于其欲达到大资产阶级地位的阶级的发展感觉到威胁时,他们又怀疑革命。其政治主张为实现民族资产阶级一阶级统治的国家。有一个自称为戴季陶"真实信徒"的,在北京《晨报》上发表议论说:"举起你的左手打倒帝国主义,举起你的右手打倒共产党。"这两句话,画出了这个阶级的矛盾惶遽状态。他们反对以阶级斗争学说解释国民党的民生主义,他们反对国民党联俄和容纳共产党及左派分子。但是这个阶级的企图——实现民族资产阶级统治的国家,是完全行不通的,因为世界上的局面,是革命和反革命两大势力作最后斗争的局面。这两大势力竖起了两面大旗:一面是红色的革命的大旗,第三国际高举着,号召全世界一切被压迫阶级集合于其旗帜之下;一面是白色的反革命的大旗,国际联盟高举着,号召全世界一切反革命分子集合于其旗帜之下。那些中间阶级,必定很快地分化,或者向左跑入革命派,或者向右跑入反革命派,没有他们"独立"的余地。所以,中国的中产阶级,以其本阶级为主体的"独立"革命思想,仅仅是一个幻想。

读到这里,汪裕先为之一颤,他在这个《中国社会各阶级的分析》里看到了毛泽东眼里的王一亭与陆伯鸿……如果他们是属地主资产阶级,那么他们就是反动的,是革命的对立面,如果他们是中产阶级,他们就是摇摆不定的,存有幻想的。究竟属于哪一种呢?汪裕先这样想,是因为与他们有交结。王一亭是他的表舅,对他们家多有帮助,且能进华商电气公司,也是因为表舅,他现在从事了革命,他不希望表舅是他的对立面。陆伯鸿是表舅的朋友,又同在一个公司为股东,他们的利益有着很多的牵扯,在汪裕先的心目中,陆伯鸿是厚道与仁慈的,他似乎想不出他作为一个资本家的恶毒与极端的自私,因此,他也不想他是革命的对立面。在汪裕先的印象中,陆伯鸿说话与做事,还是有点慈悲情怀的,就这样想着的时候,有了敲门声,他以为是王家骧回来了,打开门一看,是傅雷。

"哥哥!你怎么来了?"汪裕先连忙接过傅雷手中的包袱皮,放到他的睡床上,又接过柳条箱,放在空着的上床。

"到你这里来避一下。"傅雷说,"吴稚晖下令逮捕我,不得不跑啊!"

"吴稚晖①是谁?"

"大同学校的校董。"

"一个学校的校董就能下令逮捕你?"

"是啊,你以为这个国家还有王法?"傅雷说,"北伐是为了打倒军阀,为了迎接北伐,我们反对学阀,就这样干上了。"

"学阀?"

---

① 吴稚晖(1865—1953),出生江苏武进,联合国"世界百年文化学术伟人"荣誉称号获得者。

“是啊，学阀与军阀同样可怕。”傅雷说，“军阀割据一地，他们把持一校；军阀横征暴敛，以财养兵，扩大势力，学阀灌输封建礼教，反对新学。”

“如同不许革命的赵老太爷？”

“是啊，他们勾结着。”傅雷说，“所以我跑了，今晚来看看你，明天回周浦，再做打算。”

“不去读书了？”

“还怎么去读？ 都派人抓了。”

汪裕先不知道傅雷回周浦后再做打算是什么打算，但他认为傅雷应该读书，读书是有用处的，自己渴望读书，可没有条件，他总觉得有条件读书的人，应该在读书的年龄完成学业，于是，他对傅雷说：“还是找地方读书，你有条件。”

傅雷知道自己有条件读书，妈妈有足够的资本让他读书，也把所有的希冀都放在他的读书上，他也有足够的智慧完成应该完成的学业。 可现实生活总是让他无法接受附加的教育，比如宗教，比如旧的礼制，而站出来反抗时，总是受到沉重的打击，几度被赶出校门，妈妈也多有伤心，可自己又总不甘心。 傅雷说：“我也在想，应该把书读下去，或许对社会有作用。”

“是的，这个社会不缺劳动力。”

“缺什么？”

“智慧。”

“是吗？”

“是的，你看那满大街的人，都在干些什么？ 似牛如马，又能得到什么？ 食不果腹，衣不蔽体。 那些资本家与帝国主义的买办，吃山珍海味，穿绸罗锦缎，养尊处优，而军阀又是无恶不作。”汪裕先说，“可大街上的人，有几个能想到这些？ 总是为了下一顿饭而疲于奔命。”

听了汪裕先这番话，傅雷愣了好一会儿，他知道这是进步思想，也是学校痛恨的思潮。 于是问：“最近做什么？”

“我的工作是负责一个片区，抄表收电费，余下的时间做工会工作，我负责宣传，有个工人夜校。”汪裕先说，“革命军北伐了，我们工会正在做迎接工作。”

“迎接北伐军？”

“是的。”汪裕先说，“打倒军阀，废除不平等条约，中国人才有好日子过。”

“怎么迎接？”

这句问话，让汪裕先噎住了，他不知道怎样回答才好，他不能说他们正在按照上海总工会要求酝酿组织工人武装起义，他也想利用一切机会宣传共产党对北伐的主张，他知道傅雷与他一样有进步思想，但他也不能暴露自己的共产党员身份。于是他说：“宣传革命军的北伐主张，让更多的人知道北伐是为了推翻军阀政权，废除帝国主义强加在中国人民头上的一切不平等条约。”

“你看过《北伐宣言》？”

“看过，还在工人夜校上讲过。”

“你真行！”傅雷说，“我也看过，也很激动，也想与同学们讨论，可做不到，刚提出打倒学阀，就被下令逮捕，不是跑得快，说不准真的被关在什么监狱了。”

“我们是产业工人，与学生不一样的。”

傅雷笑了笑，感觉汪裕先比以前能干多了，都知道自己是产业工人了，不知道他这些名词是从哪里学来的，于是就问：“最近在读什么？”

“《革命》，是一本杂志。”汪裕先毫不犹豫地从枕头下抽出这本杂志说，“有一篇叫《中国社会各阶级的分析》，分析得真透彻。”

“毛泽东写的。”傅雷拿过《革命》，翻开一看，问汪裕先，“是什么人？”

“不知道。”

傅雷说：“我看一下。”

汪裕先让他把门闩上，他去食堂找点吃的来，这个点，夜间换班，有饭吃，傅雷来时，一阵兴奋，光顾说话，忘了问他吃了没有，现在他看杂志，他去找吃的，两不误。

吃了夜餐，他们继续聊，先聊《中国社会各阶级的分析》，接着他们就聊北伐军，聊军阀，聊不平等条约，聊上海租界与各方势力，聊过去，聊未来，聊困惑，也聊人生欣慰之事，一直聊到凌晨。天刚亮时，汪裕先把傅雷送到董家渡，渡口的船刚要离岸，船工喊他上船，汪裕先也催他快点，可他对船工说："我等下趟。"

傅雷在离开汪裕先宿舍时，心情是沉重的，他似乎在思考什么。汪裕先的理解，是他怕没法对他母亲说，他又被学校开除了，甚至要逮捕他，他妈妈知道了，肯定会很伤心，于是，就让他找个说词，再联系学校，再读下去，他对傅雷说："只要你不放弃，以你的学习成绩，在上海再找个学校，是有可能的。"

"放心，我会的，几次失败，我也懂得了一些。"傅雷说，"我也会说服我妈妈，我不应该让她操心。"

船离了岸，码头上再无他人，黄浦江上的风带着冰凉的水气，刮在身上，有了寒意。傅雷把柳条箱放在码头上，拉了拉身上的包袱皮，问汪裕先："最近回周浦吗？"

"忙过这阵子回去，好长时间没有回去了。"

"应该回去，看看你妈妈，看看你姐妹。"

"是的。"

"还有你媳妇。"

汪裕先笑了笑。

"真的。"

"知道你说的是真的。"

渡船刚到江心，只听一声呼叫，有礼帽被风吹进了江，汪裕先与傅雷循声望去，船在前行，没有因有人帽子掉落江中而改变航向，很快，那顶帽子被浪花压了下去，也就没了影子。

“你有没有觉察毛泽东对国民党的联俄、联共、扶助农工的政策并不乐观？ 他那个分析已见端倪。”傅雷突然转换了话题，问汪裕先，“北伐革命军北伐成功了，坐大了，成了新的军阀怎么办？ 会不会还容纳共产党？”

汪裕先没有听明白，只是望着傅雷。 他从来没有思考过这样的问题。 他不知道傅雷这个时候给他说这些是为了什么。 他一路思考，似乎就是想同他说这些，都误了一班渡船，似乎很重要，可就是不知道重要在什么地方。 他感觉他的智慧远不如傅雷。

“应该学会保护自己。”傅雷最后对汪裕先说，“我几次被开除，问题就出在我没能保护好自己，错过了好多做得更好的机会。”

汪裕先始终没有听明白傅雷在说些什么，只是盲从地答应：“哥哥放心！”

自此分别，就没再遇过。

一年后，傅雷去法国留学。

3

北伐战争是以推翻北洋军阀的反动统治为目的，主要打击的是直系军阀吴佩孚、孙传芳和奉系军阀张作霖。 10 月 16 日，迫于北伐军的压力，浙江省省长夏超宣布自治，脱离孙传芳势力，归顺广东国民政府，并准备攻取上海，向国民政府献礼，于是就同国民党上海政治分会主席钮永建取得联系。

钮永建大喜，国民党让他潜伏在上海，目的就是策反孙传芳的部队，最大可能在没有枪炮声中迎接北伐军的到来，而此时，夏超投怀送抱，岂不是快事。 他对夏超说，在迎接北伐军到来之前，先迎接他的部队入城。 钮永建似乎也有实力说这样的话，除了北伐军的挺进，他手里还有旧军人、帮会和自由职业者组成的队伍三千多人。 还有刚刚落选的上海原商会会长虞洽卿，他手里也有五百多人的商团的武装力量，他说他愿助力推翻孙传芳军阀政权。 再就是工人武装。

中共负责组织实施的具体工作。

此时的中国共产党没有自己的武装力量，但思考的是要整合力量，以推翻军阀政权，于是，在利用与被利用中操办着这一不同寻常的武装起义。经与钮永建、虞洽卿商定：以钮永建策动一艘起义的军舰开炮为信号，工人纠察队和他领导的帮会武装、商团同时出动，袭击高昌庙兵工厂，夺取武器。然后，按照计划先占领龙华，再占领整个上海。起义的时间选择在夏超的部队逼近上海时。

北伐军在民众的支持下，势如破竹，已兵临武昌城下，如此推进，驻守上海的孙传芳已有不安。自在南京宣布成立浙、闽、苏、皖、赣五省联军，并任五省联军总司令以来，他想到的是如何将实力慢慢做大，成为真正的“东南王”，在国民政府与北洋政府之间，随意享受自治的快意。谁知国民革命军说来就来，他措手不及，也想让吴佩孚与革命军决战，坐收渔利，谁知吴佩孚不堪一击，他不得不离开上海，亲临九江，迎战北伐的中路军。得知夏超宣布自治后，他又组织力量东进，他并不认为北伐军会赢得这场战争，他要让夏超先付出代价。

1926 年 10 月 23 日，夏超的部队向上海进发，可还没有得到上海方面的接应，就遭到孙传芳部队的猛烈攻击，没踏进上海半步，就被打散，夏超阵亡，残兵败将溃退浙江。而这些，钮永建不知道，虞洽卿根本就没想知道，他权衡了得失，去了宁波，更谈不上商团的力量参加起义了。负责这次武装起义组织实施的中共上海区委也不知道，还是在下午五时，下达了 24 日拂晓举行武装起义的命令，以停靠在黄浦江上舰艇的炮声为号，一起行动，进攻预定的目标。

而到了 24 日拂晓时，黄浦江上的军舰并没有发出炮声。

虞洽卿跑了。

钮永建停锣息鼓。

只有南市工人纠察队总指挥奚佐尧与浦东工人纠察队总指挥陶静轩率领的两支队伍，按预定计划行动，终不敌警察的火力，当接到中共上海区委停止起义的命令时，奚佐尧和陶静轩等十余人已经倒在血泊中……

撤回起义后，汪裕先、颜梦屏、袁化麟、宋凤祥没有进宿舍，也没有回公司，他们来到了“苏北杂烧”，他们没法理解这次草率的行动，不知道在什么环节上出了问题。说是以“黄浦江上舰艇的炮声为号”，炮声哪去了？没有炮声怎么就出击了？行动了怎么又来了停止起义的命令？这一切的一切，让他们百思不得其解。

“我们不能怀疑中共上海区委的决策是错的。”

“但也不能肯定是正确的。”

“这个事情不像是一个组织的决定！”

“像是闹着玩。”

“我负责向南市部委反映我们的意见。”汪裕先的组织关系在南市部委，他说，“无论怎么说，这次武装起义是失败了，应该有个说法。”

“幸亏我们去的人少，”袁化麟说，“要是有几百人，撤退都是个问题。”

“华商电气公司与法商电气公司，一共才去了二十多人，这本身就是个问题。”汪裕先说，“两个公司，一千九百多名员工，只去了二十几个人，这个宣传发动工作是怎么做的？”

颜梦屏说：“确实是个问题。”

“事情是这样的结果，肯定会影响我们以后的宣传发动工作。”宋凤祥有点担忧。

一番议论之后，各自散去，他们都有自己的工作要做。其实，也只是聚在一起发个牢骚，定定神。他们不是指挥系统里的人，不知道内情，无论怎么议论，都弄不清楚事情的来龙去脉，全凭自己的猜想。

汪裕先去了片区，跑了十几户人家，总是心神不定，于是他去了南市部委，见到了俞昌时。俞昌时放下手中的笔，让汪裕先坐下，倒了杯水，问：“是不是有点想不通？”

“是的。”

“别急，中共上海区委也在反思这样的问题。”他说，“本来是配合夏超行动的，他是浙江省的省长，带了一支部队，来占领上海，谁知没有到上海，就被打散了，夏超也被打死了。”

俞昌时没有对汪裕先讲更多的情况，包括钮永建按兵不动与虞洽卿临阵脱逃，夏超的情况，报上与电台已经有了公布。汪裕先不好多问，也不知道怎么问，来前的一些想法，到了南市部委就无法表达了，只是坐着，听俞昌时说。

“告诉同志们，不要灰心，要知道革命的艰巨性与斗争的复杂性，不可能一蹴而就。”俞昌时说，“要相信党，相信组织，坚定信心。”

汪裕先点点头，但忍不住，还是问：“黄浦江的炮声呢？”

俞昌时一时不知道怎么回答。

“‘十月革命’的一声炮响，关键是那一炮啊！”

“那艘军舰起义时被孙传芳的部队控制了，所以没能发出。”俞昌时没有与汪裕先讨论十月革命的那一炮，他觉得作为一个党员，一个基层工会的宣传与组织发动者，应该知道这样一个关键的问题，说是以炮声为令，可那一炮为什么没有发出？这又带出了另外一个问题：“没有炮声怎么就行动了呢？”

这是一个问题的两个方面。俞昌时不是同汪裕先讨论这个问题，也不是他们这个层面所能讨论的，只是一问。

“是的。”汪裕先说，“我们有现场指挥，一喊冲，就上去了，袭击了西门警察所，缴获了两支手枪，四支长枪。”

“华电去了多少人？”

“十多个。”

“千余工人的公司只去了十多个，是不是少了点？”

“是的，我们也在想这个问题，这么点人，是形不成力量的。”

“这次武装起义失败了，我们还牺牲了好几位同志，教训是深刻的，等部委有了指示，我及时向你们传达。”俞昌时说，“现在的关键是不能有悲观情绪，相信革命的高潮一定会到来，希望同志们共同努力。”

尽管俞昌时没有向他讲更多关于这次武装起义的事，但对于汪裕先来说，已经足够了，他知道了这次武装起义没能如期的几个方面，比如夏超的部队没能抵达上海，比如黄浦江上起义的军舰被孙传芳控制等等，这个时候，他想的更多的是反省自己的工作。颜梦屏、宋凤祥与袁化麟他们去参加武装起义培训了，起义工人的宣传发动工作是他在做，怎么就去了十多个人？是工人没有积极性，还是自己宣传发动工作不到位？想想心里也挺难过的，工作并没有少做，可就是没有见效果，他感到委屈。一有委屈，就想到了妈妈，就想回家。可又不能回去，结账日要到了，他负责的片区还有一半用户没有核抄，要一天不停，起早带晚，才有可能完成本月的工作量。无论如何也不能影响公司正常收费，这是他给自己定的底线。到了晚上七点多钟，他才收工，不能再抄了，迟了会影响用户的正常生活，人家有意见。

这个点，食堂已经没饭吃了，他就走进了西康面馆。这个面馆坐落在西康路与太仓路的拐弯处，两层楼，局部四层，在拐角处立面向东，为正门，石库型，三丈余，应紫气东来一说。打烊时，两扇玫瑰红大门，配一副紫黄铜虎门环，尽显瑞气。整个墙体呈灰色，白粉勾缝，紫红色腰箍，石材窗套，配以白玻。迎面三楼处挂“西康面馆”匾额，让人感觉进去就是一种享受。

面馆里的面，都是手擀现做，面料上，有切面、刀削面、拉面；做法上，有炒面、汤面、盖浇面。各种做法，配以各式小炒。柜台上有一横幅，“为侬做一碗好面”。

汪裕先刚坐下，就见几个警察走了进来，腰里插把盒子枪，后背大砍刀，面店跟班的迎了过去，说：“我们这都是食客。”

警察没有回话，只是拿眼扫了一下，没精打采走了。

“发现什么了？”

“发现什么？吓唬人的。”

“知道吗？今天在大街上杀人了。”

“听说了。”

“青帮红帮，加上个孙传芳，能有太平日子？”

“注意点，有警察来可不能这样说。”面馆跟班走到大厅，说，“我们是搞经营的，可不能让他们砸了。”

“放心，他们来了，我们就不说了，还自讨苦吃？”

他们又接着说。

“听说革命军要来了。”

“革命军是哪来的？”

“孙大炮的啊。”

“孙大炮是谁？”

“就是孙中山啊。”

“他不是上西天了吗？”

“阴魂不散啊，还有他的人啊。”

“他们也来上海？”

“来啊，要打孙传芳的部队，他们要一路打下去，从南打到北，叫北伐。”

“这个北伐啊，我以为北伐就是军阀呢。”

“难说得很，难说得很，别听他们说，理直气壮的，当年孙传芳来的时候不也理直气壮，可结果呢？ 难说得很。”

“还有什么共产党呢？”

“还没他们的叼的豆芽①，没枪没炮，只能闹闹。”

“一群学生跟着跑呢。”

“起哄！ 秀才造反，十年不成。”

“还有工人呢。”

“腰中无铜，不能称雄，一帮穷工人，造反就没饭吃了。”

汪裕先很想他们说到共产党，看看老百姓有什么看法，当听到这样一说时，就想哭，老百姓不看好共产党，共产党的力量在什么地方

---

① 方言，意思没他们的份。

呢？ 想想也是，什么也没有，起义的人手中不就是一根铁棍或木棍吗？ 真的打起来，哪是枪的对手？

“也不能小看，你没听说过，‘光脚的不怕穿鞋的’。”

“也是，听说西门那个警察所，硬是被几个拿棍子的工人砸了，还抢走了枪。”

“上海没日子过了！”一位被叫着“三爷”的人走到了厅堂中间，随即围了一圈人，听他说，“你们算算，孙传芳没走，革命军要来，租界里还有法国的兵、德国的兵、俄国的兵、美国的兵、印度的兵，地方上还有青红帮，听说共产党又在搞工人武装，上海就这么大，容得下这些？ 还不砸锅！”

门外的一阵哨声，吓得围着的人纷纷散去，“三爷”顺势坐到桌旁，一句话都没有。

汪裕先要了一碗青菜肉丝面，店里送一碟蒜炒萝卜干，他吃完就走，心里挺不是滋味的。

月底，汪裕先按时报了片区报表，请假回家，几个月没有回家了，也没有给家里人写信，都不知道自己忙了什么。 想到回家，就有点迫不及待，这天下午下班后，他坐上了晚班火车。

往周浦的火车，由黄浦江边的周家渡到周浦镇，叫周周线，在原来的上南公路上铺轨而成，周浦的火车站设在镇西，上南路与沪南路交叉口，下了火车沿沪南公路东行，过太平桥上竹街。 到家时，妈妈与妹妹在方桌旁做针线，与他离开家时的晚上一样，她们总是在做针线。 她们见到汪裕先，喜笑颜开。

汪裕先把包袱皮往桌上一撂，搂着妈妈哭了起来。

“想妈妈了？”赵惠芬问。

汪裕先点点头，然后抱抱妹妹，擦了擦眼泪，望着妈妈和妹妹发笑，说：“真的想你们了。”

“今晚不做了。”赵惠芬叫萍仙把衣服收起来，陪哥哥说话，她去做饭。

萍仙关心的是上海是否很乱，她所知道的社会传闻，是很乱，外国人开枪杀中国人，学生运动，工人罢工，青帮与红帮火并，部队开枪镇压群众，她问："前些日子部队在大街开枪杀人了，真的吗？"

"是真的。"汪裕先说革命军北伐了，要打倒军阀，废除不平等条约，建立一个国民政府，工人就起来打倒军阀，欢迎北伐军，就与军阀干了起来，没有弄得过军阀。

"你们公司去人了吗？"

"去了。"

"你去了吗？"

"没有，我正当班。"

"我们很担心。"

"我没事，好好的。"

萍仙关心哥哥究竟做什么工作："上次回来也没听你说。"

汪裕先就告诉她："我在片区抄表。"

"什么是片区？"

"就是一块地方，上海街巷里弄多，人家也多，不像周浦，就几条街，就这么些户，所以要分片，分区域，才好抄表。"

"什么表啊？"

"电表啊，华电公司，供电啊。"汪裕先指了指家里挂着的电表，说，"就这表。"

"哦，知道了。"

赵惠芬下了挂面，从门前的花池里拔了几棵大蒜，炒了一盘蛋。给汪裕先盛了一大碗面，她和萍仙小半碗。

"我们也吃啊？！"

"一起吃，陪陪裕先。"赵惠芬说罢，又去了厨房，拿来盛猪油的油罐，从里挖出一块，拌在汪裕先的碗里，顿时，香味就出来了，接着又给萍仙挖上，心里喜滋滋的。

收拾好后，萍仙去房间睡觉，汪裕先说有话跟妈妈说，赵惠芬就进了汪裕先的房间。 他给妈妈四十个大洋。

“怎么这么多?”

“里面有六个是张帮办给我的。”

“张帮办是谁?”

“她叫张静，与妈妈年纪差不多，很关心我，我感觉她是舍不得我们家，临走时，给了我钱，说是公司的生活补助经费，我不要的，可推不了，就收下了。”

“她去哪了?”

“美国，她儿子在那读书，她丈夫也在美国。”

“她心慈啊，怕我们过不去，想帮帮。”赵惠芬一阵心酸，像是要流泪。

“妈妈！ 是我做错了吗?”

“没有，是她太好了。”赵惠芬说，“人家都能陪儿子去美国读书，我却让你在外飘荡几年了。”

赵惠芬还是流下了泪。

“妈妈别哭，我这不是好好的吗?”汪裕先也一阵心酸，强忍住了，擦去妈妈的泪水。

“好的，不说这些。”赵惠芬问，“你是不是舍不得吃，才省下这么多钱?”

“不是，妈妈，你放心，我会吃饱的。”

“你一个人在外，妈妈不在身边，要自己照顾好自己。”

“放心，妈妈，我也长大了。”

“听说上海很乱，当兵的在大街上到处杀人。”

“上海是很乱，但也没有到处杀人，别怕，我不会有事的，放心。”

“那就好，要多长点心眼。”

“放心吧，妈妈！”

“过了年，妈妈想给你们办婚事，成个家，我就放心了。”

“不急的，过两年，我想帮助妈妈办个衣铺。”

“等你们成了家再办也不迟。”说到这，赵惠芬问，“你什么时候走？”

“明天上午，最近很忙呢。”

“那赶快去看看桂芳。”赵惠芬说罢从刚才汪裕先给的钱里，拿出两个大洋，说，“你没买东西，给外婆一个，给桂芳一个。”

汪裕先收拾了一下，就往外走，他真的想戴桂芳了，要是妈妈不说，他就明天早上去看看，从那回上海。

“夜里就不要回来了。”

“妈妈！”

“再跑，两头不放心。”

汪裕先点了点头。

4

1926年11月，北伐军占领九江、南昌，盘踞中国大部分地区的三大军阀势力的吴佩孚与孙传芳基本被消灭，北伐战争取得了重大胜利。12月，国民政府由广州迁都武汉，并召开了国民党中央执行委员和国民政府委员组成有共产党员参加的临时中央党政联席会议，代行国民党中央和国民政府的最高职权。

1927年1月5日，中国共产党在汉口组织四十万工人反英示威游行，配合国民政府收回英租界。

孙传芳在上海的军阀势力已朝不保夕。

中共上海区委决定加大工人运动的力度，以形成打倒军阀孙传芳的强大态势。1927年1月12日，南市部委派彭鸿章来到华电，为的还是组织工人武装起义，而要再行组织工人群众，就必须向基层组织者说明上次行动的失败原因。

“中共上海市委已经向中央做了检讨，因为过高地估计了夏超的力量，导致了上次武装起义的失败。”彭鸿章一到华电，就召开地下党员会议。午夜时分，在华电36号宿舍，颜梦屏介绍了彭鸿章后关了灯，他先说上次武装起义的情况："这是主观因素，客观上讲，革命军北伐，我们共产党没有自己的武装力量，我们能做的就是宣传群众，发动群众，助推革命力量的强大，目的就是为了推翻军阀政权，所以选择了夏超，还有就是要利用上海现有的武装力量，那就是钮永建帮会的三千多人与虞洽卿商团五百多人的武装力量。"

这样一说，大家还是能够理解的。

接下来，彭鸿章问："余茂怀带队的工人纠察队去了多少人？"

"二十多人。"

"是华电的吗？"

"还有法电公司的。"

"两个公司只有二十几个人，还没有枪，能有力量吗？"彭鸿章说，"关键的时候，钮永建与虞洽卿的人都没动，上海市委只能停止起义。"

"国民政府是共产党的政府吗？ 革命军是共产党的军队吗？ 我们在为谁工作？"这些问题一直困扰着汪裕先，在片区，在面馆，在火车上，总有人议论这些，他并不知道这里面的关联，作为一个共产党员，他认为他应该知道。 汪裕先问："我这样问有没有违背组织原则？"

"没有，你向组织坦陈自己的想法，是对的，可你这个问题很难回答，让我想想。"

深夜，本来就是寂静的，在没有光亮的深夜，在一个很小的空间里，有几个人睁着眼睛，思考着同一个问题，又不得要领，那是一个怎样的寂静？ 汪裕先感觉为难了彭鸿章。

"这样跟你说吧。"彭鸿章理了理自己的思绪，"国民政府是共产党帮助孙中山组建的，有共产党人的席位，十名共产党员为国民党中央执行委员会的委员和候补委员，在国民党的中央党部，共产党人担任了中央组织部部长和农民部部长，工人部也是由共产党员领导的。 国民政府的革命军北伐，我们能不支持吗？"

黑暗中，响起了掌声，认同了彭鸿章对问题的解答。

"这些都是我个人的理解，不代表组织。"彭鸿章接着说，"如果上次能有两万或者是二十万工人走上街头，我想，那些军阀、警察都没法动枪了。所以南市部委这次要我来同大家商量组织发动的事，我们组织一起强大的工人武装力量，推翻孙传芳军阀政权，建立人民政权，迎接北伐军的到来，以显示共产党领导群众运动的能力。”

又是一阵掌声。

彭鸿章的到来，为华电共产党员解开了心中的一个结，随之而来的是宣传发动的积极性。

“应该联合起来，而不仅仅是我们华电。”汪裕先说。

“怎么联合？联合是南市部委的事。”

“华电支部可以发起，联合几家。”汪裕先坚持说，“比单打独斗好。”

“这是个办法。”彭鸿章肯定了汪裕先的建议。

“我来联系。”颜梦屏说，“华电的发动工作大家一起做。”

“我负责夜校讲课，灯务科的人也由我来组织。”汪裕先带头认领任务。宋凤祥负责组织车务部工人，袁化麟表示负责机务部的组织发动工作，包括驾驶班的人。参加会议的人都主动认领了自己的工作。

联系其他企业工会的是汪裕先与颜梦屏，他们曾与邮务工会、工部局电气处工人俱乐部、法商水电公司、英商电气公司和自来水公司的工会组织联系，可后来考虑到职业性质与人员素质还是放弃了。他们中的更多人，为争取自身利益，可以出来说说话，而要真的以牺牲自己来换取国家利益，还不能做到。这样的人一旦介入其中，不但不能壮大队伍，有可能还会削弱其战斗力，最后选择了求新造船厂与合兴铁厂，这两个厂人多，又多苦力，有股劲。

1927 年 1 月 17 日，由中共华电党支部发起，以颜梦屏与汪裕先的名义，召开有求新造船厂与合兴铁厂代表参加的秘密会议，地点在华电工会办公处，也就是南市车站路鸿懋里 1 号。

颜梦屏说：“我与汪裕先是本次会议的发起人，先请他说说我们的想法。”

“北伐军快要到上海了，上海人要有所表现，北伐军每到一个地方，当地民众都积极投入到打倒军阀的行列，上海也应该有这样的行动，来迎接北伐军。”汪裕先说，“军阀中，不可能有人举义站出来，街上的市民又没有人去组织，有军阀政府在，谁去组织？ 而上海最大的力量就是产业工人，工人谁去组织？ 资本家不会组织，他们与军阀勾结着，只有工会来组织。 所以，我们今天请大家来，商量一下，怎么来迎接北伐军？ 一个企业的力量是有限的，三个企业联合行动，近三千人的职工队伍，必将形成强大的力量。”

“团结起来力量大！”

“是的，我们也是这样想的。”求新造船厂的代表说，“我们有的是人，有的是胆量，可我们不知道怎么组织。”

“军阀也太霸道了，上次跑到我们厂收保护费，说是按人头收，每个人一年两个大洋，都得个人交。”合兴铁厂的代表说。

“我们那也是，还要向警察所交钱。”求新造船厂的代表说，“个人交，厂里也要交。”

“所以我们要打倒这些军阀，打倒了他们，我们才得以安宁。”

“怎么组织起来呢？ 现在又不好公开拉人，军警查得很紧，自上次失败后，他们总是盯着，似乎不能做事。”

“单线联系，集体行动。”汪裕先说，“不易被发现。”

“怎么做？”

“我今天联系你们其中的十个人，我请你们各自再联系十个人，这十个人再各联系十个人，会是多少人？”汪裕先说，“这就是一生十，十生百，百生千千万的道理，我们还可以联系二十个人，也可联系五个人，本厂联系不了，到街巷里弄联系，只要想组织武装，打倒军阀政权，就一定联系到人。”

颜梦屏说：“关键是要找对人，这个人一定得跟我们走。”

“对的。”

与会的代表还就宣传发动与参加武装起义的其他事情做了讨论。

根据党的重大事项及时向组织汇报的要求，汪裕先向南市部委报告了华电公司与求新造船厂、合兴铁厂组建联合武装的秘密会议情况，部委随即做出决定：成立南市职工运动委员会，彭鸿章任书记，华电的汪裕先、洪继贤，以及求新造船厂与合兴铁厂的工会干部等八人为委员，统一领导南市的工人运动。

1927 年 2 月 17 日，北伐军占领杭州。九江兵败后的孙传芳，自知气数已尽，投靠了宿敌张作霖，整合力量，以对付北伐军，并与直鲁军阀张宗昌共同拥戴张作霖，组建安国军并由张作霖任总司令，他与张宗昌为副司令，以收拾残局。2 月 18 日，北伐军兵临嘉兴，为了保存实力，孙传芳准备撤出上海，把地盘让给了张宗昌。

就在孙传芳与张宗昌忙于换防之际，18 日晚上，上海总工会召开全市工会代表会议，决定“于本月 19 日起，举行全沪工人总同盟罢工，援助北伐军”。

深夜，上海的天空因北风的强推，干净了许多，在没有霓虹灯的街口，你还可以看到星空，看到冷月挂在树梢、楼角，或平放在静安寺教堂楼面的斜坡上。丝丝缕缕烧烤出的杂陈五味，顺着风，钻进行人们的鼻腔。卖笑女的浪荡声，撞进石窟门后，就不再浪荡，而是疯癫般的凄凉。军警的哨声，租界巡捕那沉重的警靴着地声，听得人心生恐慌。

“与这个世界不做个了断，就永远没有安宁日子。”南市职工运动委员会连夜召开会议，商量罢工的事，汪裕先听到哨声愤恨地说了句，可怎么与这个世界了断呢？他自己也在问自己。接着他说：“连夜把大家请来，不是为了吃饭，而是开会，但也只有吃了饭才能安心开会。”

开会的地方是法租界辣斐德路大成里 18 号楼上亭子间，两个方桌，每个桌上都有几样菜，还有青菜豆腐汤，一盆饭。坐了十多个人，华电公司的，求新造船厂的，还有合兴铁厂的，都是负责工会工作的。汪裕先说：“彭鸿章同志有事，一时来不了，委托我开这个会，主要是晚上上海总工会开了紧急会议，定于明天发动全沪工人同盟总罢工。”

大家议论了会儿，汪裕先接着说：“我根据上海总工会的要求，代表彭鸿章同志提几点意见：一、明天上午罢工，总工会的罢工令一到，即刻罢工，没有上海总工会的复工命令不得复工；二、罢工要彻底，华电发电也只留一台机组，只留一条医院专线，其他全部罢停；三、公司与工厂在显著位置贴‘罢工迎接北伐军，罢工打倒孙传芳’的标语，一家不少于三十条；四、每个员工准备一根铁棍或木棍，准备武装起义；五、每家企业连夜赶写五百张标语，内容为‘打倒孙传芳，迎接北伐军’‘北伐军现已战胜’‘孙传芳战斗力已尽’‘民众援助反抗军阀运动之时机已到’。请大家讨论。”

话音刚落，法国巡捕破门而入。说了些只有袁化麟听得懂的话，袁化麟告诉他们：“最近散兵太多，经常坐电车不给钱，我们商议着办法。”后来他们就搜身，没搜出什么就对袁化麟说：“夜间少些活动，不要妨碍治安！”

说罢走了。

汪裕先：“大家有没有意见？”

大家说没有意见，随后散去。

汪裕先回到宿舍时，颜梦屏还没睡，在等他，见了汪裕先连忙说：“朱帮办在办公室等你。”

“有什么事吗？”

“来人没说，就说朱帮办在办公室等。”

“明天不会有问题吧？”

“不会的，我们都分头行动，安排好了。”

汪裕先来到朱孔嘉办公室时，他确实在等。

“总算把你等来了。”

“帮办找我有事？”

“当然有事，没事我会在这个时候找你？”朱孔嘉问，“听说明天罢工？”

“谁说的?”

“别问谁说的，我还听说你是南市职工运动委员会委员呢。”朱孔嘉说，“陆总经理说了，我们不干预你们之间的斗争，与孙传芳也好，与国民党也罢，只希望你不要把华电带向绝境!”

“我没听清您在说什么。”

“华电没了，你们也没了安身之处。”

“这个国都不能为国了，还要什么安身之处?”汪裕先说，“军阀不除，帝国主义不打倒，不平等条约不废除，谁还指望能有华电? 能有个安身之处?”

朱孔嘉被汪裕先这句话震蒙了，愣愣地望着他。

汪裕先没想到朱孔嘉知道这么多，是谁泄密了，怎么就泄密了，既然朱孔嘉把话说得这么白，他也就没有什么顾虑了:“全上海的工厂都罢工了，华电还能正常生产吗? 华电的电车还能开出大门吗? 即便开出大门，在街上还能行驶吗?”

“难道就没有余地?”

“你们就是现在杀了我，明天罢工的事也是不可逆转的，已是大势所趋。”

“我的话已经说到位了，听不听由你，你可不要后悔。”

“也请你转告陆总经理，华电不是所有发电机组都停，不会影响及时复工，医院的那条专线还是正常供电。”汪裕先向朱孔嘉深深地鞠了一躬，以示对他的尊重，也是谢谢他与陆总经理的宽容。

汪裕先走后，朱孔嘉立即电话向陆伯鸿汇报与汪裕先的谈话情况:“全上海的行动，已经没法阻止了。”

“好吧，随他去了。”陆伯鸿有点悲观，但也同情革命，“这个世界也该让他们闹闹了，我都不知道如何是好，北伐军已经驻到嘉兴，就不能过来同军阀决一死战? 他们要是来了，还需要这些工人折腾? 都不是省油的灯啊!”

“也是，北伐军进上海不就得了。”

“通知各部门，明天除了办公室，其他所有场所，向罢工工人开放。”陆伯鸿最后对朱孔嘉说，“你带着保安，守住发电机房，只要没有人炸机组，就不要干预他们的行动，一切等过了这关口。”

第七章
组织罢工

1

2月19日五点，汪裕先接到上海总工会的罢工令，宣布：

> 本总工会特宣告全上海总同盟罢工，以宣传消灭军阀残余，表现革命民众权力。令到之时，即刻行动，全体工友总罢工。罢工之后，须有组织的、有秩序的，听候总工会指挥，无复工命令，不得复工。

清晨，华电公司的电车全部停在车场里，每辆车前的挡风玻璃上都贴有“罢工迎接北伐军，罢工打倒孙传芳”的标语，公司的全体员工集合在总部楼前的草坪上，汪裕先领着大家呼喊了一阵口号后，说：“请南市职工运动委员会书记彭鸿章讲话。”

随着一阵掌声，彭鸿章从工人队伍里走了出来，他说：“工友们！军阀是中国的最大祸害，孙传芳的部队是上海的最大祸害，他们与帝国主义勾结在一起，霸占一方，搜刮民财，养兵自大，祸害百姓，使得国家没法统一，人民不得安宁。”

“打倒孙传芳！ 迎接北伐军！”

汪裕先带头呼起口号，草坪上群情激奋。

“北伐军来了，从广东一路北上，势如破竹，打败了一路布防的军阀，现在已经兵临嘉兴，就在我们南边，他们干什么来了？”

“打军阀！”职工们异口同声。

“对！ 打军阀！ 打孙传芳！”

汪裕先又带头喊起口号：“打倒军阀！ 打倒孙传芳！”

“所以，我们要罢工，用停止运转的上海，等待孙传芳的灭亡！”彭鸿章说，“我们还要准备棍棒，时刻准备着武装起义！”

这时，求新造船厂工人运动交通员跑了过来，神情紧张地告诉汪裕先，说船厂罢工受阻，请求支援。 汪裕先又及时告诉彭鸿章。

“工友们！ 这次罢工事关北伐军能否成功开进上海，因此，我代表南市职工运动委员会向大家提三点要求：一、 没有复工命令，决不复工；二、 回到各个集中点，等待命令；三、 每人准备好一根棍棒随时参加武装起义，砸烂这个旧世界！”

“能不能做到？”汪裕先问大家。

“能！”

随着汪裕先一声令下，开会的工人迅速散去，回到各个集中点。

“你在华电，注意职工的情绪，与合兴铁厂保持联系。”彭鸿章对汪裕先说，“我带人去船厂支援他们。”

彭鸿章带着蔡建勋、徐王生、凌善楚、周阿银、袁金山等华电十多名员工，火速奔赴求新船厂。与华电公司不同，求新船厂没有自己的保安，他们的门卫是警察所派的警员，当班的警员叫杨彩亭，拦住了彭鸿章一行：“请问什么事？”

“船体焊接业务合作。”彭鸿章说。

“找谁？”

“车间。”

“哪个车间？”

“有完没完！当回事了！”蔡建勋上前顶住他，一行人去了车间。

“非常时期，我们也有规定的。”杨彩亭无奈，只得放行。但他感到这趟人不是做什么焊接业务的，于是就跟随其后，一看进了生产区域就贴“罢工迎接北伐军，罢工打倒孙传芳”的标语，还有人进车间动员罢工，就跑回值班室，关封大门，并给警察所打电话。保洁工听到了杨彩亭的电话内容后，随即跑向车间，告诉工人，工人急忙找到彭鸿章一行人，当准备原路返回时，大门已被封堵，十多个警察正向车间搜寻。船厂工人迅速引领他们从后门撤出，从船坞中转移到黄浦江的木排上，离岸而去。

蔡建勋没有撤出，他走进了车间的最里面，杨彩亭认出了他，说：“就有他！”

“我又没犯法！”

杨彩亭从他的身上搜出了标语，问：“这是什么？”

“‘迎接北伐军，打倒孙传芳’犯什么法？”

“孙传芳是你打倒的？！”杨彩亭说罢，对着蔡建勋就是一拳，说，“把他捆起来！”

“兄弟，松点，我想你们也是穷苦人家出身。”绑他的警察手轻了点。杨彩亭走上前，对着蔡建勋就是一耳光：“穷人家出身也不能不上规矩！”他支开绑蔡建勋的那个警察，自己动手，一拉绳头，蔡建勋感到钻心的疼。

“当心恶有恶报！”

杨彩亭还想动手，被另外一个警察挡了住，对蔡建勋说："你也少说点，都什么时候了。"

蔡建勋被押往上海守备司令部。

十几个警察，押着一个被五花大绑的人，在罢了市的街巷里行走，那悄无声息的寂静，像死亡一样的恐怖。路上的行人与门前的守望者，目光中夹杂愤怒、惊愕、好奇与怜悯，而更多的是迷茫，他们看不清谁对谁错，似乎这个世界谁都在制造混乱，而混乱又成了社会常态。

这是蔡建勋有生以来第一次这么冷静，这么清醒地审视着一个又一个人，他没有觉得被捆住了双手绑住了肉体就失去了自由，他还在大街上行走，他还能观望大街上的人来人往，歇了业的门店，门两边无序堆放的杂物，烟花小巷里扭腰倚在门旁的卖笑女，日子过得很滋润的大家少爷从楼窗探出来的小白脸……当走上源大铁厂前的那条路时，他想到要找一个人，让他告诉他的父母与妻子，他不会有事的，想到这，就想到了满地乱跑的儿子。

华电的电车修理部就设在源大铁厂。

电车修理部的人按照罢工的统一要求，原地待命。史阿荣在门外值守，看到一队警察押着蔡建勋走了过来，本能地走到路牙。蔡建勋心头一阵酸痛，靠向路边，他想请史阿荣转告家人，刚喊了声"阿荣"，杨彩亭上前一步，指着史阿荣对警察头头说："他也是一起的！"

不由分说，几个警察上来就捆史阿荣。

电车修理部的人想冲出门外，被宋凤祥死死拦着。

"我们不能不帮他，还有蔡建勋。"

警察见状，朝天开了一枪，想出来帮史阿荣的工人松了劲。警察不想把势态扩大，如果工人真的出手抢人，他们是无法控制局面的，放一枪示警，好让屋内的工人冷静下来，也有利于自己迅速走离现场。他们捆好史阿荣后，推搡着，快步前行。

宋凤祥心里倒也感谢这一枪，不是这一枪，他没法拦住屋里往外挤的工人，一旦动手抢人，麻烦就大了。

“为什么不让我们出手？”想出来的工人还是有想法。

“我理解你们的心情，可你们想过没有，这里是华电电车的修理车间，不是在大街上，或许我们能制服十来个警察，可会引来更多的警察与孙传芳的兵，要带走的就不是史阿荣一个人，而是车间的所有人。”宋凤祥说，“救不了他，还会害了大家，甚至会影响整个华电公司的罢工，会添乱的。”

冷静下来后，大家还是能理解宋凤祥。

但宋凤祥的“不是在大街上”的话又让王家骧有了另一种抢人的想法。他很快组织了十多人，手持木棍，跑了出去，从后街追赶，想在到达司令部前，抢回史阿荣与蔡建勋，可街上的军警越来越多，他们根本就没法下手，最后还是放弃了抢人的计划。

就在王家骧一行忙于半路截取时，颜梦屏与汪裕先正忙于营救，他们想请邵力子出面保释。邵力子是浙江宁波人，是国民党二届中央监委，国民革命军总司令部秘书长，在上海有较高的威望，孙传芳也敬他三分，此人同情中共。颜梦屏与汪裕先商量，汪裕先执笔，给邵力子写一封信，由宁波的另一位同乡方荣根前往送信，可此时南市已经戒严，任何人不得走动，方荣根只得回返。后来，又有人说邵力子已经不在上海，去了俄国，总之，这条路是走不通了。

汪裕先同颜梦屏商量，召开由华电党支部委员与工会委员参加的联合会议，听听大家意见，或许能找到一个更好的营救办法，就把会议定在工会办事处，时间为晚上六点，两个人分头通知。可当他们陆续来到南车站鸿懋里1号时，已在警察监视中，也就陆续走离。

驻上海各国领事，根据不久前会议商定结果，已纷纷调兵登陆，开入租界。英国驻跑马厂两千名士兵，集中在英租界各要隘，驻在舰上的印度兵也陆续登陆。英国总领事通知英军司令，约束兵士不准外出，不到危急时，不制止罢工工人运动。法国租界各巷口，也布置防禁。工人罢工后，登陆的日本军队，也完全开入租界，防备尤为严密。各国领事，拟组织联合军，保护公共租界。

此时，也不存在孙传芳把地盘交给张宗昌的事了，面对北伐军的挺进，换防也就成了空谈。孙传芳退出上海，是孙传芳自己的事，张宗昌能否进来，也是张宗昌自己的事。张作霖是他们共同的主子，但他们眼前只有自己的利益，没有利好的事，谁也不伸手，而工人罢工，加上各路商人的罢市，使得孙传芳想体面地离开都不可能了。

城防司令李宝章也不知道他的这支武装力量对谁负责，是北洋政府？是孙传芳？是张宗昌？还是租界里的外国人？罢工罢市罢课的工人、商人与学生？在大街上推波助澜的市民？城外步步逼近的北伐军？李宝章召来上海警察厅厅长与上海县知事，说：杀！不杀没法控制这个局面。

副官问他从谁杀起？

李宝章说从煽动工人闹事的杀起。

1927 年 2 月 20 日清晨，警车从上海守备司令部呼啸而出，伴着声声犬吠，一下子就撕开了因罢工给上海带来的特有的宁静，凶神恶煞的军警留下一路的慌乱。大刀队在前，武装警察断后，中间的卡车上押着蔡建勋与史阿荣，刚上路时，他们还喊了两句："打倒军阀！打倒孙传芳！"后来，两人嘴里被塞进了东西，就不能再喊。早起的市民，顺着街道两旁的路牙，在人行道上无声地跑着，他们不知道这些军警要干什么，也不知道自己为什么要跟着跑。当有人乱了脚步，向军警靠近时，就会响起示警的枪声。到了西门，在机厂街的当口，军警子弹上膛，把守着街口，大刀队手持大刀，划定市民不得进入的地段。然后，将蔡建勋、史阿荣拉下车，踢跪在地，身后的大刀手用脚踩住捆着的绳头，一阵对空枪声后，一个警察拿着喇叭，走到蔡建勋与史阿荣面前宣讲淞沪戒严司令部命令：

凡激动人民罢工或干涉工人作工者，立斩不赦。

话音刚落，蔡建勋与史阿荣的头就滚到了地上。

一声惊呼，近千市民落荒而逃，慌乱地跑进了附近的巷子。

随即，蔡建勋与史阿荣的头被挂在机厂街的电线杆上，一张张印有“凡激动人民罢工或干涉工人作工者，立斩不赦”的淞沪戒严司令部的布告贴进了大街小巷，军警与大刀队布满了要道，上海城的恐怖像瘟疫一样，四处扩散……

1927年2月22日纽约《先驱论坛报》中有这样的描述：

牺牲者的头颅被士兵砍下以后，就挑在竹竿上或放在盘子里沿街示众。当头颅挑在尖竹竿上，举得高高地带往下一个杀人地点时，数以千计的人惊恐地四散逃跑。

“走出去！ 到大街上去！ 去游行！ 去示威！”汪裕先哭着喊着。

集中在发电厂前的工人们都在哭。

“我们上街，我们去游行，但请工友们记住，我们一定不能碰撞那些军警。”颜梦屏说，“不能再有人牺牲了。”

工友们表示同意后，游行的队伍在汪裕先与颜梦屏的带领下上街了，高喊着口号：“打倒军阀！”“打倒孙传芳！”“打倒李宝章！”“为死者报仇！”“工人团结万岁！”游行队伍像雪球一样滚动，越来越大，街头的大刀队与路口的军警，只得让行，口号声像雷一样在街巷里震荡。

“您也得管管您的工人！”李宝章把电话打给了陆伯鸿，“总不能……”

李宝章没有把话说完，他与陆伯鸿有很深的私交，养着的三姨太每年都从华电拿走相当的薪酬，虽说公司缴的治安管理费很少，但这样的交易也只能在有交情的人之间，李宝章知道他不是天，在他的上面还有孙传芳。

陆伯鸿说："你还想再杀？"

"不是这个意思。"

"你杀了他们的兄弟，就容不得他们上街？ 这个时候还能说服得了？！"

"已经贴了告示，我想不杀，可令已出……再说，不杀，能控制这个局面吗？ 上海能稳定吗？"

"你要控制什么局面？ 上海是你李宝章的吗？"陆伯鸿说，"北伐军已经到了嘉兴，孙传芳想走，张宗昌并不想进，你为谁杀人？ 不就是你想杀人吗？ 你为什么要杀人？"

"我能理解您的心情。"

"我的话，你能听多少就听多少，该做的事，我还是要做的。"

"谢谢总经理提醒！"

其实，华电工人罢工的大概动向都在陆伯鸿的掌控之中，像蔡建勋去求新船厂与史阿荣在自己的车间门口被撸走的这种突发事件，他是没有办法预料的。 他放下电话后，叫朱孔嘉立即带公司保安去找汪裕先一行。

"一定不能同警察与大刀队的人有肢体接触。"朱孔嘉对汪裕先说后又对颜梦屏说，"你们是领头的，你们不对公司负责，也要对工友负责，他们都是有家的人。"

游行队伍到了路口，只要有军警与大刀队的人，华电公司的保安都要前去维持秩序，其实就是怕有什么冲撞，这是朱孔嘉下达的硬任务。 汪裕先也传下话去：离军警远点，他感受到了朱孔嘉那句"他们都是有家的人"的话的分量。

事态进一步升级。

2 月 22 日下午四时，中共上海区委发出《特别紧急通告》，宣布："今晚六时，全上海动员暴动。"

钮永建代表的国民党与虞洽卿代表的商团，仍然是这次武装起义的合作方，中共上海区委还是看中他们的力量，他们那近四千条枪对于手持棍棒的工人武装来说，确实是硬货。可钮永建不认同，他说孙传芳的部队准备撤出了，他们并没有抵抗北伐军，我们为什么要起义？他给蒋介石发电，报告情况。

蒋介石说，共产党想抢地盘，控制上海。

于是，钮永建按兵不动，虞洽卿似乎从中嗅出了点什么，也玩起了“不在场”。

武装起义如期举行。

23日凌晨五点五十分，由担任副职的中共地下党员所控制的“建康”“建威”两舰艇，开始炮击高昌庙兵工厂，十多发炮弹在空中划了道弧线后，栽在兵工厂内。一阵又一阵的爆炸声，把北洋军士兵吓晕了，到处是弹药，他们无处躲藏，只得将一白床单扯上旗杆，示意投降。见此状，“建康”“建威”调转炮口，向位于龙华的城防司令部和停满军列的火车站开炮，随即一列火车中弹起火，北洋士兵四处逃窜，有的钻进了法租界。不幸的是，有两发炮弹落进了法租界，停在黄浦江上处于战争状态的法国军舰，立即驶了过来，迫使“建康”“建威”停止行动，两名大副在混乱中离开了军舰……

没了炮击，没有全城市民的集中行动，仅靠工人纠察队的那点武装，确实没有办法将起义进行到底。当日晚，中共中央与上海区委做出了“停止暴动”和“由上海总工会发令复工”的决议，“养精蓄锐，准备更大奋斗”，24日，上海总工会发布复工令：

> 总罢工实行，虽仅五日，颇获得相当之成功，但鉴于商民之请求，本总工会决定，暂将罢工收束，非谓此项运动，完全消灭，吾人应须继续努力，以达到吾人之理想。

工人武装起义再次失败。

李宝章也摆出姿态，出示所谓的晓谕，意为：

之前，对于公开讲演，分散传单及执有挑拨文字之人员，曾示格杀勿论，此项命令，现着取消。又本镇守使部下日来斩决许多罢工者，洵属可悯。本使曾经训令，一经捕猎，不经审问，即就地正法，现将此项命令取消。各工人立即复工，毋庸顾虑。

虞洽卿为置身事外，在报上连续数天刊载一则启事：

洽卿专营航业，无暇他顾，现对于各团体之组织概未预闻，特此郑重声明。

2

罢工的事刚一平息，陆伯鸿却迎来了华电公司董事们的议论。

这次董事会是陆伯鸿提议召开的，主要是商量时局的变化与公司的发展。如此动荡与不安，还要不要扩能？原来打算增添的一台机组已经与德国的一家公司签了意向合同，如果扩能不变，就得迅速进入工作程序。

董事们虽说是搞经营的，但对时局一点都不陌生，都认为只要没有大的对外战争，军阀对上海的影响只能限于外围博弈，无论是哪一方，动作大了，必定殃及租界，外国武装是不客气的，因此，投资扩能没有问题。他们不怕孙传芳不走，也不怕北伐军进来，他们占这块地的第一要务就是保证这个地方的稳定，城市发展能少得了电车与电灯？

投票表决了扩能的同时，也投票表决了对汪裕先与颜梦屏的解雇。本来解雇员工是管理上的事，但陆伯鸿决定提交董事表决，因为在谈到华电与工人运动时，大家还是不冷静的，认为：华电再也不能站在风口浪尖上了，每次生事，总有华电的份，总有华电人的摇旗呐喊，这次还有两个人被砍了头，两个人被通缉，华电还要不要自己的声誉？所以就有人提出解雇这两个组织罢工的人。表决通过了，这事就交给了朱孔嘉。

朱孔嘉也就动了心思。

李宝章公开宣布了撤销“格杀勿论”的命令，但没提及对“汪裕先、颜梦屏的通缉”。朱孔嘉找他们谈话，说：“根据公司《工人服务规则》，经总经理办公会议研究，决定解除对你们二位的雇用。”

这是汪裕先与颜梦屏所没有想到的，汪裕先问朱孔嘉：“还有什么要说的吗？”

朱孔嘉感到好笑，说：“问你呢？”

“请帮办告诉我，我们违反了《工人服务规则》的哪条？”汪裕先说，“既然你说到服务规则，我们就来讨论讨论这个规则。”

颜梦屏说：“我们是签了契约的，也不能就你说了算。”

“拘留以上处分与影响了公司声誉。”

“拘留了吗？”

“通缉之后就是拘留。”

“我问《工人服务规则》上是‘通缉’还是‘拘留’？”汪裕先说，“如果你认为李宝章那‘通缉’就可以将我们解雇，那么李宝章的那个‘各工人立即复工，毋庸顾虑’的晓谕怎么解释？”

“你真的想走到这一步吗？”

“我们等着！”

汪裕先说罢起身就走，颜梦屏紧随其后。

“没有余地吗？”颜梦屏问汪裕先。

“跟他说没用，他跟我们只能说这些。”汪裕先说，“罢工，只有罢工。”

“上海总工会刚下了复工命令，我们能再罢工？”

“那是同盟罢工，我们罢工，是我们公司的事，如果我们这次真的被解雇，那就等于解散中共华电党支部，解散华电工会。”汪裕先在华电公司办公楼前停了下来，转身对颜梦屏说，“以后谁也不会听党的，不听工会的了，谁还跟着闹革命？”

“是的，就没有凝聚力了。”

“我们不走，就是为党坚守阵地。”汪裕先说，“已经投身革命，进入了这个圈子，就不再是我们个人的事了。”

颜梦屏点了点头，也从心里佩服汪裕先的胆识。

在朱孔嘉的心目中，汪裕先是个问题，他觉得他很有本事，具体也说不出是一种什么样的本事，但更觉得他是麻烦，在与他的交往中，他似乎没有占过上风，总是处于被动，他是华电公司的协理，而他只是个职员。总是如此，朱孔嘉心有不爽，这次是个机会，想解雇了事，可谁知他竟然提出“通缉”不等于“拘留”，也就是说解雇他是没道理的。想想通缉是不等于拘留，但已经通缉了，自己走了不就完了，是个很体面的事，谁知他……

朱孔嘉找到西门警察派出所，所长是新来的，原来的所长，因上次工人暴动被抢了枪，吓跑了。这个所长与原来的那位所长比，更没有警察气质，细高条子，警服都不怎么靠身，警帽也有点大，要不是坐在警察所，怎么看也不是个警察，像是偷来警服穿的小瘪三。

“有啥事？”所长问。

“前几天不是有个通缉吗？”

“怎么了？”

“那两个人现在在公司里。”

“什么名字？”所长接着又问，“哪个公司？”

“汪裕先和颜梦屏，华电公司。”

“哦！”所长翻了下最近的通缉说，“司令不是有了晓谕，复工了就行了。”

“晓谕里没说通缉的人不抓了。”

“这你得去司令部一趟，我们不好说。”所长一推了之。

朱孔嘉只得去司令部，两三个科室一推，他来到了李宝章的办公室。在门外，就听他在训部下，好像是与杜月笙手下人发生了什么纠葛，只听说“杜老板的面子你总得要给吧！”出来一看，是便衣，大刀队的一个头，掏出手帕擦脸上的汗，他就进去了。

“朱协理今天怎么有空到我这里来了？”

李宝章同朱孔嘉很熟，在华电的有些事，都是朱孔嘉帮着具体办。

“李司令真的很操心。”见了李宝章，朱孔嘉不知怎么说恭维话了。

“这个绝地方，没有法子弄。”李宝章说，“刁民加地痞流氓，再加上洋鬼子，全他妈乌龟王八蛋！”

“没有李司令这样的魄力，还真的压不住。”

“乱世之秋，我也是无奈啊。”这时，李宝章脸上的怒气退了，又蒙上了无奈，说，“你看那北伐军压境，孙传芳若即若离，张宗昌欲进又止，共产党又趁机搅局，你说我这个城防司令……不是开玩笑吗？”

“没有铁的手腕，确实是玩不转的。”

“兄弟，不是玩得转玩不转的问题，是拿命玩。”李宝章没空同朱孔嘉闲聊，也不想如此扯淡，问他，“有什么事？”

“上次通缉的两个人现在在公司里。”

“什么？ 通缉的两个什么人？”

不知是李宝章不想惹这事，装聋作哑，还是真的没听清楚，朱孔嘉又说了一遍：“上次通缉的组织工人罢工的那两个人在公司里。”

“你们公司的？”

“是啊！”

“已经砍了两个头，你还嫌不够啊，我不是发了晓谕，只要复工，不再追究了吗？ 我都不问了，你还惹这事？”李宝章说，“眼下这时局，你让我跟谁较真？”

朱孔嘉没法说了。

朱孔嘉回到公司，还是把解除用工契约的文书送到汪裕先与颜梦屏手中，文书上没有再提“通缉”一事。

“你这是代表公司吗？”接过朱孔嘉的解雇文书，汪裕先问朱孔嘉。

“怎么了？”

“请你回答我，是不是代表公司？”

“当然是，我朱孔嘉个人没有权力解雇你，完全是按照《公司工人服务规则》行事。”

“好。”汪裕先说，“那我也代表工会跟你谈一次话。一、我与颜梦屏既没有违法，也没有违背《公司工人服务规则》；二、组织罢工游行示威，为的是迎接北伐军，推翻军阀统治；三、迎接北伐军，支持北伐军，是为了国家统一，打倒帝国主义，废除不平等条约。有哪一点是错的？”

“好像真理都在你手中。”

“我们讲的不是真理，是道理。”汪裕先说，“请你转告陆总经理并董事会，工会也要同公司算算账了。”

汪裕先说罢，起身就走。

回到宿舍时，汪裕先的泪又止不住了，不是因自己被解雇了，而是想到了蔡建勋与史阿荣。蔡建勋睡在他的对面下床，对生活充满无限的热爱，晚上躺下总要说说儿子的事，三岁的小孩，能有多少事要说呢？可总是说不完，总有新鲜的事，于是，总在快乐中。他就那么被砍了头，如此草菅人命的军阀为什么一次两次就推翻不了呢？他的妻子与儿子，往后的日子怎么过？史阿荣住在隔壁宿舍，非常仗义……

“我们不能走！”颜梦屏说，“我们还有党支部的工作和工会工作。”

“为什么要走？”汪裕先说，“我们要把革命进行到底，否则就对不起蔡建勋与史阿荣。”

“晚上开个职工代表会议，算是职工夜校的一次活动。”颜梦屏说，“你准备讲课材料，我组织人员。”

七点的课，六点半就有人来了，食堂的师傅也很快就把桌子收拾好，他们比以前更热心为夜校做点事，比如凳子不够，他们会主动去找，还会多烧些开水让工友们喝。

都坐下来后，颜梦屏说："大家可能还不知道，今天上午公司的朱帮办找我与汪裕先，给了我们解雇的文书。"

会场上一阵唏嘘，接着就是议论。

"我们也不会走的，我们还有很多事要做。"颜梦屏说，"下面就请汪裕先为我们讲课。"

"工友们！ 我提议，大家为蔡建勋与史阿荣默哀三分钟。"默哀毕，汪裕先说今天为大家讲我们所面临的形势，"这次起义，对我们工人兄弟来说，失败了。 而对全上海的罢工企业来说，我们华电工人败得更惨，牺牲了两位兄弟，我与颜梦屏又被公司解雇。"

这样说的时候，场下有了哽咽声。

"我们为什么会败？ 是没人支持吗？ 不是，那罢市的商人，那跟着我们奔跑呐喊的市民还少吗？ 我想啊，我们只有呐喊，助威的那些人，也只有呼口号，工人的武装只有棍棒，其实没有武装，我们怎么可能推翻一个全副武装的军阀政权？！"

颜梦屏带头呼起口号："打倒军阀！ 打倒孙传芳！"

"军阀没被打倒，北伐军也没有开进上海，资本家对我们开始清算了，他们首先对我与颜梦屏下手，为的是以儆效尤，也就是杀鸡给猴子看，只要能解雇我们，就有可能收拾他们想收拾的工人。 所以，我们要团结起来，只要我们抱成团，我们就无懈可击。"

"打倒军阀！ 打倒资本家！"王家骧带头呼起口号，"工人团结万岁！"

"我们对付资本家的办法，就是罢工！"汪裕先说，"下午我与颜梦屏商议了下，以工会的名义向公司提出我们的要求，共六条：一、立即恢复汪裕先、颜梦屏的工作；二、2月19日到2月22日罢工期间的工资照发；三、工会有代表工人之权，解雇工人必须得到工会的同意；四、公司应该给工会房子，为办公所用；五、实行八小时工作制；六、增加两成工资。"

“大家有没有意见?”颜梦屏问。

工人们异口同声:“没有!”

“明天以工会的名义向公司提交,如果不同意要求,就转入罢工,不达目的,决不罢休!”汪裕先告诉大家,“最近一个叫毛泽东的人,写了篇叫《中国社会各阶级的分析》的文章,他说出了民族资产阶级的两面性,即‘他们受到外资打击,军阀压迫感到痛苦时需要革命,……但当着革命在国内有本国无产阶级勇猛参加,……他们又怀疑革命’。”

颜梦屏说:“华电的资本家们就是这样的阶级!”

3月15日上午,华电公司工会委员会正式向华电公司递交呈文,朱孔嘉在接到这份盖有“华电公司工会委员会”红印章的呈文时,感到弄巧成拙,连忙向陆伯鸿报告,陆伯鸿看了工会提出的条件后说:“好!”

朱孔嘉蒙了,摸不着头脑。

陆伯鸿接着说:“叫办公室通知公司董事,下午五点钟开会。”

“今晚我请客。”董事们坐定后,陆伯鸿首先表明晚上他请客,然后说,“本来正常的公司事务,我能处理,但今天这个事,我还真的不好独自处理,所以把大家请来,共同商定。”

说罢,叫朱孔嘉把要讨论的事向各位董事汇报。

“我第一次同他们谈话时,他们并不承认有违反《公司工人服务规则》,认为‘罢工打倒孙传芳,罢工迎接北伐军’没有错。我去找警察所,他们说事情已经过去了,不要没虱子找虱子头上挠①。”朱孔嘉本不想说这事,更不用说去找李宝章了,一不小心说漏了嘴,陆伯鸿不知道这事。他去警察所找李宝章,是因为他看不惯汪裕先以前同他玩了心眼子,现在又有咄咄逼人之势。朱孔嘉接着说:“第二次向他们送解雇文书时,汪裕先很认真地说他代表工会向公司说几件事,并要我转告陆总经理与各位董事,大意是说他与颜梦屏没有违反公司工

① 江浙沪俗语,意为:不要没事找事。

人服务规则；罢工是为迎接北伐军，打倒军阀孙传芳；打倒军阀迎北伐，统一国家，废除不平等条约，没有错。他还说，应该同公司算算账了，这不，今天送来了‘六条要求’，不答应要求，就罢工。”

朱孔嘉把盖有“华电公司工会委员会”公章的文书举起来让大家看，那红印章格外刺眼。董事们议论开了。

“是向公司示威?！”

“何止是示威，简直就是要挟！”

“这样的人还能留在公司?”

议论了一阵后，陆伯鸿说话了：“本来这事，不想麻烦大家，解雇与录用工人，属公司经营过程中的正常事务，但这事提交了上次的董事会，大家表决了的，所以就得把大家请来，仍然请大家表决。我与大家的有些想法是一致的，他们确实总是在要挟我们。但我与大家有着不一样的想法，那就是在管理中，我在慢慢适应他们，承认与接受他们的做法。”

从面部表情中可以看出很多董事并不能理解陆伯鸿。

“几千年的帝制社会为什么能被推翻? 世界之潮流！袁世凯称帝为什么就那么几天? 人心之所向！为什么一有事起就有万众上街? 百姓有怨气，心中有不平！建议你们有机会去西方走走，看看那些发达国家是怎样的民主、平等与自由，企业罢工是经常的事，所有企业都有工会，工会是干什么的? 就是维护工人利益，组织工人罢工的，工会组织不了罢工，工人就不参加这个工会了。”陆伯鸿说，“我支持过辛亥革命，为孙中山捐过款，支持他，我也为北伐捐了款，我不是投机革命，但要看清大势，这帮有主义的人，能推翻帝制，能让袁世凯无法称帝，就赶不走军阀? 不知道你们信不信，我信。”

董事们又开始了议论，他们觉得陆伯鸿的话不无道理，但也感觉他有支持暴力的倾向，至少是对暴力革命态度暧昧。这不应该是他的思想与行为，他是“剑袍爵士”，在他们眼里，要是换个地方，换上袍衣，那可不能这样坐着同他说话的。

“前些日子，有人活动，想华电入股法电，也就是让法电兼并华电，我是坚决反对的，王一亭也坚决反对，他做了好多上层工作，兼并没能成功。说了大家可能不太高兴，入股法电，收益可能高些，可我们能让上海百姓这一点点光亮都交给外国人吗？”说到这话时，陆伯鸿有点激动，透过他的眼镜，可以看到眼睑挂着泪珠，与会的人肃然起敬。“同样办企业，华电与法电平等吗？他们不用交地皮钱，他们不用交税，他们不用承担中国社会责任，为什么？他们看不起我们这个国家，我们这个国家的政府没用啊！再说了，那个法国公园、兆丰公园等，挂有类似‘华人’与‘狗’不得入内的牌子，别以为我们这些人拿着他们发的片片可以随便进入，可那是外国人把你抬进去，你还是华人，与‘狗’一样……”

说到这，大家都在气愤这样的不平等，都在点头，承认陆伯鸿说的是实话。

“这种状态不改变，我们在座的现在虽说是吃穿不愁，但能保得了我们的儿孙能有饭吃？说不准还不如现在的工人们。”陆伯鸿说，“我今天说多了。”

“您到底是见多识广，与您比，我们浅薄了，只看到自己袋里的这点钱。”陆伯鸿的一番话，使董事们懂得了点什么，他们表示了自己的歉意，希望陆伯鸿以后有机会多说说经营之外的事，上海滩世事多变，有点钱，浑浑噩噩地也过不出好日子。

会议表决通过，答应工人“恢复汪裕先、颜梦屏的工作，工人罢工期间的工资照发”的要求。

有了这两项，工会也就没有举行罢工。

朱孔嘉通过陆伯鸿对此事的处理，前思后想，佩服得五体投地。

汪裕先、颜梦屏复职，全体职工排在公司门前，燃放鞭炮，迎候他们。

第八章 总指挥

1

北伐军没有急着进上海，似乎在等什么。

或许是休整。

老百姓的日子又恢复了原样。站在街上，军警们的腰也没有前些日子直了，悠然自得些，有时伸手去拿路边摊子上烤熟了的山芋，吃着，然后等着生意人说“不要钱了”，抹抹嘴也就走了。租界的巡捕们，总喜欢在烟柳巷里晃荡，等着拉生意的妓女给个笑脸，似乎也能满足几分钟。那些在街上闲逛的散兵游勇，坐电车总是不给钱，下车后又总是转身回望，看看听听有什么反应……

时光就这样在无序中逝去。

赵惠芬听说上海工人闹事，心里不踏实，后来又听说警察在大街上砍下工人的头，并挂在闹市口，就更是不安，往往整夜不眠，后来又听说局势有了好转，可总是不放心，便带着戴桂芳一起来看汪裕先。婆媳俩坐的第一班火车，出了周家渡，就叫了辆黄包车，在集贤里的弄堂口，赵惠芬看到了刚转身的汪裕先，喊了声："裕先！"

"妈妈！"汪裕先掉头一看是妈妈，跑了过来。

"还有谁？"妈妈笑着问。

"桂芳！"

"陪妈妈的。"

汪裕先笑了笑，接过妈妈手中的提袋，领着妈妈与桂芳往宿舍走，碰到工友时，总要介绍说"这是我妈妈"。回到宿舍区时，工友们基本上走光了，还在的，就是些倒夜班在睡觉的。颜梦屏比汪裕先起得早，走得也早。王家骧晚上基本不在这里住，只是有些时候中午来睡会儿，或者与未婚妻闹小别扭时才睡一晚，最多一晚，第二天就走了。所以现在正常住宿舍的就是汪裕先与颜梦屏。

进了宿舍，赵惠芬四处望了望，说："收拾得还可以。"

汪裕先让妈妈与戴桂芳坐在自己的床边，说："这是我睡的床。"说罢就把提着的东西放在床前的柜子上。

赵惠芬说："这是三阳泰的糕点，给表舅带的，抽空送过去。"

汪裕先说："我以为给我带的呢。"

"也带了。"赵惠芬说，"也给你带了份三阳泰的小点心，桂芳给你带了好多吃的。"

这时，戴桂芳把她拎着的提袋递给汪裕先。

"妈妈不说，你还不想给我。"

"给谁呢？你也没接。"

赵惠芬看他们这样说话，就笑。

“妈妈不去表舅家吗？”

“不去，就是同桂芳来看看你。”赵惠芬说，“都说上海乱，前几天还杀了工人，心里总是不踏实。”

“没事的，妈妈！”

“他们杀了些什么人？”

“参加革命的工人。”

“熟悉吗？”

“熟悉不熟悉都一样，工人兄弟。”汪裕先不想同妈妈说这事，就问，“妈妈，住一晚上，陪你们走走？”

“周浦人到上海，就过一条黄浦江，早出晚归，没事住下干什么？”

“我应该回去看你们。”

“你不是没回去嘛！”戴桂芳说，“就这点路，晚上下班都可以回周浦的。”

“是的，对不起了！”

“现在工作正常了，两个星期回去一趟。”赵惠芬说，“桂芳的外婆也想你呢！”

戴桂芳脸一红，问：“上班吗？”

“不去了，陪陪你们。”汪裕先说，“我去请个假。”

“不会影响工作吧？”赵惠芬问，“要么你去上班，我们这在给你收拾收拾，中午回来吃个饭就行了。”

“没事的。”汪裕先说罢就去请假，顺便去食堂，客饭是要订的，他还想加两个菜。

赵惠芬把汪裕先睡的盖被与垫被都抱出去晒，把换下来的衣服查了一下针线缝，补了几针，又把纽扣钉钉紧，然后用温水泡洗晾晒。戴桂芳就擦桌子擦凳子擦床边，宿舍里所有要擦的都擦了个遍。汪裕先回来时说：“来了就休息会儿，做什么事？”

“你同桂芳出去走走，我在这收拾。”赵惠芬把衣服晾出去后，说

“我还要翻翻被子。”

“中饭就在宿舍吃，我同食堂说了，加了菜。”

“好的，你们去吧。”赵惠芬催他们走。

“去哪呢？”

“听你的。”

汪裕先与戴桂芳一前一后出了门，赵惠芬望了一眼，喜滋滋的。

“是你要跟妈妈来的？”

“难为情吧，我怎么知道妈妈要来。”

“妈妈早上去叫你了？”

“不是，昨晚就到你家了。”

“睡在我床上？”

“没有，跟妈妈睡的，我一夜都没敢动。”

“跟妈妈睡觉怎么不敢动呢？”

“那是你妈。”

“现在不也是你妈妈了。”

“不敢动，一夜都没睡着。”

“没动，应该睡得很香啊，怎么一夜没睡着呢？ 肯定想什么问题了。”

“都紧张死了，还想什么问题啊？”

“要是不紧张会想什么问题呢？”

戴桂芳伸出小拳头，在汪裕先的后背捶了一下。

这样说着，来到了黄浦江边的半淞园。 在上海，这个园子不算大，占地百亩，但名气不小。 起初是一位吴姓人家的桃园，长水蜜桃，有“吴家蜜桃论个卖”一说，一般是一个大洋一只桃。 春天花开季节，上海的大户人家和租界里的那些洋人，前来赏花，并丢下定金，三十个大洋一棵，叫“棵金”。 生长期间，吴家人会留花一百，后成果五十，在水蜜桃上市时节确保能有三四十只品质好的桃子送到户。有一半的桃子是这样卖出去的，剩下的是自采，一块大洋一只。 来的都是少爷小姐与贵妇人，不在意钱，为的是心情。赛金花当年随夫出使德国，行前来过吴家桃园，说了句“桃香十里，只为这一个”。吴家的桃子不摆摊不设点。后来的一场官司，吴家衰败，桃园卖给了沈家，变成了沈家花园。再后来又被姚伯鸿买得，建成公园，设计兼中西风格，廊榭亭堂，结构精致，园内有荷花池、九曲桥、藕香榭、群芳圃、江上草堂、翦淞楼、望江亭、碧梧轩、又一村等景致，引得黄浦江中水，活了园中九曲泾，故取杜甫“焉得并州快剪刀，剪取吴淞半江水”诗意，取名“半淞园”。

汪裕先拉着戴桂芳的手，爬上最高处，走进望江亭，蜿蜒曲折的黄浦江，江面上的风帆，岸边的市井，尽收眼底。

“黄浦江原来是这个形状啊！这就是上海滩啊！”戴桂芳收起了少女的矜持，叫了起来。

汪裕先说：“这就叫登高望远，尽收眼底。”

虽说是二月，但还没有一点春意，江风寒冷，亭子里留不住人。但汪裕先与戴桂芳还是坐了下来，紧挨着。

“前些日子，你害怕吗？”

“不怕，我们都在罢工游行。”汪裕先问，“你呢？”

“害怕。”戴桂芳说，“很害怕，成夜睡不着，白天也没心思做事。”

“别怕。”汪裕先把戴桂芳搂到怀里。

戴桂芳眼泪一下子就涌了出来。

“我不会有事的。”汪裕先用袖口为戴桂芳擦泪。

“再罢工游行时，你就回家，住我家。”

“没事的，有事我就住你家。”汪裕先笑了，“躲起来！”

“笑什么？人家不是害怕嘛！”

“知道了。”

汪裕先为戴桂芳擦去泪痕，说：“不能让妈妈知道。”

“以为你欺负了我？”

“想丈夫想哭起来，多难为情。”

戴桂芳就去捏汪裕先的脸。正当他们闹着的时候，又一对男女向望江亭走来。汪裕先拉着戴桂芳的手向九曲桥走去，过了湖心亭，沿着长廊去了江上草堂，出了碧梧轩后，就往回走。

吃饭时，赵惠芬问：“以后还会有事吗？”

“妈妈是问罢工和游行示威吗？”

“是啊！”

“快了，北伐军已经到了浙江，只要打倒了军阀，上海就太平了。”

“那就好。”赵惠芬问，“那上海就是北伐军的了？”

汪裕先没法回答妈妈这个问题，他还没有想过，他只知道“罢工迎接北伐军，罢工打倒孙传芳”，北伐军是国民革命政府的，孙传芳是军阀，受命于北洋政府。打倒了孙传芳，北伐军来了，从没有关注过上海是谁的问题，妈妈怎么会关心这个事了？上海是人民的还是北伐军的？他对妈妈说：“应该是人民的。”

“那就好。”赵惠芬说，“东山的老虎也吃人，就怕赶走了军阀，又来了个北伐，一个罪。”

汪裕先没有向妈妈解释“阀”与“伐”的不同，大多数人分不清，有时也不需要分清。但妈妈这么一说，他心里还真有点说不出来的东西，特别是妈妈说的东山老虎也吃人，确实也动摇过赶走西山老虎人的决心。

“妈妈这次与桂芳来，就是不放心，如果上海太乱了，你就回去。”赵惠芬用菜汤泡了饭，说，“犯不着同他们拼命。”

“是的。”戴桂芳一直听他们母子俩说话，这时，她补了句，“我们回去做小生意。”

“放心，不会有什么事的。”汪裕先说，“我也不是小孩子。”

“那就好，饭后妈妈就同桂芳回周浦，不影响你工作。”

“没事的，妈妈！”

看到妈妈心情沉重，汪裕先也很难过，也不知道用什么话来劝慰。

吃过饭，赵惠芬就开始收拾，将晒在外面的被子拍了拍，然后铺好床，放好盖被，又将半干的衣服挂在宿舍拉着的那根绳子上。戴桂芳收拾了碗筷，擦干净了桌子。然后，一家三口出门，汪裕先去片区，赵惠芬与戴桂芳去周家渡。

2

1927年2月23日，在中共中央和中共上海区委召开的联席会议上，除了做出了由上海总工会发布复工令，结束第二次武装起义外，还决定组织第三次武装起义，并成立了特别委员会（简称“特委”），为第三次武装起义的最高决策机构，由陈独秀总负责，罗亦农、赵世炎、汪寿华、尹宽、彭述之、周恩来、萧子璋等人为特别委员会委员，还设立特别军委和特别宣委，特别军委负责人乃是时任上海区委军事运动委员会书记的周恩来。

1927年2月25日，中国共产党中央执行委员会发表《中国共产党为上海总罢工告民众书》：

全国工人们！全上海的工人们！此次上海的总罢工流血争斗，只是你们全部罢工流血争斗史中之一页，前途正复辽远。即以上海一隅而论，乃各帝国主义者最后根据地，亦即彼等最后奋斗地，同时也是奉直军阀死力争得海关附税和鸦片收入之目的地。这两种内外黑暗势力复相互勾结起来对付革命的民众，以保持彼等在上海之统治地位：李宝章未走，鲁军的毕庶澄又来了；各国海军，也已经公然联合行动，干涉中国海军对于军阀之表示反抗了，各国陆军也侵入华界了；全上海的工人，全上海革命的市民，必须有不断的巨大努力与牺牲，才能够获得最后胜利。

告民众书最后号召：

工人及一切革命的市民起来夺取武装，响应北伐军，拥护国民政府！

由市民公会召集全上海市民代表大会，一切权力归市民代表大会，实现国民政府之北伐目的——市民会议的政权！

3月14日，南市部委的军事培训班正在康悌路小学进行，俞昌时刚说完今天的课程安排，教室外就来了几个人。俞昌时一边请他们进课堂，一边向学员们介绍，他们是中共中央军事委员会委员周恩来、中共上海市委书记罗亦农与中共上海市委组织部长赵世炎。汪裕先与袁化麟从后排搬来凳子，请他们坐下。

俞昌时说，难得中央军委的领导与上海市委的领导来我们培训班，现在我们交流一下，大家有什么问题可以向周恩来同志、罗亦农同志与赵世炎同志提问。俞昌时的话音刚落，袁化麟站起来问："工人们不怕牺牲，愿意参加武装起义，可我们没有足够的枪，武装不起来啊！"

"枪可以想办法再搞些来，刚才在路上，恩来就说有了安排。"罗亦农说，"但要让所有的工人都有枪，一时也办不到。再说了，我们首先要武装的是工人纠察队，我们要攻打的不是敌军的堡垒，是军警的行政机关，有人在前冲锋，有人在后呐喊，形成气势，就行了。解除的是警察的武装，动摇的是他们的统治基础，与军阀作战，有北伐军。"

"我们的起义，拼的不是军事实力，而是不可挡的气势，以气势压倒军阀政府，十支枪在前，一万根棍棒在后，一声枪响，万众齐吼，什么样的军阀政府都会被吓倒。"赵世炎说，"我们还可以准备足够的火油桶与鞭炮，到时候点响，不停地放，制造足够火力的假象，去迷惑敌人。"

接下来，学员们提出了许多起义的细节问题，比如起义信号，约定的时间。约定时间到了，没有信号能不能行动？第一次武装起义时的问题仍然为大家所困惑，箭在弦上时，急煞人。比如遇到抵抗时，能否杀人；比如起义前的保密与宣传问题，不宣传，工人不好组织，群众发动不起来，宣传了，又怕军警知道先下手；比如在交火中工人受了伤怎么处置，引发的火灾由谁来扑灭，等等，罗亦农与赵世炎一一做了解答。赵世炎特别强调："起义如有明确的号令，以号令为准，如无号令，以约定的时间为准；一旦行动，不迟缓，动手要快，以迅雷不及掩耳之势；枪在前，棍棒在后，用最大力气，喊出最强音，且声不能断；遇到抵抗，必须击毙，先下手为强，杀人，是为了不让更多的工友被杀，无须顾忌……"

赵世炎讲话时，落地有声，学员们心潮起伏，仿佛武装起义的战斗已经打响，战场就在门外。他们话音刚落，汪裕先站了起来，他说："我妈妈昨天来……"

汪裕先的话一出口，引来哄堂大笑，汪裕先的脸红到了脖子，站也不是，坐也不是。

罗亦农问："你妈妈说什么了？"

"我妈妈问我，打倒了军阀，上海是不是就是北伐的？"汪裕先说，"妈妈问的意思是打倒了军阀，谁来管理上海？"

"你怎么回答了？"

"我不知道怎么回答。"

"工友们！刚才这位工友的妈妈问得很有道理，也是需要我们向市民大众宣传的问题。"罗亦农说，"我们首先要告诉人民群众，军阀与北伐不是一回事，军阀是割据一方的军政统治，北伐是国民政府旨在打倒军阀割据的一次军事行动，打倒了军阀，推翻了军阀统治，一切权力将归人民，实现国民政府之北伐目的，建立市民会议的政权！"

最后，周恩来勉励学员们，要有勇气，要有骨气，勇于担当，不怕牺牲，推翻不合理的社会制度，创造一个属于我们自己的世界。

教室里响起热烈的掌声。

第二天晚上，汪裕先来到乔家路113号，叩开“梓园”大门时，他希望表舅不在家。一路上他都在想怎么与表舅说话，他可能问他什么，他怎么回答。而在问开门的管家时，汪裕先突然希望他不在家，好把东西放下就走。可管家说表舅在画室，就径直领着他去。

进入门厅时，管家叮嘱汪裕先脚步轻些，他说这个时候先生都在看画，很认真，不会有人打扰的。走近门时，只见王一亭在画台前，把吊灯拉得很近，好一会儿，才问：“有事吗？”

管家说：“您外甥来看望您。”

“进来吧！”

“舅舅好！”汪裕先快步走到王一亭跟前，深深地鞠了一躬说，“妈妈要我为舅舅送点点心。”

“你妈总是想着，年年春上送来点心。”王一亭来到待客小座，坐了下来，示意汪裕先坐下，“她最近身体怎么样？忙些什么？也不来上海走走。”

汪裕先没说前几天来过上海，只是说：“身体挺好的，还在衣铺做事。”

管家为王一亭的杯子添了些水，给汪裕先泡了杯茶，打了声招呼，拎着汪裕先带来的点心，走了出去。

王一亭问了些家里的情况后，就问公司里的事：“现在公司怎么样？”

“一切都很正常。”

“这样好！”王一亭说，“罢工也好，游行也好，民族企业不能搞垮，垮了，对国家对个人都没有好处。”

“是的。”

“你在公司还是很有影响力的嘛！”

王一亭这样一说，汪裕先头皮发麻了，不知道他接下来要说什么。

汪裕先说："也没做什么特别的，只是顺着大势，参加了罢工与游行。"

"我并不反对罢工与游行，这个国家再没人站出来，就败到底了！"王一亭说，"外国的军队都在上海滩耀武扬威了！"

王一亭这样说，汪裕先有了底，至少表舅不会责怪他，或者制止他的行为，如果真的提出来对他约束，他就不知道怎么说了，在他面前，他没有力量说出"革命"二字。

"但如果没有强大的力量，军阀能推翻？ 国家能统一吗？"王一亭接着就说，"一盘散沙，聚起来难啊！"

"几千年帝制不也推翻了？"

"是啊！ 孙中山奔走了多少年啊，国内国外，最后是各省的起义，真正的武装起义，各地宣布独立了，清王朝才被推翻啊！"王一亭说，"现在呐，这些军阀，都是推翻清政府之后才各自坐大的，尝到了独霸一方的甜头……"

"听说您支持了辛亥革命。"

"那都是过去的事了。"

王一亭与孙中山交往多年，很早就接受了孙中山的救国建国理念，也是率先加入同盟会的上海商界领袖。 辛亥革命后，曾任上海交通部长、工商总长。 袁世凯称帝时，他也坚决支持孙中山的二次革命，并集九十多万两黄金，资助义军，后被袁世凯通缉才退出政坛。他从不说起过去，当别人说及时，他都会说"那是过去的事了"。 听表舅放低了调子，汪裕先的胆子也就大了起来，他说："这个世界如此下去，永远也没有安宁的日子！"

"听说你组织能力很强。"王一亭看了他一眼，说，"现在上海的形势很难看得透，北伐军驻在嘉兴不进来，看着工人与警察打，你们能是李宝章对手？ 两个工人就那么被他们砍了头！ 你认识他们吗？"

"认识，一个是同宿舍，另外一个住隔壁。"

"多残酷的事。"

“我们并没有被吓倒。”

“有骨气！”王一亭停了片刻，又说，“有两句话，不知道你听说过没有？”

“舅舅您请说。”

“乱世出英雄，乱世手提头！”

停了片刻，汪裕先说：“我会记住舅舅说的。”

“你也不小了，要学会保护自己。”

汪裕先点点头，起身鞠躬，离开了梓园。

3

上海第三次工人武装起义在紧锣密鼓地准备着。

南市部委已经把华电公司工人纠察队作为南市地区武装起义的骨干力量，成立了华电武装起义总指挥部，汪裕先任总指挥，南市部委委员洪继贤任指导员，袁化麟任大队长，组建一个大队，三个中队，每个中队下又设四个小队，以及一个救火队，一个红十字会救护队，还有一个敢死队。工作虽说在秘密开展，其实已经处于公开状态，只是党的组织领导是秘密的。

“要带走两百多工人，必须让公司知道。”汪裕先与洪继贤、颜梦屏、袁化麟、宋凤祥商量，“没有行动前，还要组织他们训练，躲躲闪闪的不好办，我们要理直气壮。”

起初，大家还有点顾虑，怕暴露了目标，分析情况后，觉得这种顾虑是多余的。如果说暴露目标，全公司上下，都在做准备工作，只要有人举报，或者警方稍加关注，就已经暴露了，包括公司领导也有觉察，只是心照不宣。再说，北伐军已经压境，孙传芳在上海的大部分兵力，已经撤到上海外围，城里也只驻着李宝章的城防部队，直鲁军还只是在外围游荡，力量也有限，警察早有懈怠，已经打不起精神了。第三次武装起义迫在眉睫，似乎是人所共知的，最后决定由汪裕先出面向公司报告，以争取支持。

汪裕先向朱孔嘉报告情况时，朱孔嘉并没在意，他在想陆伯鸿，佩服他料事如神。上午陆伯鸿找他，说如果有人向他报告相关组织工人起义的事，就允了他们，说大势所趋，顺势而为。朱孔嘉知道有人在组织工人起义，整个上海都暗潮涌动，他与陆伯鸿一样，接受工人上街的可能，但他不认为组织者会主动找公司谈。陆伯鸿只是交代他，要他们注意安全，保护好自己。

朱孔嘉说没意见。

这让汪裕先感到突然，他想了一肚子话，没处说了。

停了好一会儿，朱孔嘉问："你们是怎么安排的？"

"帮办问的是……"

"都有。"

"我们组织了华电武装起义总指挥部，我是总指挥。"汪裕先没有说出其他人，在说到自己是总指挥时，与朱孔嘉对望了下。"成立了一个大队，三个中队，每个中队下设四个分队，以及一个救火队，一个红十字救护队，还有一个敢死队，共两百多人。"

"你对我说这些干什么？"

"我要带人走，就必须向您说清楚。"

"这么多人都是华电的？"

"是的。"

停了片刻，朱孔嘉说："你们就不怕公司报警？"

"国家都成这个样子了，我相信公司也会明大义。"汪裕先说，"再说了，既然能向公司说出来，就没有怕报警。"

这话让朱孔嘉感觉不自在，他说："被杀了人，才几天？"

"正是因为被杀，我们才毅然决然地站出来，工人的血也不能白流！"汪裕先说，"我们知道公司是不希望有更多工人被杀的。"

"好了，也不绕来绕去了，公司希望你们注意安全，出了公司大门，我们就无能为力了。"朱孔嘉说，"没行动之前，还是要把工作做好。"

“请帮办放心，训练的事，我们也是分班的，休息时参加训练，不会影响工作。”汪裕先说，“另外，我们还组织了护厂队，保证罢工与起义期间公司资产的安全。”

此话一出，朱孔嘉肃然起敬。

3月19日，中共上海区委下达了第三次武装起义的预备动员令，随时准备罢工、罢市、罢课，打倒军阀，迎接北伐军。特别委员为武装起义划定了前置条件：一、北伐军攻克松江；二、苏州光复；三、驻防麦根路与北站的军阀部队朝苏州方向退却。明确指出，只要满足以上三项条件的任意一项，即可发动起义。

下午三时，华电公司武装起义指挥部在电车部的库房里进行战前动员，两百多名工人纠察精神抖擞，着一色公司工作服，左膀子上扎一红带。汪裕先以总指挥的身份，站在纠察队员的面前，问：“工友们准备好了吗？”

大家齐声答道：“准备好了！”

“工人以工为本，我们本应该坚守自己的岗位，做好我们的工作，可国家四分五裂，军阀割据一方，帝国主义占地为界，肆无忌惮，资本家又残酷压榨，我们何以安身立命？！现在北伐军来了，来打倒军阀，废除不平等条约，建立市民会议政权，人民自己的政府。”汪裕先说，“我们要为此做出努力，为此做出牺牲，大家愿意吗？”

“愿意！愿意！”

“大家查一查，我们的腰带是否扎好？我们的棍棒是否合手？我们的担架是否齐备？准备着，我们起义！”

“起义！起义！”

接下来就是敢死队出列。十一个人，袁化麟为队长。他们五人腰插手枪，六人为盒子炮，身后各背一把大刀，威风凛凛。汪裕先问：“准备好了吗？”

“好了！”敢死队齐声喊道，“打倒军阀！迎接北伐！敢死敢拼！永远在前！”

全场掌声响起。

汪裕先随后将一面写有“武装起义”四个大字的红旗递给袁化麟。

紧跟着是欢呼声。

“工友们！ 我宣布华电工人武装起义总指挥部纪律。”汪裕先说，“大家从现在起：一、 衣服不离身，棍棒不离手；二、 吃住在此地，不会亲和友；三、 行动听指挥，起义结束止。”

电车部的库房与发电车间相邻，因电车出入，四面有门。 从安全考虑，工人纠察队以分队为单位，靠门而驻，以便紧急情况时疏散。指挥部从外滩被服租赁公司租了近三百条棉被，保证每人一条，并从货运公司租来油毡数十条，用作睡垫。 洪继贤还组织工人纠察队在驻地四周布了岗哨……

3 月 20 日，北伐军的先头部队驻进上海市郊龙华。 上海第三次武装起义特别委员会与中共上海市委决定 3 月 21 日发动工人武装起义，并派王若飞担任南市起义总指挥。

时间为中午十二点。

信号是小南门救火钟楼上的钟声，十三响。

按照南市武装起义的第一号作战计划，华电工人纠察队主攻淞沪警察厅、警察厅的一署三所，以及三所的第六分所。 21 日清晨，汪裕先带着四个纠察队员，以快走的速度，从驻地去东大门警厅路上的淞沪警察厅，实地测算行动时间，并把集合地点选在警察厅背后，便于行动隐蔽的同时，又能在三分钟内到达东昌酒楼。

袁化麟则为机修车间的一辆敞篷车加满了油，检查油路、电路，以及前后视镜，擦了擦前窗的玻璃，调了调驾驶座位，并把车厢护栏上的铁栅链接处滴了点油，以便打开灵活。 他推了推护栏，检查是否足够结实。 紧张的行动，难免有不确定因素，他要带敢死队率先冲进警察厅，就不能节外生枝。

“这样行吗？”汪裕先问，“我怕关键时候出了故障，碍手碍脚。”

“放心！我开了这么多年车，知道车的性能，没事的。”袁化麟说，“有了这辆车，就有了冲击力，也是个挡护，挡着前面，护着后面，用下来你就知道了。”

汪裕先觉得有道理，就又同他商量有汽车行动的队伍如何前后照应。

“我先将车子开到东昌，调整好车头。”袁化麟说，“进攻警察厅时，我加大油门，带敢死队先冲进去，后面的人跑着随后，就能一举成功。”

“我们只能成功，不能失败。”

“一定成功！”

东昌酒楼坐西朝东，三层楼，原来是一座私家花园，不算大，但很别致，有假山，有水榭。进入大门，有一照壁，把园内的景致遮个严实，过了照壁，才别有洞天。出了大门，右拐，就是警厅路。袁化麟的敞篷车开来时，酒店并没在意，汪裕先领着队伍进门后，随即在门口布了岗，来的人只能进，不能出，王家骧带两个人控制了酒店柜台的电话。

他们的脚步声惊动了正在办周岁饭的客家与店主，虽然没有其他声响，但那沉重的脚步，比起嘈杂声更为可怕。饭局上的百十号人，都站了起来，探头望向窗外，看着黑压压一场人，手拿棍棒，膀扎红带的，惊住了。他们不敢外出，也不作声，只有一个孩子的哭声，夹杂着希望孩子不哭的哄劝声。不知谁说了句：“没事的，是工人罢工或者武装起义。”

就在这时，老板领着汪裕先走了进来，老板说：“大家别慌，这是他们的头。”

“大家都别紧张，没事的，今天全上海举行武装起义，推翻孙传芳的军阀统治，迎接国民政府的北伐军，都是为了大家有个好日子。”汪裕先说，“我是这支工人纠察队的总指挥，我的队伍在这里暂避半个小时，多有打扰！”汪裕先说罢，深深给大家鞠躬。

孩子的母亲赶忙端来酒杯，汪裕先也不客气，接过酒杯，说了声对不起，然后举杯说：“我代表几百工友，祝福孩子生日快乐！ 祝福在座的亲朋好友幸福安康！ 也祝酒店老板生意兴隆！ 干杯！”

亲友中也有人喊了句：“祝你们举义成功！”

“谢谢！”

汪裕先随即离开宴会厅。

第九章 武装起义

1

十二点，小南门救火钟楼上的钟准时响了十三下。

“敢死队首先冲进去，控制局面，然后，一中队随后布哨，二中队收缴所有警察的枪支，三中队迅速找到武装库。”

汪裕先一声令下，华电武装纠察队迅速出发，行至淞沪警察厅大楼前，喊声骤起，袁化麟驾车载着敢死队员与一部分纠察队员，率先冲进警察厅。敢死队员王阿本把红旗插在警察厅的大门上，其他队员一拥而上，叫喊声伴着棍棒的敲打声，不绝于耳，以迅雷不及掩耳之势，解除了在班警察的所有武装。王阿本把大刀往一名警察的脖子上一放，就带着纠察队员来到了武器库，收缴了两百多支长短枪。汪裕先下令人手一支，弹药由救护队的担架先抬着，并迅速撤出，向警察一署三所，三所的六分队挺进。然后就是大南门的上海电话局以及巡游队，不到两点，完成了起义总指挥部下达的任务，并按第二套方案，向江南造船厂与高昌庙兵工厂靠近。市民们也纷纷响应，喊声一路不绝于耳。

南市武装起义总指挥王若飞与南市部委书记江元青带领的求新造船厂工人纠察队，已经结束了外围战斗，部分军警关起江南造船厂大门，借助建筑物与船坞负隅顽抗。正在计策进攻时，汪裕先说，让我们的敢死队上。随着袁化麟的一声吼，敞篷车撞门而进，十几只油箱同时燃放小鞭炮，如同多少挺轻重机枪喷射，加上华电纠察队两百多支枪的参战，与棍棒一路敲击，厂内的海防队兵士已经魂飞魄散，撂下武器，纷纷逃命……

下午五时，南市的工人纠察队已经控制了通讯与交通枢纽，上海工人第三次武装起义在南市首战告捷。华电工人纠察队共缴获机枪四挺，手枪与步枪三百多支，以及大量武器弹药。袁化麟把机枪架在敞篷汽车上，带着工人纠察队员，沿中华路、民国路巡回游行，欣喜若狂。街道两旁的市民群情激奋，呼喊着，整个南市都沉浸在胜利的喜悦中。

此时，闸北的战斗仍在进行中，直鲁军凭借强势火力，使得工人纠察队没法靠近。当工人集结力量，组织强攻时，直鲁第八军军长毕庶澄又下令火烧民宅，制造恐慌，以此阻止纠察队的进攻。当晚，火车北站四周的火光冲天，数百间民房化为灰烬，百姓的喊声此起彼伏，撕人心肺。坐镇指挥的周恩来一边组织纠察队员救火，安置火海中逃出来的难民，一边组织力量，防止敌人突围。附近的市民也前来助阵，搬来门板，抬砖堆土，帮助纠察队筑工事，加固防线。

闸北武装起义总指挥来信，请求南市支持，袁化麟率队前往，可过不了南阳桥，法租界的巡捕不让通过，怎么协商都不行，工人武装又不能与租界巡捕发生冲突，只得退回。

22日清晨，毕庶澄又放了把大火，工人纠察队忙于救火，而水管又被打爆，强攻再次受阻。上海总工会也曾两次派人去龙华北伐军东路军总部找前敌总指挥白崇禧，白崇禧以“毕庶澄投诚尚有希望”为由，不予理会。当总工会交际处长赵子敬报告这一情况后，周恩来怒不可遏，拍案而起，工人纠察队如此拼命，为的是迎接北伐军，可他们却隔岸观火，用心何在？决心依靠自己的力量，攻下北站，并重新制定方案，决定下午五点总攻。

“我们不动，让那些以棍棒为主的工人与军阀战斗，流血牺牲，何以为军人？”东路军第一师师长薛岳，断然决定将所属部队开进上海市区，逼迫白崇禧下午三时下达进城命令。工人纠察队按照原定方案，五时准点强攻，敌人已难以抵挡。当得知北伐军主力进城，已抵麦根路时，敌人更是乱了阵脚，毕庶澄化装潜逃，兵士也随之溃散，一小时后，红旗插上了北站的屋顶。

2

3月23日上午，上海总工会发出紧急启事：“于今日上午十时起，全沪工友，除武装纠察外，一律复工。”中午十二时，根据第三次武装起义特别委员会的安排，在南车站前的广场上召开了有五万多人参加的市民代表大会，选举产生了南市市民会议执行委员会，汪裕先当选了执行委员。

会议一结束，汪裕先就赶回了华电，他带出去参加武装起义的工人中，有三十人成了南市工人武装纠察队的队员，还有颜梦屏、袁化麟、宋凤祥与他自己都是新成立的南市市民会议的执行委员，且颜梦屏还为主席，袁化麟是工人纠察队副大队长，宋凤祥负责组织工作，自己又负责宣传工作，暂时都不能回公司工作。他是这次武装起义华电工人纠察队的总指挥，他要及时向公司汇报。

“他们还回来上班吗？”朱孔嘉问。

汪裕先没作声。

“电表要正常抄报，电车要正常行驶，线路维修必须保证随时到达现场，你说怎么办？”

汪裕先还是没作声。

“我得保证公司正常运转啊，我得招人，新人进来了，他们再想回来也没岗了。”

汪裕先仍然没说话，他没法说。朱孔嘉问的都是实实在在的问题，比如这个月，他就不能按时抄送报表，就不能如期收费，颜梦屏负责的那个片区也是这样，袁化麟开的那路电车，也得有人顶班，否则就发不了车。他能表态他们不回来上班吗？工人纠察，能是他们的职业吗？

“市民会议是什么？”朱孔嘉接着问，“是政府还是民间团体？”

朱孔嘉接二连三的问话，使得汪裕先到了崩溃的边缘，他知道他问的问题确实是个问题，可他真的没法回答这些具体问题，他说：“是要成立人民政府的。”

“这就对了，管理这座城市，可比赶走那帮军阀难多了，得有钱给管理这座城市的人饭吃。”朱孔嘉说，“还得有警察维护社会治安，这些，不是工人纠察队做得了的。”

“我只是以个人的名义报告这个情况，怎么办，是帮办的事。”听朱孔嘉这样说，汪裕先感到屈辱，他本来想同朱孔嘉商议，请公司宽限几天，或者他与公司一起，做工友工作，齐心合力，放弃休息，确保公司能在人员不足的情况下正常运转。谁知朱孔嘉如此刻薄，他也就不这么想了，说：“我们既然有能力打倒军阀，就有能力建立起人民自己的政府，就有能力拥有自己的武装力量，工人纠察队只是个基础。”

汪裕先说罢走了出来。

朱孔嘉也不以为然。

汪裕先确实也没有时间到片区，市民会议成立后有很多的事情。

比如市民与华电工人一致要求公审杀害蔡建勋与史阿荣的罪犯，市民会议决定接受市民的请求，在 3 月 25 日举行，只有一天时间，要将凶手抓到位，要安排好议程，要保证公审大会万无一失，作为市民会议的执行委员，他不能不做事。 3 月 25 日上午，公审大会如期在南车站广场举行，见到杀害蔡建勋、史阿荣的凶手张一清与杨彩亭，在场市民义愤填膺，宣读了罪行后，华电工人纠察队员当场执行了对他们的枪决。

也就在南车站广场上枪响的当儿，白崇禧应召来见蒋介石，刚一落座，蒋介石直奔主题：“‘清党’如何？”

“停止北伐？”

“这与北伐有关系吗？”蒋介石说，“共产党与那些军阀不一样，军阀要的是地盘，是眼前的利益，是兄弟们的义气，我们可以先给他们，我们给他们只是暂时放在他们那。 而共产党要的是一个国家，他们有主义有理想有行动纲领，一旦坐大，后果不堪设想。”

白崇禧知道蒋介石对共产党早有成见，但没有想到他会有这么深的思考，也就毫不含糊：“总司令的一句话。”

“清党”，蒋介石谋划已久，在他的派系中只是心照不宣。 上海工人三次武装起义，特别是第三次武装起义，在北伐军还没动手之前，工人武装就使得孙传芳、张宗昌的部队落荒而逃，可见共产党的组织与动员能力。

“不是一句话，要的是你拿出办法来！”蒋介石说，“我现在任命你为淞沪卫戍司令，让你负上海清党之责。”

白崇禧领命担责，但他建议调走薛岳的第一师，说：“大多中层干部思想‘左倾’，又来自广东，要他们清党，行不通。”

蒋介石采纳了白崇禧的建议。

白崇禧并不想动用军队，他要长期驻守上海，就要给市民一个好的印象，于是，派特务处处长杨虎与东路军政治部主任陈群去找黄金荣，又由黄金荣联系上了张啸林、杜月笙，要他们组织“中华共进会”

的人，解决工人武装问题。

一切都在秘密进行着。

1927年3月28日，中国共产党中央执行委员会发表《为此次上海巷战告全中国工人阶级书》，肯定了上海工人第三次武装起义。“正因为工人武装暴动响应，北伐军始不经战斗安全占领上海，而上海各界民众亦得避免数千直鲁军抢劫之惨剧。”“此次武装暴动起来并胜利以后，上海工人就以自己的血和肉从事实上证明，工人阶级的确是全国最革命的阶级，能够切实担负起革命的使命，能够领导其他被压迫阶级摧残军阀的武力并建立新的革命的民主政权。”

4月8日一早，汪裕先、颜梦屏代表南市市民会议看望了南市工人纠察队，并授绣有“革命的先锋”的红旗。活动刚结束，灯务科来人通知汪裕先参加会议。

会议的地点是在公司小会议室，汪裕先来到会议室时，总务科、人事科及考工股、灯务科的负责人都到了，进来的那一瞬间，他看到了他们眼中的惊异。汪裕先很坦然地坐了下来，向大家笑了笑。与刚进公司时不一样，他的神情中多了几分刚毅，三次武装起义，几次罢工，造就了汪裕先坐着都有一种力量的气质，这些在办公室里用数据分析公司运行情况的管理者们，看着都觉得奇特。

朱孔嘉说了声开会：“主要两件事，工人纠察队与在工人纠察队里的华电工人问题。南市工人纠察队驻在我们华电，我们应该欢迎，但考虑到我们厂的实际情况，又不得不请他们搬出，主要是库房要用，新进了一些器材，已经在途中，不日到码头。另外从饭菜供应上，也不能保证，食堂的接待能力很有限。”

考工股的老刘说：“食堂已经不能保证在岗工人的正常用餐了。”

总务科长说：“器材大概在中旬到。”

“你是总指挥，这些事还得请你来商量。”朱孔嘉对汪裕先说。

“不是这回事啊！”汪裕先说，“我这总指挥，是华电工人纠察队武装起义指挥部的总指挥，现在起义结束了，就不是总指挥了。”

"这些事还是起义时留下来的。"朱孔嘉说，"请你帮助我们解决一下，我们也不知道找谁。"

"我不推卸责任。"汪裕先说，"南市工人纠察队的驻地问题，已经落实，求新造船厂有房子，说好了，这个月 15 日就搬，现在需要收拾一下。"

"谢谢！ 请你和纠察队员们理解。"

"多有打扰，我也代表纠察队员们表示歉意！"

一个问题的两方面，解决了一个方面，而另外一个方面，朱孔嘉没提，汪裕先也没说，大家心知肚明。

"事情已经过去十多天了。"朱孔嘉说的事情，就是武装起义的事，"参加纠察队的工人还回不回来？ 缺岗太多，时间太长，这样不行，真的要招人了。"

朱孔嘉提了出来，参加会议的人七嘴八舌说开了。 汪裕先知道说的都是实话，都是生产经营中的实际问题，如果他是企业老总，他也会着急。 这些事因他而来，可现在他是没有能力处理这些问题的。他只得硬着头皮说："革命总是要牺牲一些利益的，我没有理由叫公司牺牲利益，也没有理由叫在座的各位牺牲利益，公司与在座的各位不需要牺牲自己的利益，从现在的情况看，因为你们不需要革命，或许有一天你们也会需要革命。"

汪裕先这样一说，所有的人都惊愕，感觉他不是一般的工人，似乎公司除了总经理，其他都不如他，包括坐在面前的朱孔嘉。 其实，几次交锋过后，朱孔嘉早就自叹不如。

"我们的工人兄弟已经做出了牺牲，蔡建勋与史阿荣把命都丢了，现在在工人纠察队的那些工友，冒着生命危险在守卫着南市的安宁，哪知道我们坐在这讨论着给他们端掉饭碗？"汪裕先说，"我代他们表个态，也在 15 日，回来的，就上班，不回来的，算清账目，解除契约，如何？"

汪裕先问大家，大家互相望望，目光投向了朱孔嘉。

朱孔嘉说：“时间是不是太长了？”

“你看着办！”汪裕先说罢，起身就走。

“看看，这革命的脾气！”好一会儿，朱孔嘉说，“只能维持现状，请各位把工作做起来，逼急了他们会罢工的，我们的麻烦更大。”

大家也不说什么，各自走人。到了这个地步，还说什么呢？

晚上，汪裕先正准备去食堂时，赵锡炎来找，说他调往开封了。

“为什么要去开封？”

“拓展业务。”

汪裕先不明白他为什么会调往开封。邮务是英国人办的，英国人在上海有租界，难道在开封也有？也在办邮务？赵锡炎说拓展业务，他就不再细问。通过一些事的前后联想，汪裕先感觉到赵锡炎应该在为共产党做事。之前，他所读的报纸与书刊，都是赵锡炎送给他的，或是他介绍到什么地方买的。后来俞昌时到华电办夜校，再后来他加入了共产党的组织，活动多了，接受的新思想更迅捷些，似乎不是自己在找，而是扑面而来。与赵锡炎的联系少了，但汪裕先总是在想，赵锡炎是他革命的启蒙。

本来，汪裕先想请赵锡炎在食堂吃饭，一听说他要去开封，就说找个地方喝点酒，为舅舅送行，于是就来到了半淞园旁的一个饭店，叫“望江楼”。名字挺大气的，也很别致，但店面不大，楼下大堂摆了四张桌子，左右各两张。桌间有隔断，门头有花帘，不需要时，可用弯钩撩起。厅中靠后是楼梯，梯后有门，通向操作间。上了楼梯是两个厅，在左为左厅，在右为右厅。

见有人来，老板就迎了出来。汪裕先看了一眼，大堂坐了两桌，每桌三四个人，就问老板：“楼上有安排吗？”

“客官多少人？”

“也就两个人，想谈点事。”

老板不再说什么：“好！楼上请！”便把他们迎进了右厅。上楼就听到左厅有人在行行酒令，像是有很多人。

赵锡炎问："我们在这，不会影响人家吧？"

"没事的。"老板说，"听他们说是什么'中华共进会'的，这两天常来。"

"不影响就好。"

汪裕先翻开菜谱，点了芦笋炒肉丝、青蒜炒蛋、雪菜小鱼、虾仁粉皮煲，要了一瓶"女儿红"。老板为他们倒了茶后，安排烧菜。

"'中华共进会'是什么组织？"汪裕先问。

"黄金荣与杜月笙他们帮会的。"赵锡炎说，"孙传芳驻上海时，已经解散了。"

"北伐军能不问？"汪裕先说，"听说国民政府任命白崇禧为淞沪卫戍司令了。"

"不是国民政府任命，是蒋介石。"

汪裕先弄不清楚为什么是蒋介石任命而不是国民政府任命，他之前甚至弄不清楚广东国民政府怎么可以发兵北伐，迁都到武汉成了武汉国民政府。他理解的革命，就是打倒军阀，废除不平等条约，建立人民政府，至于政权构架，对他来说，还是一头雾水。他现在是南市二区国民党区党部代表，又是共产党员，还是南市工会联合会执行委员、南市市民会议执行委员。南市部委知道他是国民党员、区党部代表，是公开的，国民党区党部不知道他是共产党员，南市部委说不能公开，而做的工作，都是以南市工会联合会执行委员与南市市民会议执行委员的名义，有时的困惑，就在这些理不清的组织间。而赵锡炎就非常清楚，但赵锡炎没有同汪裕先讨论"国民政府"与"蒋介石"的关系问题，而是说："白崇禧已经名正言顺地驻防上海，可还没有实施防务，他是收编还是解散工人纠察队？都是未知数。"

汪裕先愕然，他又想起那天晚上表舅王一亭的一番话，以及朱孔嘉与他几次并不愉快的交流。他感到上海的上层社会对当下局势的不确定，除了观望，更多的是担忧，而这些对于他来说，没有一点意识，他只是在执行着某项具体行动，一种他认为没有伤及无辜的又是正义的行动。他说："朱孔嘉上午找我参加会议，提到将南市工人纠察队搬走的事。"

"南市工人纠察队驻在你们公司？"

"是的。"

"他是公司什么人？"

"公司帮办。"

"这话是有意图的，既然驻下来了，说明公司是有地方的。"赵锡炎说，"且市民政府又在筹建中，他们也不会不知道只是暂时借地。"

赵锡炎的话没说完，突然一声枪响，他迅速站起，右手插进胸前的外衣内袋，随着隔壁的一阵哄笑，赵锡炎又坐了下来。这时，老板跑上楼，进了左厅，问了情况后，向其他客人打招呼，说是配枪走火。

"我们走。"赵锡炎说，"他们喝多了，会惹事的。"

舅甥俩起身就走，这时，楼下也不见了人影。

3

第三次工人武装起义胜利后，总工会在上海人的心目中位置更高了，人们觉得这就是政府。总工会的工作也在紧张而有序地进行着。4 月 10 日上午八点半，南市工会联合会在南市公共体育场召开群众大会，追悼在三次武装起义中牺牲的十名同志。

体育场搭起了高台，高台中间悬挂着在三次武装起义中牺牲的"奚佐尧、刘华、蔡建勋、史阿荣"等十名同志的姓名，台上摆满了花圈，台两旁是挽联，有"三次起义赤胆忠心为百姓，彻底革命一身正气耀黄浦"，有"冒枪林弹雨冲锋在前，披血雨腥风战斗到底"。参加追悼会的市民们胸佩自做的小白花，素装无红。大会主席、南市部委书记江元青主持会议，他说："今日之追悼会，甚为难得，要知军阀不铲除，压迫势力不消灭，何能有此轰轰烈烈之盛举？！此乃我工友同志以鲜血与头颅换来。故今日之会，不是悲惨，而是哀荣。"

汪裕先也在大会上演讲，他说："三次武装起义，虽然牺牲了十多名同志，我们换来了胜利，迎来了北伐军，上海新的政府也即将诞生。但军阀还没有真正被打倒，有的只是跑了，还没有跑远，且有可能卷土重来，上海的租界还在，帝国主义还占着我们的土地，掠夺着我们的资源，欺压着我们的工人。所以，要废除强加在我们头上的不平等条约，就必须向奚佐华学习，向刘华学习，向蔡建勋学习，向史阿荣学习，向所有为革命而牺牲的人学习，继续奋斗，誓将帝国主义推翻！”

会议接近尾声时，淞沪卫戍司令部的二十多名军人以急行军的速度向公共体育场靠近，被袁化麟的工人纠察队挡在外面，随即派人向大会主席报告。不一会儿，汪裕先来到大门口，他说：“我是南市市民会议执行委员，请问有什么事？”

领头军官说：“我是王排长，奉命前来维持秩序！”

“奉谁之命？”

“淞沪卫戍司令部。”

“请回吧，我们这不存在秩序问题。”汪裕先说，“有工人纠察队值勤。”

“工人纠察队怎么能值勤？”

“他们能赶跑军阀，就不能值勤？”

“这是两回事。”王排长说，“非常时期，我们得保护市民安全。”

“如果你们现在进去，市民就会感到不安全。”汪裕先说，“他们以为军阀又回来了。”

“你要对你说的话负责！”王排长说，“你们不通过批准，私自组织集会，扰乱社会治安，我代表淞沪卫戍司令部向你们提出警告！”

“我再说一遍，你们现在进去，就是扰乱秩序！”

“请不要影响我们执行公务！”王排长指挥士兵入内，可还没迈开步子，工人纠察队就围了过来。王排长刚想拔枪，手被汪裕先按住了，说：“兄弟！你是我们迎来的北伐军，事情闹大了，不好收拾！”

王排长心里清楚，眼前这些工人纠察队员个个彪悍，且有一百多人，他们根本动不了手，真动手，立刻就被缴械，传到军中，岂不是笑话，可就这么走，也太没面子。汪裕先知道这个时候应该给他们一个台阶，便说："你们先回去，我会代表市民会议去司令部做解释。"

"好！这地方的安全，你们负责，非常时期，可不能出了问题。"王排长一声令下，带着人走了。

散会后，汪裕先把淞沪卫戍司令部派兵准备进会场的前后情况向江元青做了汇报，在场的有俞昌时、洪继贤。汪裕先特别告诉大家，关于"私自组织集会，扰乱社会治安"的说法，一并报告了华电公司要求南市工人纠察队从公司搬走的事，以及半淞园老板说的"中华共进会"的事。

"是不是巧合？"俞昌时说。

"不是巧合，是不祥之兆！我一时说不清楚，但应该引起警惕。"江元青让洪继贤想办法从国民党上海党部那里搜集一些情报，要俞昌时通过码头工人了解"中华共进会"成员是不是真的恢复了活动，汪裕先以南市市民会议的名义，去淞沪卫戍司令部，问兵士为什么进追悼会场，去探个底。"我等着情况向中央汇报。"

第二天下午，汪裕先拿着盖有南市市民会议公章的信函来到了淞沪卫戍司令部，大门前的岗哨一看是公函，就放行了，要他到二楼的政治部找李干事。政治部的办公室很大，几张桌子，但只有一个人，在玩香片——租界一家图文社印制的带有香味的美女照片。他见到汪裕先，将香片收了起来。

"请问是李干事吗？"

"什么事？你说。"

"想见一下白司令。"

"见白司令？"

"是的。"汪裕先把南市市民会议的公函递给他。

他瞄了一眼问："怎么进来的？"也没等汪裕先回话，就抓起电话训值班室："以后不要什么人都放进来……什么？市民会议……你知道市民会议是什么组织？公章……不要一见红圈圈就是公章，以后得长点见识。”说罢挂了电话。

汪裕先已经听出了他对市民会议的蔑视，问：“你这是什么意思？”

“什么什么意思？”李干事反问汪裕先。

“你刚才怎么说市民会议了？”

“怎么了？”

“没有工人的武装起义，没有工人的流血牺牲，你们能不费一枪一炮就进驻上海？”

“不是我们挺进上海，凭你们工人就能赶走军阀？ 简直是天大的笑话！”

“摆什么谱呢？”

说话间，走进一位当官的，李干事一个立正：“报告杨副官，他们要找白司令。”随即把市民会议的信函递给杨副官。

“请坐！”杨副官坐下来问，“请问你是？”

“我叫汪裕先，是市民会议的执行委员。”

“找白司令有什么事？”杨副官说，“司令公务繁忙，有什么事就对我说吧。”

汪裕先就把昨天上午在南市公共体育场召开武装起义牺牲者追悼会，以及在会议期间司令部派兵要进会场维持秩序事说了一遍，准备说说自己想法的时候，被李干事打断了。

“又是总工会，又是联合工会，又是市民会议，又是工人纠察队，哪来的这么多组织？”李干事说，“一开会就是几百几千人，甚至上万人，不申请也不报告，不是扰乱社会秩序是什么？”

“怎么能这样对执行委员说话？”杨副官等李干事把要说的话说完了，才这样说，然后问，“汪委员有什么要求？”

“也不是要求什么……”汪裕先想把自己要说的话说完，可这样说话，又给杨副官封口的机会。

“没什么要求就好，其实呢，能有什么要求？ 你们开会，司令部不知道，有人来报告，那么多人聚集在一起，怕出问题，就派兵去，说没有问题，也就回来了。”杨副官说，“现在上海很脆弱，外国人占着一摊子，地方也有势力，军阀残余尚存，政府还没建立，蒋总司令虽说任命了卫戍司令，部队驻下了，可布防还没到位，社会治安还没理上手，总不能让工人纠察队管理上海吧？”

李干事插了一句：“就是。”

汪裕先心头一惊，感到所有迹象表明，北伐军容不得工人武装的存在。

“所以，工人要坚守岗位，商人要正常营业，学生要安心学习，这是淞沪卫戍的职责。”杨副官对汪裕先说，“昨天的事，只是个误会，今后也不会有了。”然后叫李干事将汪裕先送出大门。

汪裕先知道与他们说的每句话都是多余的，他想到的是如何将这里的情况及时报告俞昌时和江元青。可当上了半淞园路，他就发现部队在行动，临近公司时，就看到了街道上士兵的布防，三步一岗，五步一哨。

“冲着工人纠察队来的。”汪裕先回到公司时，洪继贤、颜梦屏、袁化麟、宋凤祥都在等他，他把前后情况一分析，特别是杨副官那句“今后也不会有了”的话，暗藏着已经有了解决问题的方案，所谓问题，就是工会与工人纠察队。“我们要做好战斗准备。”

洪继贤安排颜梦屏去向江元青同志汇报情况后，便研究起作战方案。

华电公司有星罗棋布的车间、库房、招待所、职工宿舍、办公室，还有煤堆、车辆与坚实的围墙。工人纠察队在四个方向的制高点上各架一挺水冷式机枪，并配三十名枪手，汪裕先带领六十多名纠察队员，作为机动。

“按上次武装起义的人员组织来。”洪继贤当即宣布，“汪裕先任总指挥，袁化麟为大队长，我为指导员，大家有没有意见？”

“没意见！”

“光有战斗还不行，我们得想到退路。”一切准备就绪，工人纠察队员都进入自己的岗位后，汪裕先说。

“退路？ 我们还能有退路？”宋凤祥说，“还没打就想退路？”

“必须有退路！ 汪裕先说得对。”洪继贤说。

“如果这些兵就是对准工人纠察队的，我们的败局已定。”汪裕先说，“要么就是天亮后出现大规模的游行示威，我们还能有喘气的机会。”

“大规模的游行示威是不可能的，组织不起来。”洪继贤说。

“煤场边上有个小门，是通往菜园子的，挨着黄浦江边，实在没办法时，工人纠察队员从这个小门撤退如何？”汪裕先建议，请大家讨论。

洪继贤、宋凤祥、袁化麟都表示同意，认为拼光了，就没本钱了，如此，汪裕先就安排十个人在此把守，并派人挖好埋枪的坑。

4 月 12 日凌晨二时四十五分，近二十辆卡车从法租界的南阳桥直入华界，下来“中华共进会”的五百多人，带着步枪、手枪与盒子炮，分三路向华电公司包抄而来。 首先靠近的是从火车站方向过来的人，他们在越过铁轨时，被巡逻的工人纠察员队发现，随即交火。 这时，沪军营与望道桥方向的敌人也围了过来，等制高点的机枪一张嘴，这些人就退了回去，只能在射程外放空枪，或是扔出手榴弹。 接下来的几次冲锋，都未得逞。 五点钟时，三面的敌人同时发起攻击，一阵机枪扫射，都又退了回来，仍然无法靠近……

白崇禧本来不想动用部队，只是想利用“中华共进会”的人与工人纠察队火并，然后部队介入，以维护治安的名义一并剿灭。 可谁知这些地痞流氓，只能在码头、酒吧、饭店里混，遇到工人纠察队，就成了废物，如此下去，天亮后局势就没法控制，于是，白崇禧下令布防在华电周围的第二十六军出手。“务必在六点前结束！”

“是！”

第二十六军军长周凤岐随即命令三个步兵连与一个机枪连投入战

斗，一时间，枪弹如雨，迎面的墙壁，刹那间成了蜂窝，横拉的电线，也如柳丝垂挂，有的还冒着火花……工人纠察队没有办法再抵抗下去了，汪裕先下令撤退，北伐军与“中华共进会”的人破门而入，收缴了武器，将没有来得及撤离的洪继贤、宋凤祥等三十多名纠察队员押往龙华淞沪卫戍司令部。

随后进司令部的是陆伯鸿，他由朱孔嘉与三个保镖陪着，车子到了大门，朱孔嘉走进值班室，说华商电气公司总经理陆伯鸿要见白司令。杨副官随即向白崇禧报告，白崇禧说：“去请！”杨副官又急忙下楼，来迎陆伯鸿。

车子进了大院，两名驾驶员候在门口，两名保镖在车内没动，另一位女保镖与朱孔嘉一起跟着陆伯鸿来见白崇禧。杨副官请女保镖与朱孔嘉在待客室等着，他陪陆伯鸿，经过待客室，走进白崇禧的办公室。

“久仰！久仰！”白崇禧没有见过陆伯鸿，见他一脸书生气，觉得能说上两句，“常听蒋总司令说到先生，深明大义，慷慨解囊，支持北伐。”

“白司令客气了，我那点资助，也是杯水车薪。”

“让陆老受惊了！”白崇禧表示了歉意，“对不起啊！”

“我的公司被打成这个样子，岂能是一句受惊了事？”

“老先生是……”白崇禧收住了要说的话，转而问，“怎么让他们驻在你公司？”

“我怎么能不让他们驻？他们罢工、游行示威、武装起义，口号就是‘打倒孙传芳，迎接北伐军’，把你白司令都迎来了，我能赶他们走？赶他们走不就是不欢迎北伐军？！”陆伯鸿没有说出要请工人纠察队离开华商电气的事。他说：“听说‘中华共进会’的人围攻工人纠察队，我以为北伐军会出手相救，谁知道是一起的。”

“哈哈哈！”白崇禧大笑起来，说，“您误会了，我白某已经驻防上海，上海就不能有其他武装，中华共进会也好，工人纠察队也罢，都必须交出枪械，否则我就没法维护社会秩序了。”

“你白司令把部队开进去，让他们交出武器不就行了，何必让‘中华共进会’插手？”

“收缴武器，我们的力量还不够？‘中华共进会’有什么用？是他们在争地盘，发生火并，我们是介入解决问题。”白崇禧说，“您难道是来兴师问罪的？”

“我来兴什么师问什么罪？你部队一介入，地痞流氓一路砸到我办公室，现在工人也散了，这一摊子怎么办？”

“去查一下周凤岐，怎么搞成这个样子！”白崇禧对杨副官说完后，转向陆伯鸿，说，“我们来赔你损失。”

“我来不是要司令赔什么损失，我们都捐了那么多钱，还来要你赔什么？”陆伯鸿说，“现在南市停了电，电车运行不起来了，上海瘫痪了，市民怎么看待你们北伐军？”

这话让白崇禧噎住了。

陆伯鸿想的是让职工安定下来，他不想华商电气公司因此垮塌。

下午三时，白崇禧贴出布告：“查电气事业系关公用，不容一日间断，现华商电气公司工人因故纷散，应即立时复工，以免阻碍地方安宁秩序。本总指挥本保障工人利益之旨，对于捣乱分子自应严予取缔，对于纯良工友则当力予保护。为此布告周知，望毋轻信谣传，其各安心任事，切切此布。”

对华电工人来说，这也是一份保证书。

白崇禧的兵士在贴布告，上海总工会的工会代表大会也通过了紧急罢工的命令：“各工会转全体工友们：今日早晨四时许，本会被反动派捣毁，并将所有纠察队枪械全部缴去。工友们，这是我们莫大的损失！现在我们要用总罢工的手段去对付他。望各工会转所属工友们，接到这个万急命令，立刻火速罢工，誓死奋斗，非达到打倒反动派、赔偿本会一切损失的目的誓不罢休！特此切切紧急命令。”

4 月 13 日上午十时，华电公司根据总工会罢工令，各路电车返回公司，电路拉闸，集体罢工，并向淞沪卫戍司令部提出四项复工条件：一、发回纠察队枪械；二、保护工人纠察队；三、释放被捕者；四、拥护总工会。这次罢工，是由公司出面交涉，最后同意释放被捕工人。

4 月的上海寒气早已退尽，但大街小巷流行着的顺口溜，却让人感到冷飕飕的：

盼北伐哟望北伐，
打倒军阀为北伐，
北伐来了将我杀，
这番革命为哪般？

4 月 14 日，中共上海市委决定 15 日正午十二时复工，党组织与工会组织转入地下，进行秘密斗争。考虑到汪裕先的共产党员身份已经暴露，南市部委决定他撤离华电，暂避法租界。

第十章 地上地下

1

1927 年 8 月 2 日上午八点左右，汪裕先应约来到上海城隍庙东区 16 号慈生堂香店。上午去庙里进香的人多，香店的生意也忙些，得便时，汪裕先问：“有芭兰香吗？”

“有，要单支的还是双支的？”

“要三支的。”

“哦！那是定制的，请跟我去看个样。”

老板把店面交给了伙计，自己领着汪裕先进了后院，然后上二楼。此楼坐东朝西，背对着文庙，外走廊设计，三间房单独开门，来到最里间，推门走进，为汪裕先倒了杯水，说："你在这等，江元青同志一会儿就到。"说罢，转身下楼。

这间房子不大，但整洁。羊毛地毯，红色；木墙裙，紫色；南墙是吴昌硕的竹梅，竹竿以淡墨轻抹，叶片以浓墨点出，梅花浮于枝头，两三簇；北墙是张大千的书法，江海合流，天地无空；东窗临街，菱形窗格，白玻封装；窗下有方桌，两张椅子对放；中间有一张条桌，宽与方桌等同，且一样的木质，一样的颜色，十张椅子对放，两桌子相拼，这间房子就成了会议室；门拐处有一茶柜，内有水瓶、水杯等。

不一会儿，江元青到了，坐下就问汪裕先："是不是感到迷茫？"

这话问得汪裕先有了委屈感。

"是的，是很迷茫，大家都很迷茫。"江元青说，"这不到一年时间，我们所经历的是何等的艰难曲折。为了支持北伐，配合北伐，迎接北伐，我们举行了三次武装起义，'打倒军阀迎北伐！''打倒孙传芳，迎接北伐军！'我们的口号多响啊，多鼓舞人啊。可北伐军却与地痞流氓联手围剿工人纠察队，接下来就是国民政府在武汉下令开除蒋介石出党，撤销一切职务，捉拿查办，多少让共产党人有点慰藉。可人没有捉拿到，更不谈查办了，在南京又出来一个国民政府，蒋介石主政，没多久，两个政府坐到一起，共商反共……"

汪裕先给江元青倒了杯水。

"现在好了，南昌起义了。"

"南昌起义？"

"对的，周恩来、贺龙、朱德他们，有两万多人的国民革命军。"江元青说，"革命的高潮即将到来，因此，南市部委决定让你去南汇县工作，任县委委员，你有什么想法？"

"服从组织安排！"

"你的公开身份是中华火柴厂工会的专职干事，有人问起怎么进的，就说是上海商会介绍的，其他什么也不说。"江元青说，"有两大任务，筹建周浦区委，周浦是浦东重镇，东之门户，至关重要；另一个就是组织赤卫队，将工人与当地农民组织起来，我们必须有自己的武装。”

“否则没有力量。”

“孙中山革命只是个理念，包括他的建国方略，实现这个方略与革命理念，必须有武装保证。比如辛亥革命，成功了，却被袁世凯窃取了果实，为什么？孙中山没有部队。没理论也不行，没有，我们就不知道做什么，怎么做。但这是个软的方面，而没有武装就没法保证理论的实施，什么也做不了。”江元青说，“白崇禧为什么能解除我们的工人武装？就是因为我们不够强大。”

“好的，我一定组建赤卫队。”

江元青在交代了相关细节问题后说：“要学会隐藏，不要轻易暴露，我们现在从事的是秘密工作，关系生死存亡。”

……

汪裕先到家时，妈妈一个人在家，见到儿子时，泪一下子就涌了出来。

“妈妈别哭，没事的。”汪裕先用手为妈妈擦去眼泪，问，“妹妹呢？”

“去赵锡炎家了，保姆回老家，舅妈让萍仙晚上陪她。”

赵惠芬摸摸儿子的脸，又捏了捏膀子，说：“比上次瘦多了。”说罢，眼窝里又和了泪。

“妈妈！不要难过。”

赵惠芬点点头。

“妈妈倒是真瘦了。”汪裕先心里一酸。

“他们通缉你时，妈妈去了趟上海，也摸到你宿舍了，在那转了一天，都没能遇到你。你们那个宿舍的人怎么都没在啊？我没见一个进出。”赵惠芬说，“后来，大门口值班室的那个人过来说，你不要找了，没事的。我说我没有找人，他说他知道找谁的，你来过，他被通缉了，说明活着，没牺牲，只是躲起来了，怕什么，回去吧，总是找，不是在帮人家找？ 我想想也是，就回来了。”

“为什么要找啊？”

“你说为什么呢？”

娘儿俩抱着又哭了一阵子，擦去眼泪，汪裕先说：“妈妈，我们以后不要再哭了。”

“好的，不再哭。”赵惠芬双手抱着儿子的脸，擦了擦泪痕，然后亲了一下。

“我都这么大了，还亲我。”

“以后不亲了，让你媳妇亲。”

说罢都笑了。

伤情过后，还是喜悦，毕竟，都在，只不过是焦虑，而这种焦虑也过去了。 妈妈为儿子下了面，是鸡蛋面，是儿子最爱吃的。 蛋花在面里，面穿在蛋花中，浓稠稠的面汤，喝上一口就是享受，何况还有蛋，还有面，还有妈妈看着吃。 好些日子了，汪裕先没有这样享受过了。

吃好收拾好，汪裕先把院门关好，上了闩，又把屋门关好，同妈妈说话。 赵惠芬看在眼里，知道了儿子的谨慎，也知道儿子工作的特殊，究竟特殊到什么程度，她不知道。 灯下，方桌旁，她问：“还在通缉吗？”

“造声势，吓唬人，没有专门人盯着，只要不去惹他们，没事的，别怕。”汪裕先一边宽妈妈的心，一边收拾东西，并把布包着的银圆交了妈妈，“这是几个月的工资，二百一十个大洋。”

“哪有这么多？”

“公司给了我红花。”

“红花？”

“对，就是二次分配，就是公司拿出一部分利润分给工人。”

“分红？”

“对的。”

“不是还没到年底吗，怎么分红了？”

“对了，还没有告诉妈妈呢。”汪裕先说，“我离开华电公司了，明天到中华火柴厂上班。”

“为什么？”

“在华电是工人，到火柴厂是工会干事，管理人员，不用到车间。”汪裕先这样对妈妈说。

“那好，又靠家。”

“我不住家里。”

“为什么？”

“妈妈不要问为什么。”

赵惠芬不作声，汪裕先这句话让她没法再问。她知道他在做什么事，否则不会通缉他，她也知道他所做的事，是大多数人支持的，否则不会有那么多人罢工与游行示威，她也知道他所做的事是有危险的，否则不会有人被杀，但她就是不知道他究竟在做什么事。想了想后，赵惠芬说：“妈妈不问。”

“以后妈妈也不要到什么地方找我，也不要叫姐姐妹妹找，是找不到的。”汪裕先说，“我会照顾好自己的，有什么事，我会告诉妈妈，好吗？”

“好的，妈妈听你的。”

“这次我还想把桂芳带走。”

“结婚？”

“不举行婚礼。”

“这叫什么？”

“没事的，都民国了，不讲那一套。”

“不举行婚礼，桂芳会跟你走吗？她外婆会同意吗？”

“我来做工作。”

赵惠芬感到汪裕先长大成人了，有了自己的主见，与她上次去看他有了不同，成熟得像经历了许多世事，她既高兴，又有点心酸。她希望他长大成人，也想这个过程长点，懵懂中的乖顺，是做妈妈最大的幸福，有担当意味着要面对许多事。

“妈妈在想什么？”

“没想什么。”赵惠芬接着说，“俗话说‘儿大不由娘’，你也大了，有了自己的主见，妈妈听你的，但妈妈想再说一次，以后就不说了。”

赵惠芬停了下来，并没有接着说。

“您说。”

“你是妈妈唯一的儿子，可不能有一点闪失！”

“放心吧，妈妈！”

“好，就不说这事了。”赵惠芬说，“你去看桂芳吧。”

“今晚不去了，陪妈妈。”汪裕先说，“妈妈也一个人在家。”

“去吧，她也不放心。”

“我会把她带走，但我不能带着妈妈走，上班了，回来也不会多。”

赵惠芬就不再强求。

2

中华火柴厂在小云台街上。汪裕先一早出门，打算先看看戴桂芳，妈妈起床时就说这事，他出院门时，还说这事。沿着竹行街北上，过了王家浜上的聚秀桥，在不远处拐弯向西越过咸塘港上的关帝庙桥，左拐向南，就是戴桂芳住的石子街了。可拐弯走了没几步，汪裕先就停了下来。他不知道这个时候戴桂芳起来没有，外婆起来没有，而且一大早过去，也有点唐突，又没给外婆带点东西，想想还是先去火柴厂，等工作上的事情定下来后再去，似乎从容些。于是他回过头向北，过李将军桥，上了小云台街。

小云台街得名于街上的一座叫小云台的庙。庙的大殿建在一座叫“既济桥”的桥上。传说既济桥是法号叫“既济”的一位王姓居士捐资建造。王居士喜好诗文，亦痴迷于竹林七贤那放荡不羁的文人风范，总想到云台山探个究竟，看看那里究竟有什么值得他们隐居的，可惜有足疾，终是梦想。后来发现，每到春夏或秋冬季节替换之际，既济桥上总是雾气如云，桥栏如台，他觉得云台之妙，不过如此，怎就让七贤归隐？于是变卖了家产，在这里建了座庙，把大殿放在了这座桥上，此庙叫小云台庙，既济桥也就归隐了，不再有人提到这座桥。据说，庙落成后，有人抬着王居士进了这个小云台庙，可抬出来时，没了气，从此，就没有人再提王居士了。既济桥没了，王居士也没了，只有小云台街还是那样满是人间烟火。

汪裕先想想也好笑。

来到中华火柴厂时，厂长胡篡铭去日本考察，胡助理主持工作，问他有什么事时，汪裕先自报姓名，然后说想到火柴厂工作。

“你同胡厂长熟悉吗？”

“我不认识胡厂长，是上海商会介绍的。”

“知道了，胡厂长出国前交代过。”胡助理说，“你有什么想法？”

“听厂里的安排。”

“那就好。”胡助理说，“胡厂长说如果你没有特别的要求，就在工会工作，当干事。”

“谢谢胡厂长！谢谢胡助理！”

“我们厂共有四百多人，工会是前几年成立的，一阵风，大小企业都跟着成立工会，工人有要求，我们也就成立了，也没个专职人员，我兼着。”胡助理说到这时问，“你怎么看待工会？”

胡助理叫胡篡林，是胡篡铭的堂兄，毕业于南洋中学，后跟着叔叔，也就是胡篡铭的父亲在日本做生意。胡篡铭创办中华火柴厂时，受聘担任助理，帮助胡篡铭打理事务。他不知道汪裕先的底细。汪裕先想到许多应对的话，他当时是怕胡篡铭问他一些个人情况以及上海方面的形势，还有就是工会工作怎么做，就是没有想到会讨论怎么看待工会的问题。

“工会是工人的组织。”汪裕先说，“是维护工人利益的。”

“工会的人都这么说，也都是这么宣传，看来你对工会工作不陌生。”

“是的，工会组织就是这样说的。”汪裕先不想就这个问题同他谈下去，尽管工作的中心就是这个，但那是以后的事，还没有进厂，还没到自己的岗位，就如此深刻地讨论这个问题，似乎不合时宜。

“企业就不是工人的组织？ 就不维护工人利益？”胡助理说，“比如我们中华火柴厂工人，首先是有了中华火柴厂，之后才有中华火柴厂的工人，能说中华火柴厂不是工人的组织？ 工人做工，按劳领薪，能说没有维护工人利益？”

“对的。”

“如果企业办垮了，工人失业了，工会怎么去维护工人利益？”

作为企业经营者，这话说得不能说没有道理，没有企业，就没有工人，企业垮了，工人就得失业，企业垮了，工会工作还真得终结了。但汪裕先觉得胡助理说的是个伪命题，工会维护工人利益，是在企业生产经营的过程中，是一种利益分配，计较的是劳动付出与所得，是分配的合理性问题，而不是企业的恩惠。汪裕先这样想了，但他没有这样说，他说：“工会是企业与工人间的纽带。”

胡助理点点头：“请继续说。”

“工会产生于工人中间，与工人最接近，知道工人在想什么，有什么诉求。可以把工人的想法与愿望及时地向企业领导人汇报。”汪裕先说，“工会也可以把企业生产经营的意图准确地向工人讲清楚，发挥所有工人的积极性。”

“这就对了。”胡助理突然站起身，握住汪裕先的手，说，“要消除工会就是组织工人罢工的印象，工会是组织工人搞好生产的。”

“与企业的目标是一致的，而不是对立的。”

“对对对！”胡助理连说三个对字，对这位刚要上任的工会干事，非常满意。汪裕先也感到有了个好的开头。

“工会工作怎么做，我想你是有办法的，我要说的就是三点，也是胡厂长的意思。”胡助理说，“首先，工会的所有活动都要跟着生产经营做，有利于企业发展，有利于企业稳定；另外一个就是要在提高职工素质上做些工作；再就是工会的所有活动都要形成方案报批。”

“一定！”汪裕先也随即表态，且毫不含糊。胡助理说的三点，入情入理，没有理由含糊。

“你的工资每月二十块，胡厂长说了，是上海商会介绍来的，不能低。”

“谢谢胡厂长与胡助理！”

“这是应该的，你也是要付出的。”胡助理说，“厂里没有宿舍安排了，每月另补房租两元，你自己想办法找地方。”

“谢谢！”

“如果没有其他想法，五天后来签个契约，正式上班。”

“好的。”

汪裕先向胡助理鞠躬辞行。

胡助理笑了笑，还是伸出手来与汪裕先握了下，他那满意的笑，让汪裕先也很开心。

毕竟有了个好的开头。

离开火柴厂，汪裕先就到衣庄街贾家弄南侧的南货店三阳泰，给外婆买了两盒状元糕，给戴桂芳买了一袋椒桃片，一袋米花糖。

三阳泰糕点铺创办于同治三年（1864），老板姓陈，浙江宁波人。三阳泰店铺在周浦的贾家弄，但它的名声却在上海滩，通过上海滩然后扩展开来。孙中山行走南北，东出日本，送朋友最多的就是三阳泰的状元糕，也是因为宋氏姐妹爱吃说好，才上了他的礼单。据说状元糕制作特别，米为近海且为长江以北之地生长，粳米糯米都是，米必须在阴凉干燥处堆放三年，待米粒蛀空，然后用石臼舂成粉，再经水洗、沉淀，进入发酵、风饬、打条等制糕程序，此糕糯而不黏，松香嫩软，易消化不积食。

汪裕先拎着糕点出现在石子街时，被戴桂芳无意发现。外婆中午做一种羹汤，缺香菜，永安桥头顺着咸塘边上有几个摊点，总有人在卖青菜、香菜、蒜与萝卜。戴桂芳买了香菜，穿过石子街回弄堂时，无意间朝北瞟了一眼，发现了汪裕先，他漫不经心地像是在思考什么，并没有前望。戴桂芳碎步小跑，进了家门。

外婆问："怎么了？"

"他来了。"

外婆知道她说的"他"是专指。"他来了，你躲什么？"

"躲什么了！"戴桂芳随声进了自己的房间。

汪裕先进门叫了声外婆，外婆从厨房里走了出来，问："回来了？"

"回来了。"汪裕先向外婆行了礼。

外婆接过提着的东西，说："回来就回来，以后不要买东西。"

"一点小心意。"

"桂芳在房里。"外婆说，"我去做饭了。"

汪裕先轻轻地敲了下房门，说："我回来了。"

戴桂芳没有作声，汪裕先推开房门，走了进来。

戴桂芳站在窗前的桌子旁，见汪裕先过来拉她的手，眼泪涌了出来，汪裕先顺势搂住她说："哭什么？不是回来了。"

戴桂芳还是在哭。

汪裕先知道没有办法一下子让她止住哭，就在桌前的椅子上坐了下来，然后将她抱在腿上，搂着，等她情绪平静下来。

"前阵子上海那么乱，我都担心死了！"

"没事的。"

"哪有你这样说得轻巧啊！"

"现在回来了，没事了。"

"上海的工人怎么总是要罢工总是要闹事啊？"

"不是上海工人总是要罢工总是要闹事，是他们能看清楚这个社会的问题，总是想解决这个问题。"汪裕先觉得戴桂芳还不知道他被通缉的事，就说，“这次回来，就不去上海了。”

“不去好，上海太乱。”

汪裕先就告诉她在中华火柴厂找了份工作，当工会干事。戴桂芳听后，高兴得亲了亲汪裕先，然后站了起来，坐在另外一张椅子上，说：“让外婆看见了多难为情。”

“我想跟你商议个事。”汪裕先说。

“说吧。”

“我想你跟我走。”

“跟你走？”

“是的。”

“怎么跟你走？”

“我到哪你就跟到哪。”

“不结婚吗？”

“结婚。”

“结婚当然跟你走。”

“我们不举行婚礼，不办酒席，当然也不用轿子来抬你。”

“私奔？这怎么行，还不叫人家笑话？！”戴桂芳说罢就去厨房，看外婆做什么好吃的，也算是借故离开，她不知道如何同汪裕先说这个事。

外婆看到戴桂芳眼皮有点红，就问：“欺负你了？”

“没有。”

外婆就笑，说：“陪陪他，等会儿吃饭。”

戴桂芳又回到房间。

汪裕先还坐在那张椅子上，想着心事。他早有带戴桂芳走的想法，起初有这样的想法，是第二次工人武起义时蔡建勋被杀，他与他同一宿舍，他代表工人去慰问蔡建勋妻子时，一句话让他特别在意，她说她有儿子，会为他报仇的！从那个时候起，他就想到了结婚，他想他应该有个儿子，女儿也行，日后有什么不测，也好留下一个根，他倒没有想到报仇，“四一二”后，这样的想法更强烈。江元青同他谈话，让他回周浦时，他也想到了结婚，这时他想的除了要个孩子，还有就是利于开展工作。

戴桂芳看汪裕先不说话，就问：“生气了？”

“没有，怎么会生气。”

“我没答应你啊。”

“也不会生气，我们可以慢慢商量。”汪裕先说，“这又不是一个人的事。”

“就是。”

“同意了？”

“没有。”戴桂芳说，“你要我跟你走，我就应该跟你走，你是我丈夫，可得举行个婚礼，要不怎么跟你走？”

“我的工作比较特殊，不想大开动作搞一场婚礼。”

“你的工作怎样的特殊？”

“还真的不能对你说。”汪裕先说得很认真，“我一个人在外，很孤单，所以想你跟我一起走。”

戴桂芳何尝不想跟汪裕先走呢，可她怕风言风语，也怕外婆不同意，她说：“怎么跟外婆说？”

“只要你同意，外婆工作我请妈妈来做。”

戴桂芳想了想说：“好吧，跟外婆说好了，我就跟你走。”

汪裕先又把戴桂芳抱进怀里，说：“吃过饭就回家，晚上同妈妈一起来，同外婆说。”

戴桂芳点点头。

晚上再来时，汪裕先与戴桂芳坐在房里，等赵惠芬与外婆谈。汪裕先没觉得什么，可戴桂芳心里七上八下，不知道谈得如何，她不能说想跟着汪裕先走，但心里确实是这样想的。汪裕先一个人在外她非常害怕，经常整夜睡不着，看到他，就踏实了，现在汪裕先提出来让她跟他走，她为什么不走呢？自己愿意，又怕什么风言风语呢？

“想跟外婆商量个事。”闲扯了一会儿后，赵惠芬就转入了正题。

“有什么事，你说。”外婆对赵惠芬印象极好，其实也没见过几次面，但她感到赵惠芬做她外孙女的婆婆，她放心。“都是自家人，客气什么？”

“想让两个小孩子结婚，不知道外婆有什么想法。”

“好啊！男大当婚，女大当嫁，应该的。”

“就是想不办婚礼。”

“这样行吗？不让人家说闲话？”

“没事的，皇帝都被赶跑了，不兴那一套了。”赵惠芬说，“裕先现在是火柴厂干部，讲究新时尚，新风俗，我看也省事，反正是他们两个过日子，只要他们说好就好，您说呢？”

“反正是你的媳妇，你说行就行。”外婆起初像是有点为难，后来说，“但一定要保证对她好，你是知道的，我把这个孩子拉扯大也不容易。”说罢，外婆流下了眼泪。

“外婆放心，我向您保证，汪裕先也要向您保证，一定要对她好。”

当晚，汪裕先行了大礼，跪在外婆面前：“向外婆保证，一定对戴桂芳好，一辈子不让她受委屈。”

外婆拉起汪裕先，说：“好了，外婆希望你们过上好日子。”

汪裕先与戴桂芳没有举办婚礼，但仍然有仪式。第三天晚上，赵惠芬在澧溪饭庄订了一桌饭，在和合厅。赵惠芬对老板说，小儿新婚团聚，借贵庄庆贺下。老板也很高兴，说饭庄添喜，不胜荣幸。订了菜，放了定金，饭庄着手准备。

澧溪饭庄在南八灶，坐东朝西，与胡三省米行隔街相望。临街一大院，饭店大门对着院门，过道为打磨后的青条石，两边为草坪，楼前左右各一棵五叶槐，院墙两边栽有香樟树，楼前的遮雨棚下有轿位。大厅的左边站着迎宾小男孩，右边是一站牌，站牌上有一联：和合厅里牵良缘百年好合，澧溪饭庄众宾朋举杯同庆。和合厅迎门墙上是一幅任伯年的《鸳鸯戏水》，桌布为乳白花边，椅套为粉色，主席位一对椅套为大红，细节处都显出澧溪饭庄的周到。难怪周浦有“胡三省的牌子，顾恒泰的银子，澧溪庄的桌子”一说。胡三省米行出来的米质量最好，顾恒泰家的钱最多，澧溪饭庄总是顾客盈门，桌子最难订。

汪裕先与戴桂芳坐正席，汪裕先的左边坐着赵惠芬，戴桂芳的右边坐着外婆，靠着外婆的是汪裕先叔叔汪仲贤及叔母，汪巧仙挨着妈妈坐，萍仙坐姐姐边上，与汪裕先对坐的是汪行惠，一桌他最小，才八岁，他喊汪裕先为寄爹爹。坐定后，服务生来报菜名，说六碟八大碗四炒，随即斟第一遍酒，这是澧溪饭庄的礼数。

“裕先这几年一直在外，很少与各位长辈与姐妹相聚，今特备薄酒，向关心我与桂芳成长的长辈及姐妹表示敬意。”汪裕先和戴桂芳起身请酒，“如有不到之处，还望见谅。”

大家一起举杯，表示感谢。过了一会儿，汪裕先与戴桂芳分别敬酒，先敬外婆，后敬母亲，接着就敬叔父叔母。敬巧仙与萍仙时，没说话，只是端起酒杯笑了笑，倒是萍仙说了句谢谢哥哥嫂嫂的话。汪裕先与戴桂芳刚放下酒杯，汪行惠端着杯子站了起来，说他敬寄爹寄娘，还没等汪裕先与戴桂芳把酒杯端起来，汪行惠就把一杯酒喝了，一桌子人就笑。当老板领着警察推开门时，笑声戛然而止。

“这是家宴，新婚聚会。”老板向警察介绍说。

“多有打扰！”警察的目光从每个人脸上扫过后，说，“最近政府在严打共匪，请各位配合。”

汪行惠感到好奇，接着就问：“什么是共匪？”

“小孩子不要瞎说！”赵惠芬想制止。

“没有瞎说，问得好！”警察说，“那些宣传共产的，喜欢闹事的，不让老百姓过安稳日子的，就是共匪，大家如有发现，可向我们报告，有赏的。”

大家不再作声，只有老板应着：“是的！是的！”

警察退了出来，老板向汪裕先一家人赔了笑脸，表示歉意，说了声“慢用”，然后转身，跟着警察下楼。

汪仲贤听了老板向警察介绍说“新婚聚会”，才感觉这顿饭吃了，侄子就算结婚了，虽然民国了，倡导国民新生活，但这样是不是也太简单了？ 汪仲贤这样想，同妻子一起向小夫妻敬酒祝福，放下杯子后，突然心酸，哥哥不在了，嫂子又没同他商量，把侄子的婚事就这样办了，别人会怎样看他这位叔叔？

其实，警察走后，有了心事的不只是汪仲贤，外婆、赵惠芬、戴桂芳、汪巧仙都有了心事，只是不同罢了。

晚饭结束后，一行人上了竹行街，除了外婆，都住在竹行街上，汪仲贤的院子与汪裕先家的院子隔了一堵墙，汪行惠的家与汪裕先家只隔一条竹篱笆。 赵惠芬将外婆送回家。

汪裕先没有回自己的家，也没有回戴桂芳的外婆家，他从此要与戴桂芳过两个人的生活，出了澧溪饭庄后，他们越过巽龙桥向南，他租住的房子在北，向南是没有目的地的，只是想同一行人回避一下。走到巽龙禅院西边路上时，戴桂芳碰了一下汪裕先，转身向东，来到了院前。

巽龙禅院，一进二厢共九间，供如来大佛、观世音、水火神等。寺内栽有银杏五株，殿前一株，殿后四株，每年硕果累累，鹊群筑巢其上。 寺前有座石桥，团龙纹图，为行人必经之路，故称桥里庙。 此院为“周浦八景”之一。 殿内香烟缭绕，佛前烛光忽明忽暗，汪裕先想起了傅雷，他的信仰是从傅雷告诉他不要相信佛的慈悲与神的恩赐时慢慢确立的。

“想什么？”戴桂芳问。

“没想什么。”

“我们拜一下？”

“拜什么？”

戴桂芳用眼神示意了下。

“拜神拜佛，有什么用？ 这些东西能给我们带来什么？”汪裕先说，“我们拜过外婆，拜过母亲，现在拜下月亮吧，它能在黑夜里给我们光亮。”

汪裕先带着戴桂芳，对着当空圆月，拜了三下，然后转身面对面相拜，说：“该拜的我们都拜了，以后我们过自己的日子。”

戴桂芳笑了笑，月光下的无奈还是被汪裕先发现，他说：“你想拜就拜吧，也好说说你的心里话。”

戴桂芳站在佛像前，合起双手，默念着……

3

小云台街是周浦最长的一条街。火柴厂在这条街的最北端，挨着永宁桥，向北就是崇福桥，过了这座桥，就是人烟稀少的村落，小云台街结束了，周浦的街市也结束了。

汪裕先如约与胡助理签了契约，又过了几天，汪裕先向胡助理提出了工会工作思路，他说他对厂里职工的状况进行了调查，在四百多名工人中，青壮年占九成，文盲与半文盲占五成。他说目前工会首要的是成立工人俱乐部，开展文化活动，提高他们的文化水平。并提出需要活动室三间，条桌三十张，凳子三十条，以及黑板、粉笔、纸张，还有就是体育活动用的篮球、跳绳、羽毛球等等。

“活动室倒是个问题。”胡助理看了汪裕先提供的清单后，有点为难了。

火柴厂安全的重点是防火，厂房的设计与其他不一样，作坊式，开间小。工作间之间以过道连接，方便工料的进出，门窗都是外开，便于发生火灾时人员逃离。厂房的间距也不是太大，没有形成大的空间，且正常生产期间，不得有闲人靠近，更不用说在厂区内安排体育活动了。

“要不在附近租个房子？”

“行！”胡助理感到这个办法很好，不用说厂里没房子，就是有，他也不敢在夜晚敞开，没法管理，一旦出问题，就是个大问题。汪裕先也有自己的想法，离开厂区，就离开了更多人的视线，他想要组织活动就会更加方便。“叫办公室的人同你一起到附近找房子，开班用的东西，也让办公室为你办齐。”

工人俱乐部的房子租在镇北。过永宁桥与崇福桥，在陆家浜北，长官路西首的苏家宅，此宅坐北朝南，面对着陆家浜。主屋六间，东西厢房各两间，四周有围墙，门前有两棵椿树，屋后有几丛竹。主人叫苏广华，年岁已大，儿子在杭州，女儿在上海，基本上是两地走动，很少在家，听说办个俱乐部，也很高兴，他只留了最西的一间，其他都租给了俱乐部。汪裕先将东边的两间拿掉了过梁下的隔板，成了一间校室，摆放了二十六张条桌，可坐七十八个人，靠着苏广华留住的那间是个小的学习室，四张条桌拼成长方形，可坐十六个人，其他两间放了苏家的两张方桌，作为棋牌室。

俱乐部的第一个活动是组织拔河比赛，汪裕先在厂区贴出告示，组织四个队，每个队十人，其中要有两名女职工，自由组合，并向工会报名，活动设一、二等奖各一名。工会组织拔河比赛，还有奖励，一下子就在厂里传开了，四个队也就很快组成。比赛时间是第二天中午上班前，汪裕先向胡助理报告说不会占用多少工作时间，表示尽量按时上班。汪裕先这样说，胡助理也通情达理，说工会难得组织一次活动，迟点也没关系。其实，都是个形式，汪裕先只是想让大家知道工会开始活动了，也知道在什么地方活动。中饭后，四个队伍在厂门前集中，由他带到俱乐部，工人们一走进苏家宅的院子，都感到惊讶。

“这个俱乐部就是工人的家，工人自己的家。”汪裕先在开赛前讲话，他说，“今天我们组织第一次活动，是给大家带个路，摸个门子，知道自己的家在什么地方，之后会组织更多的活动，读书、学习、讲故事，开展体育活动等等。”

工人们鼓掌，真心感谢工会成立俱乐部，让工人有了活动的地方。

汪裕先从院墙边捡起四根草，折成两长两短，抓在手中，让四个队派代表抽，两长与两短者进行第一轮比赛，胜者再比，得出一、二名。第一名奖励三块钱，第二名奖励两块钱，另两个队为参与奖，各奖励一块钱。大家齐声喊好，没到半个小时，比赛就结束了。让汪裕先没有想到的是，工人们并没有拿走奖金，都说留在工会组织活动用。站在院门口，望着说笑而去的青年工友们，汪裕先泪眼朦胧……

工会有个俱乐部，俱乐部在镇北苏家宅。这个消息由参加拔河比赛的四十名工人一下子在火柴厂传开了，人们称汪裕先为“汪工会”，而更多的人是想去俱乐部看看。

第一次活动结束后，汪裕先来到胡助理的办公室，提出办夜校。

胡助理不置可否，叫汪裕先说说想法，比如课怎么上，讲什么内容等等，他说：“前两天镇里开了会，要求提防有人煽动闹事。”

“怎么总是怕闹事？”汪裕先说。

“就是，草木皆兵！”

“夜校的课每周两次，放在星期三、星期日晚上，七点到九点。”汪裕先说，“主要内容有工人的义务与权利，让他们知道作为厂里的一名工人，要承担什么样的责任，应该得到什么样的利益。”

汪裕先知道这话让胡助理在意了，他问：“怎么讲？”

“火柴厂的工人必须遵守厂纪厂规，保证产品质量，节约生产原料，按时完成任务，杜绝安全隐患，这是工人的义务和责任。”汪裕先说，“做到了，他们就会得到一份相应的工资，这就是他们的利益。”

胡助理点了点头。

“还要进行技能培训，请生产能手讲操作技巧，比如包装车间，抓得快抓得准，包装无破损，产量就会有很大的提高。”汪裕先接着说，“另外我们还要进行新生活知识教育。”

“很好！”胡助理在接待汪裕先前，就送走了两批客商，都是催要火柴的。随着国内战事的拉开，火药紧俏，火柴的价格也一路上涨，可就是生产不出来。培训提高技能，增加产量，这是最简单的道理，他说：“我支持你。”

汪裕先汇报的每项工作都能让胡助理满意，后来就不要他汇报了，要他大胆干，只要是对火柴厂有利，他都支持。汪裕先除了组织夜校上课外，白天总是泡在厂里，与工人交朋友。比如结对帮教技术，提高工人的整体操作水平，工作量上去了，工资也就有了增加。比如通过互助的方式帮助特别困难的职工解决生活问题，大家感到了集体的力量。

汪裕先的影响力也越来越大。

1928年2月，中共周浦区委成立，汪裕先任区委书记，江元青代表南市部委，宣布了区委的组成人员后说："这里的工作基础很好，得到了厂方的支持，租了地方，建了工人俱乐部，但我们要把握一个关键，那就是我们不是为资本家工作，我们只是利用他们，发展与壮大我们自己。"

汪裕先鼻尖出汗，他没听明白江元青书记的这番话是表扬还是批评。江元青似乎也感到他所说的并不准确，以喝水的方式稍作停顿。也就在这个时候，汪裕先开口说话了，他问："江元青同志，我能不能说说我的想法？"

"完全可以，平等讨论。"

"刚才江元青同志肯定了我们这里的工作基础很好，我也是这样认为的，这个好的基础，完全得益于厂里的支持。如果我们的工作不围绕企业的生产经营做，他们就不会同意我们建俱乐部，就会干预我们办夜校，我就没法深入到工人中间进行交流。"汪裕先说，"如果我一进厂里就挑资方的毛病，人家就会时刻注意着我，为难我，工人又怎么看？我们就没有了工作基础，就什么事情也做不起来。"

"汪裕先同志说的是对的，我先前的表达不够准确。"江元青说，"我们要利用他们，但我们不能依靠他们，资本家成为我们朋友的可能性极小，当他们得不到反动政府支持时，或是政府侵犯他们利益时，他们同情革命，甚至会有点支持革命；而当革命影响到他们利益时，他们是坚决反对革命的，甚至是反革命的帮凶。"

这个会议是在俱乐部开的，参加的有南汇县委委员，新成立的周浦区委全体委员，南市部委书记江元青，还有部委委员俞昌时。为了保证会议的安全，在积善桥、崇福桥与长官路西首放了哨。

“所以，我们要发展我们自己的队伍，这个队伍不仅有工厂工人，更有农民，是在广大的农村地区。”江元青继续说，“年前，有了陕北清涧起义，新疆玉田起义，河南刘店农民起义，广东海陆丰起义，湖北黄安、麻城起义，江西万安、泰和、吉安、赣县、兴国等地的起义，有的已经建立了自己的武装，并形成了根据地。上个月，中共湖南特委在当地农军的配合下，举行宜章、郴州、耒阳、永兴、资兴等县的武装起义，方志敏在江西弋阳、横峰领导武装起义，建立了工农革命武装，实行土地革命，开展游击战争，并创建了赣东北革命根据地。”

江元青介绍了全国革命形势后，说：“江苏省委要求我们加快建立工农革命武装，创立革命根据地。”

这次会议后，汪裕先更多的是做农村与农民工作。建立根据地，必须有广大的农村与广泛的农民参与，而这时，火柴厂工人也在酝酿着罢工。他们的工资确实与他们的工作量不成正比，工人们早有想法，也曾通过车间主任向资方提出，只是没有力量，并没有引起资方的足够重视。以前工人交流也少，基本上是各做各事，下班回家，工会组织技术帮教与生活帮扶后，工人之间的交流多了，有了更多的沟通。

第十一章 赤卫队长

1

汪裕先很想组织这次罢工，通过这次罢工，可测试一下工会组织的向心力和他在企业的凝聚力，也是以工会组织名义对工人的一个回应。工会如果不能成功地组织罢工，通过罢工为工人争得利益，工会的作用又能在什么地方得以体现？而一旦组织罢工，肯定会影响与胡篁林的关系。

汪裕先专程去上海，与江元青商议。

“必须组织罢工！我们党就是要为穷苦大众谋利益的。”江元青说，“但你不能走在前头，一定要注意隐蔽，现在国民党盯得很紧，我们今后更重要的任务是武装斗争，建立自己的根据地。”

“我不组织又让谁来组织呢？”

“我不是不让你组织，是要你注意隐蔽，不能暴露自己。”江元青说，“你现在思考问题，不能局限在火柴厂，而是周浦地区，你是区委书记！”

江元青没有与汪裕先商量具体的罢工细节，只是同他说了些斗争策略，有些是在上海三次工人武装起义中得来的，特别谈到革命低潮期如何保存实力、保存革命火种的问题，也谈到了城市武装斗争与农村武装斗争的方式方法问题，认识到城市武装斗争的艰巨性与农村武装夺取政权的可能性。

火柴厂的罢工进入第二天时，资方并没有当回事，面对工人的谈判代表，不屑一顾，说先复工再谈判。工人们从来就没有对资方说过一个不字，哪怕是对代表厂长的一般管理人员，都是言听计从。罢工本来就是壮个斗大的胆，现在被晾在了一边，不但没有加到薪，工资都没有了，几天不上班，哪有工资？日子还要不要过？汪裕先感到这个时候不站出来鼓劲，工人们就支撑不住了。这次罢工一旦失败，工人的合理诉求得不到回应，工会这块牌子也就砸了。关键时刻，汪裕先走到了工人中间。

下午两点左右，火柴厂三百多工人出了厂门，每个人手里拿个纸盒箱碎片，大小不一，形状各异，有三角形，有长方形，有正方形，也有不成形的，上面的字体也不尽相同，写着“我们要加薪！”“我们要生活！”“罢工为了生存！”的字样，他们越过迪秀桥沿着小云台街南下，不时喊着“我们要加薪！”“我们要生活！”等口号，行人们驻足观看，为他们让道。过了周浦塘上的李将军桥，上了衣庄街，然后过大济桥头，在椿樟街右拐向西，上了大街路。这是周浦的繁华之地，与衣庄街、石子街、港北街并称为棋盘街，是这座小城的中心。

周浦藏书楼建于 1917 年，在大街路的万缘善堂，坐北朝南，主楼三层，藏书，两边的附楼，各居东西，两层，院门临着大街路，院墙为红砖骑着青瓦，院内方正，回廊相连，院墙边上有两丛斑竹。火柴厂罢工工人的到来，一下子就把院子填满了，院门外的大街路上，也挤了半截。其实，不只是火柴厂的工人，更多的是市民。进了院子的工人继续呼口号："我们要加薪！""我们要生活！""罢工为了生存！"

火柴厂的董事们被这突如其来的口号声喊蒙了。今天的董事会除了商量融资扩大生产外，也有一项是工人加薪的事。可董事们都认为加薪是要考虑的，但不可能增加百分之二十五，太多了，这些工人的胃口太大。另外就是先复工，然后再谈加薪的事，一闹就加薪，谁还会投资？谁知罢工工人一下子就站到了董事们的面前。

"他们怎么知道在这开董事会的？"

"现在问这个问题还有意义吗？"胡篁林说，"现在不是先复工再加薪了，必须先加薪，能讨论的只是加多少的问题。"

董事们不赞成胡篁林的说法。

"今天不答应他们，明天就复不了工，过了明天，南京的货就没法发了，到时提不了货，是要两倍赔偿的。"胡篁林说，"这个账大家都会算的。"说罢，叫郭秘书到楼下找汪裕先。

汪裕先中午就来到了大街路南的杜浦茶楼，他在二楼的北间要了个雅座，靠着窗，对着藏书楼的院门，里面的情况看得一清二楚。他同工人代表说好了，他们到后半小时，他去藏书楼。在离开茶楼前，汪裕先给跑堂一个银圆，他说自己腿脚不便，麻烦他去警察所报告一下，就说藏书楼聚集了几百人，好像要出事。

郭秘书到楼下的工人中找了个遍，没有发现汪裕先，问及工人时，也都说没看到。

"他应该在这里。"

"找遍了，真的没有。"

"他能在什么地方呢？"胡篁林对郭秘书说，"你在院门口等，他会来的，他应该来。”

郭秘书又来到楼下，刚在大门口站下，汪裕先走了过来，跟郭秘书照了个面，点了点头，径直走到工人前面，说：“工友们！ 怎么都跑到这里来了？ 这是藏书楼啊，有事应该回厂里去说啊！”

“我们要加薪！ 我们要生活！”

阵阵口号声，在院落里回荡，震得藏书楼回廊的玻璃都在颤抖。

“胡助理请你到楼上去一下。”郭秘书对汪裕先说。

“胡助理？”

“是啊！”

“胡助理在这？”

“是的，在开董事会。”郭秘书抬头示意，这时，站在二楼回廊里的胡篁林隔着玻璃向他招了下手。

“我说呢，工人怎么跑到这里来。”

胡篁林问：“罢工的事汪工会不知道？”

“知道，昨天我在厂里，但到这里来我不知道。”胡篁林叫他汪工会时，汪裕先就已经觉察他有看法了，但戏还得演下去。“几个在钱庄的学徒兄弟有点事，跑了趟上海，回来时听说工人来了这里，就过来了。”

“好了，也不说这些了，眼下你看怎么办？”胡篁林说，“你是工会的头。”

“劝他们先回到厂里，在这里影响不好，满街都是人。”

“工作请你去做，回去了，加薪的事我们好商量。”

“我只不过是个工会干事，说话没分量。”汪裕先说，“请胡助理一起，我来劝说，我来向他们保证，你表个态，给大伙一个面子，好歹先把他们哄回去。”

胡篁林犹豫了一下，但还是同意了汪裕先的说法，一起下了楼，来到了工人面前。

“工友们！ 胡助理已经在开董事会了，商量加薪的事，你们先回到厂里，我来保证，会有说法的。”汪裕先说完后，胡篁林接着说：“先回厂里，把活做起来，都好说。”

胡篁林的话音刚落，工人又呼起了口号：“不加薪，决不复工！”

“胡助理都说了，只要复工，都好说的。”

汪裕先接着劝说，可口号不停，他没法说下去了，只得同胡篁林上楼，在楼道口，胡篁林问汪裕先：“你说怎么办？你负责工会的。”

“不理他们，让他们站着。”

胡篁林没有作声。

这时，院里又口号声大起，突然两声枪响，口号声戛然而止，董事们都走出会议室，站在回廊里朝下看。一队警察来到了院子中间，为首的个子不高，一脸横肉，他把手枪插进腰后，说：“你们这不是聚众闹事吗？哪来的？”

“中华火柴厂的。”

“火柴厂的？火柴厂的不去做火柴，跑到藏书楼干什么？”

“我们工资太低，没法过日子，要加薪！”

“要加薪找你们厂长啊！”

“他们都在这里开会！”

“开会？在这开会？”

这时胡篁林迎了下来，说：“请长官楼上说话。”

矮个子警察被请到了二楼，胡篁林说：“请坐！”

“坐什么坐！满大街都是你们的人，闹哄哄的，还有闲情坐下来！”矮个子警察问，“谁负责的？”

“是我，我叫胡篁林，是火柴厂的助理。”胡篁林说，“总经理去日本考察了。”

“这些都是什么人？”

“是火柴厂的董事。”

“哈哈！董事董事！就这么不懂事吗？”矮个子警察面部的横肉抽动了一下，说，“维护社会稳定，都是有责任的，党国的非常时期，你们只顾赚钱，把这么多工人弄到大街上闹事，让老子给你们当保安啊！ 还董事董事，懂个屁事！”

“他们这是罢工！”一位董事说。

“谁惹他们罢工的？”

没人回答了。

“有什么事，你们得同工人谈，不谈就是逼他们罢工，都把问题推向社会，这个国家还怎么管？ 不要只盯着自己的口袋，谁是你们孙子！”一屋子人都没作声，任凭矮个子警察训斥，“限定一个小时内让工人散去，否则就治你们扰乱社会秩序罪，还要重罚你们。”

矮个子警察说罢，气势汹汹地下了楼，对他的人说：“收队！”

刚才对他说“工人罢工”的那位董事，望着他的背影骂了句：“婊子养的，我看他就像共产党！”

“现在什么也别说了，这些军阀，比地痞流氓还要坏，我们认了吧。”胡篚林说，“只有同意加薪，再熬下去，就没意思了。”

“但加薪百分之二十五也太多了。”骂警察的董事说。

“我去做工作，放到百分之十五如何？”

胡篚林说：“只有这样，请你去做工作。”

“好的。”汪裕先说罢下楼，来到工人中间。

“同意加薪了，就按百分之二十如何？”

所有的人都没有意见，还感谢汪裕先。 汪裕先又跑上楼对董事们说：“工人不答应，说至少也要有百分之二十。”

“你说呢？”

“就息事宁人吧。”

“大家有什么意见？”胡篚林问在座的董事，看大家都不作声，就同意了工人们的要求，尽管心不愿意不服，但还是签了加薪的协议。

2

汪裕先房子租在周浦塘南，盐铁塘东的拐角处，地形比较复杂，盐铁塘从秀南桥向西，然后拐个六十度的弯北上进入周浦塘，像一把弓的背，形成三面环水，对着一条街路。在这很小的区域间，有泰安桥、平安桥、盐铁浜桥出入其中，整日里人来人往。

转眼间到了1928年春天，周浦塘桃红柳绿时，戴桂芳怀孕了。

汪裕先喜忧参半。

他很想有个孩子，但自从举起拳头宣誓加入中国共产党的那天，他就做好了牺牲的准备。他盼望革命成功的那天，但他从来就不认为能亲眼看到红旗满天，他总是想到蔡建勋，想到送抚恤金时蔡建勋老婆说的话。他也应该为汪家留个根，否则真有那么一天，就对不起早逝的父亲与苦守多年的母亲，也就有了把戴桂芳带在身边的想法。而当同眠共枕，凡尘俗事趣味无限时，他就又想到了往后的日子，有了小孩，家庭负担会更重。

“我是不是太自私了？”

“怎么了？”

“我整日在外奔走，都顾不上陪你，现在你有孕在身，日后还要带孩子。”

“没事的，你只要平安就好。”

“我想平安，可这天下不太平啊！”

正说着话，有人敲门，戴桂芳手快，抻了拉线，关了电灯。

“开门，我是警察，查户口的。”

汪裕先顺手推开后窗，把枪放进墙洞，拉开灯去开门。

“怎么关灯了？”警察问。

“刚准备关灯睡觉，不巧你们敲门了。”

“深更半夜敲门，不把人吓死！”戴桂芳说。

“你以为我们不想搂着老婆睡觉啊！这夜星里。”警察说，“没办法，查共匪！”

来了两个警察，一个站在门口没进屋，一个走了进来，房里房外看了一遍，又蹲下身，看了下床肚，问：“什么时候住进来的？”

"半年多了。"

"做什么的?"

"在中华火柴厂工作。"

"工牌呢?"

汪裕先拎起挂在南墙钉子上的衣服,掏出工牌。

警察接过工牌,嘀咕了句"汪裕先",然后问:"知道汪佐农吗?"

"汪佐农是谁?"汪裕先说,"不知道。"

"知道了向警所报告。"

"好的。"

进屋的那警察走了出去,又回过身说:"一定哦!"

"知道了!"

汪裕先关了门,也关了灯,拉开窗帘,看到两个警察又敲其他人家的门,才又上床。他小声对戴桂芳说:"以后再遇到这样的情况,不要关灯,会引起人家警觉的。"

"这日子!"

"我在家时,你别怕。"

"他们为什么要找汪佐农,他是谁?"

戴桂芳不知道汪佐农就是汪裕先,是他的号。他在南市二区国民党党部是宣传委员,以中共党员的身份加入国民党的,登记时用的就是汪佐农名,"四一二"后,国民党清党时,他已经撤出上海,现在查到周浦来,说明国民党的清党还在深入。汪裕先没有告诉戴桂芳真实情况:"不管他是谁。"

"也姓汪啊,会不会怀疑你?"戴桂芳说,"我们是不是搬走?"

"这个时候搬走,不就成汪佐农了?"

……

有了罢工的胜利,火柴厂工人把汪裕先当成了主心骨。他们知道罢工容易,把手里的活停下来,就罢工了,可没法同资方叫板,用他们的话说,玩不过厂方,一不小心,又入了他们的套。这次加薪,让他们看出了汪工会的智慧。汪裕先的影响力也越来越大，工会积极分子也在扩大，他要形成核心层，然后组织赤卫队，现在正常参加活动的有四十多人。

而这个时候，胡篁林也特别关注起汪裕先的动向。起初，他并没有在意汪裕先的能量，知道他能言善辩，是上海商会介绍的，厂长接收的，只要他不惹事就行了。现在感觉不是这回事，他在工人中的影响力，足以让企业顿生危机，胡篁林要与他谋求合作，但更多的是防范。一个星期三的晚上，他来到了工人俱乐部，郭秘书陪着，走到大场上，听到汪裕先好像在说什么比赛规则，郭秘书敲了两下门，推开说："胡助理来看望大家。"

汪裕先连忙迎了出来，问："胡助理晚上来，有什么事吗？"

"没事，就是来看看。"

其实，汪裕先上午就通过内线得知胡篁林晚上要来检查的事。

汪裕先请胡篁林进屋，大伙也都站了起来。

"大家坐下吧。"胡篁林在汪裕先搬来的凳子上坐下后问，"在搞什么活动？"

"在联联。"

胡篁林不知道什么叫联联，就说："你们继续，我听听。"

"每次在联后加一个字或一个词组，加在后面一定是妥帖的，也就是说加了字或词仍然是一个完整的句子，下联加的那个字或词必须与上联相对，完整的联为十一个字。"汪裕先所说的联，已经写在黑板上，上联为"春风得意"，下联为"艳阳高照"，其实是在上下联后另加三个字一句话。他继续说规则："大家评议，认为好，就过，联对一个字，记一分。"

"工会活动积分满十分，可拿到一支铅笔，满二十分可拿一个本子。"汪裕先向胡篁林解释。

"这个好。"胡篁林说。

联联活动气氛热烈，为一个字的推敲也颇费心思，最后形成了这样的十一字联：

春风得意
艳阳高照
春风得意暖
艳阳高照热
春风得意暖心怀
艳阳高照热衷肠
春风得意暖心怀无限快乐
艳阳高照热衷肠永远欢腾

结果出来后，汪裕先说："这么晚了，胡助理还来看望我们，请大家以热烈的掌声表示感谢，并请胡助理给我们讲话。"

掌声过后，胡篁林站了起来。

他从心里佩服汪裕先的组织能力，除了上次为增加工资罢工让他不快外，工人的精神面貌是有了很大的变化。比如刚才的联联活动，那么活跃，又那么有想法，这是他进厂以来没有见到过的。

"我只是来看看大家，听说俱乐部办得不错。"胡篁林说，"刚才的联联活动，很好，对对子，是民间的中华文化，读书人有读书人的高妙，普通百姓也能出口成章。"胡篁林说了对对子的事后，就谈识字与读书，他建议汪裕先教更多的人识字，教大家认"火柴厂工人规范""安全生产十二条"等等。大家感到胡篁林讲得对，就鼓掌，汪裕先也表态，按助理的要求做。

3

胡篁林说完就走了，汪裕先把胡篁林送走后，继续他们的活动，今天主要商量组建赤卫队的事。

"赤卫队不是我们的独创，现在全国革命的地方，都在建赤卫队，为什么叫赤卫队呢？ 关键一个赤字。”汪裕先问，“大家见过赤小豆吗？”

“见过。”

“什么颜色？”

“红色。”

“对！ 红色，意味着我们要建的这支队伍是红色的，赤字的另外解释，就是忠诚，赤胆忠心，还有就是什么都没有，光光的，如赤条条。”汪裕先说，“也就是说，赤卫队是红色的队伍，象征着正义与力量，赤卫队是穷人自己的队伍，赤卫队是忠心为老百姓的。”接下来，汪裕先就讲为什么要建立这样一支队伍，告诉大家孙中山发起的辛亥革命推翻了帝制，为的是建立共和，实现民主。 可后来军阀割据，国家不能统一，帝国主义强加在中国人民头上的不平等条约又无法废除，国无宁日，民不聊生，于是就有了国民革命军的北伐战争，这场战争是在孙中山“联俄、联共、扶助农工”思想主导下进行的。 可赶走了旧军阀，国民党背叛革命，以蒋介石为首的国民革命军成了新的军阀，上海的租界依然存在，黑恶势力还在横行，资本家以增加劳动时间、加大劳动强度、压低劳动工资来盘剥工人，农村的地主豪强以租地、放高利，把农民往死里逼，国民党搞白色恐怖，到处抓人杀人。大家看看那些地主资本家的生活，何等的奢侈，而我们呢？ 吃了上顿没下顿。 人人生而平等，可我们为什么如此悲惨？ 社会制度是万恶之源。 所以，我们要推翻这个社会制度，推翻国民党统治！

“推翻这个社会制度，推翻国民党统治，光靠说不行，得有武装力量，得有我们自己的根据地，赤卫队就是我们的武装力量，周浦农村就是我们的根据地。”汪裕先说，“我们的武装力量形成后，接下来就是打土豪分田地！”

“我们没枪啊。”

“我们会有枪的，现在的关键是组织起来。”汪裕先问，“大家是否愿意？”

“愿意！”

“好！”汪裕先宣读《赤卫队规章》，共八条：

自愿加入，
奉献人生。
服从命令，
冲锋在前。
敢于斗争，
不怕牺牲。
遵纪守章，
严守秘密。

汪裕先又对每一条进行了详细的解释，当下就有人报名。汪裕先说：“这事要慎重，请各位认真思考一下，走上这条路，就没法回头了。”

汪裕先把报名的时间放在一个星期后的星期三。

……

大革命失败后，国民党到处屠杀共产党员。在城市，想武装夺取政权，实践证明已经没有可能，特别是在上海，“四一二”后国民党更为严密的监控，挤压了共产党人的生存空间。在农村，尽管农民武装兴起，全国各地起义不断，但并没有形成一定规模的根据地，老百姓知道共产党人为了劳苦大众翻身解放在流血牺牲，可曙光难见。中国共产党面临着生死存亡的考验。1928 年 9 月，中共江苏省委决定成立由杭果人、陈云、林钧、汪裕先、周大根等人组成的中共淞浦特委，领导上海郊区及附近十个县的武装斗争，杭果人任书记，陈云任组织部长。

“必须武装起来，必须要有自己的武装，必须以建立根据地为目标发动武装起义。”杭果人说，“前几个月，在中共江苏省委与江北特委领导下，泰兴、如皋、靖江、南通等地先后发动了起义。”

9月下旬的一个夜晚，中共淞浦特委扩大会在中华火柴厂工人俱乐部进行，上海郊县的县委书记与组织部长都参加了会议。特委的交通员沈寿亚组织人员对俱乐部进行了布控，他们在积善桥、崇福桥与陆家浜桥上放了哨，观察着上海、周浦镇、川沙方向的情况，南面是陆家浜，除了陆家浜桥与崇福桥，没法上长官路，北面是沟河交错的田野，没路可走。这样的环境，比较安全，工人俱乐部也就成了淞浦特委经常活动的地方，他们在这里研究对敌斗争策略。

“全国的农民武装起义也是风起云涌，起义军虽然遭到挫折，但这是在告诉全国人民，甚至是全世界，共产党的存在，共产党力量的存在，这是星星之火，这是个可以燎原的火星子。”杭果人做政治报告，他讲全国武装斗争的形势，以鼓舞人心。“要让国民党反动派产生恐惧，他们可能在一时一地残杀我们，可他们没有办法在全国各地，在广大的农村赶尽杀绝，我们将以扩大的农村根据地去挤压他们，把他们逼到绝路！”

杭果人的政治报告后，陈云做组织工作报告，谈郊县党员的发展与农民武装的建立，强调了武装训练，提高战斗能力。

4

中华火柴厂赤卫队正式报名的那天，三十二个人都来了，当下编成三个小队，明确了小队长，并宣誓入队。每个小队发四支枪，其余每人一把大刀。汪裕先非常高兴，说明自己几个月的工作没有白做，如果有人不参加，哪怕是一个人，都会让他不安，他不能断定这一个人会把成立赤卫队的事说出去，但肯定有了风险。

赤卫队员们白天上班，晚上训练，武装起义正紧锣密鼓进行着。1928年12月14日晚，也就是武装起义前一天，汪裕先回住处，还没进门，就听到孩子的哭声。戴桂芳躺在床上，头上扎了条毛巾，见到汪裕先，笑着说：“生了个儿子！”

汪裕先俯下身，亲了亲戴桂芳，又亲了亲儿子，说："对不起了，我不在身边。"

"没事的，不是生下来了。"

汪裕先回避了这个话题，又亲了亲戴桂芳，然后去做饭。晚饭后，戴桂芳说："给儿子起个名吧。"

汪裕先想了想，说："叫丰如何？丰盛的丰。"

"好啊，就叫汪丰。"戴桂芳说，"丰盛、丰收。"

戴桂芳总是对生活寄予很大的期望，可现实又总是让她喘不过气来。

"总有一天会过上好日子的。"汪裕先说。

"这一天是哪一天？"戴桂芳问。虽然结了婚，火柴厂离家也不是太远，可汪裕先顾不上家，与戴桂芳总是聚少离多。戴桂芳一个人守在家里时，有很多想法，可当汪裕先回到身边时，就没想法了，今天她终于问了她想问的话。

"我现在还说不准是哪一天，但你要相信这一天一定会来的。"

"日子是一天一天过的，我们不可能停下来等那一天。"戴桂芳说，"现在不只是我一个人，还有个儿子，总得想着儿子吧？"

这些话，戴桂芳以前从来没说过，汪裕先不知道她现在为什么要这样说话。他有点后悔，后悔自己结婚的决定，为了想有个自己的孩子而选择了结婚，让她独自承担家庭的责任，且跟着担惊受怕。他理解妻子，理解她对生活的要求："当时，我没法对你说，其实，应该对你说清楚我参加革命的事。"

"我知道你参加革命了，我没有反对。"戴桂芳说，"好了，我们不说这些了。"

戴桂芳知道革命的风险，觉得话说重了，就不说了。汪裕先没有计较戴桂芳说了什么，他想的更多的是如何说服戴桂芳他要离开家回到俱乐部，武装起义到了关键时刻，他得赶回去。

"今天晚上无论如何我都要出去，有重要的事情，真的对不起你。”汪裕先等戴桂芳收拾好后，给她五个银圆，说，“等这两天忙好了，我把萍仙接过来照顾你，今天来不及了。”

“好吧，注意安全，家里的事你放心。”戴桂芳下床闩了门。

汪裕先离开家，就脚底生风往俱乐部赶，来到崇福桥的桥头，看到有部队的人站岗，才得知周浦商团、南汇公安局周浦分局和上海驻军第五师某部，已经于夜里十点多钟包围了火柴厂工人俱乐部。汪裕先沿着陆家浜南岸西行，在河南岸，看到打着火把的军人已经围在俱乐部四周，只得含泪而去……

上午八点左右，戴桂芳去三阳泰买米糕，她的奶水不多，汪丰只能吃半饱。早上喂过奶后，孩子睡了，她趁这个时候出来一趟。可回来时，见到有几个提着枪的警察在门前走动，门已经被推开，她也没多想，回头就跑。她怕汪裕先回来被抓，就去火柴厂报信，跑到火柴厂时，大门已经被军警封了，戴桂芳一下子就晕倒了……当她醒来时，已经躺在小云台街的一家小诊所里，她伸手摸了摸身边，问：“我的孩子呢？”

“你没带孩子来。”

戴桂芳惊恐万分，猛地坐了起来：“我的孩子呢？”

“你没带孩子，你倒在火柴厂门前的路上，被人家抬过来的。”

戴桂芳爬起来，跌跌撞撞地走出门外，望着不停摆动的昏黄路灯，摸上了回家的路。

汪裕先回到家时，门掩着，不见灯亮，也听不到孩子的哭声。他感觉出事了，老婆孩子被警察带走了。他怕有埋伏，像路人一样在街路上来回走动，观察动静。当确定没有人时，迅速靠近，摸了下被砸过的锁，知道警察来过，进房间拉开灯，摸了摸已经僵硬了的孩子泣不成声，然后擦了擦泪，把孩子包好，装进一只篮子，放在门外堆放杂物的地方，就去找戴桂芳。转身之际，戴桂芳推门进来了，她冲进房间，看到空着的被窝，问：“孩子呢？”

“你去哪了？”

“孩子呢?”

“你去哪了?”

“我去给你送信!”

“我现在回来了，可孩子回不来了!”

戴桂芳要撞墙，汪裕先死死地抱住她，两人痛哭着，又不能放声，只是瘫在地上抽搐。

“现在不是哭的时候。”汪裕先说，“我们必须离开。”

汪裕先随即用床单裹起几件要穿的衣服，搀着戴桂芳就走。半夜时分，他们来到了外婆家，敲门时吓了外婆一跳。进门后，汪裕先问有没有人来过，外婆说没有。

“怎么了?”看到戴桂芳脸色苍白，外婆问。

“生了场大病。”汪裕先说，“请外婆不要问生了什么病，只是想调养几天就走。”

外婆不再问，只是心疼。安顿好戴桂芳后，汪裕先又回到租住的房子，从杂物堆里背起装有汪丰的篮子到汪家坟地，挖了个坑，葬了。再回到外婆家时，天亮了。

戴桂芳躺在自己的房间里一直流泪，眼睛肿得像桃子。

“不哭了，一切都成为过去。”汪裕先坐在被窝里搂着戴桂芳说，“记住，汪丰是汪家为革命牺牲的第一人。”

汪裕先说完这话，眼泪涌了出来，流在戴桂芳的脸上，滚烫。

革命会有牺牲的，要革命就得面对死亡，从入党那天起，他就有了牺牲的准备。而蔡建勋的牺牲，让他第一次感受到革命的残酷，他也就把自己的生死置之度外。可汪丰不一样，汪丰不是为革命而死，而是革命给他带来了灭顶之灾。他心有不忍，让这样一个小生命在没有任何价值判断时，为他父亲的革命付出了性命。

国民党在这次行动中，共逮捕中华火柴厂中共党员与工人积极分子三十人，汪裕先遭通缉。

1929 年 1 月，中共川沙县委成立，汪裕先任县委书记，公开身份是东方小学的教师，戴桂芳随行。1930 年 4 月，根据党中央指示，中共淞浦特委书记林钧前往太湖一带组织农民武装，创建革命根据地，还未成行，林钧被捕，随后派汪裕先前往。汪裕先把怀有身孕的戴桂芳送回家后，在赴太湖途中被捕。

第十二章 狱中斗争

1

汪裕先被捕后，关在龙华警备司令部看守所，一个星期后，上海淞沪警备司令部军法处判定他为“背叛党国罪”，刑期十三年。汪裕先当庭反驳：“是你们背叛了孙中山的遗训，背叛了孙中山联俄、联共、扶助农工的宗旨，你们才是背叛党国的罪人！”

法庭的上空，除了汪裕先的义正词严，没有一丝声响。此后，汪裕先被押解到漕河泾监狱。

漕河泾监狱为江苏第二监狱，因在上海近郊的漕河泾镇，俗称漕河泾监狱。监狱围墙高大，四角岗楼高耸。监房分甲、乙、丙、丁、戊、巳、庚七排，从中间向四周成放射状伸展。每一排中间为走廊，两边囚室相对，四十多间。汪裕先入狱后，剃去了头发，戴上了脚镣，穿上了囚衣。囚衣背后缀了长条形白竹布，用红色印油盖上“96”号，从此，汪裕先就是96号政治犯。

入狱第三天上午是监狱的教诲日，汪裕先被指定接受教诲。

教诲是在教诲堂进行。

教诲堂建在丁字监的尾部，可容纳五百多人，条椅座，分两边排，中间是过道，前台有一栅栏，将犯人与教诲师隔开，放一讲台，上方悬挂“教诲堂”三个字。教诲堂内外布了十多个看守。

汪裕先第一次接受教诲，被指定在前排。

教诲师从后台走上讲台时，所有犯人都站起来鞠躬，然后教诲师开讲。教诲师这天讲了忠孝。他说：忠者，德之正也。从造字可以看到，忠，存心居中，正直不偏，古以不懈于心为敬，故忠从心；又以中有不偏不倚之意，忠为正直之德，故从中声。《说文解字》中讲：“忠，敬也，尽心曰忠。”他接着又说，何为忠呢？“天下至德，莫大乎忠”，“忠也者，一其心之谓也”。忠，是人对国家及他人等都至公无私，始终如一，也就是不背叛，民众不背叛民国，不背叛社会，子女不背叛父母。

这就是忠。

“报告！”汪裕先站了起来，他有话要说。站在台前的两位看守，迅速跑了过来，把他按在座椅上，声色俱厉地说：“接受教诲！”

教诲堂有了议论，教诲师醒木响起，堂内又恢复了平静，鸦雀无声。

教诲师接着讲孝。他说“孝”字的构成，上为老、下为子，意思是子能承其亲，并能顺其意，所以有孝顺一说。我们不能守纪守法，或做有悖民国的事，也是不孝。大家想想，父母将我们养大成人，因自己的犯罪，入了监狱，不能侍奉父母，还让他们担惊受怕，这不是不孝吗？ 讲到这里时，犯人中有人抽泣起来，后来就有人哭出了声。 这是教诲堂需要的效果。

“报告！ 96号要求发言。”在教诲师停顿的当儿，汪裕先又站了起来。 两个看守走过来，提着他要走，教诲师叫住了，说：“让他坐下。”

结束时，汪裕先被留了下来。

教诲师让他站在中间过道上，然后说：“回去把犯人守则认真读读，一个人无论在什么地方做什么事，首先得懂规则。 这里是监狱，也是有规则的，容不得你肆无忌惮。”

教诲师夹着包准备走时，转过身又对台下站着的汪裕先说：“一个犯人想的应该是怎样走出这座监狱，而不是死在这里！”

汪裕先始终没能说一句话。

不在教诲堂接受教育时，犯人都要参加劳动，有织布，有做缝纫，有做油漆，有做木工。 汪裕先被分在糊盒厂，糊火柴盒，靠在身边的一位狱友说：“你是政治犯，政治犯应该有政治觉悟。”

“我不懂你说的什么？”

“性子不能急，已经到了这等地步，急有什么用？”

“也不能任人宰割！”

“一头撞墙死了，算你革命了？ 走出去，才有革命的本钱。”

“说什么都听着？”

“跟他们讲什么道理？ 现在是你讲道理的时候吗？”

“你说的是对的，我接受了。”

“也要检讨一下自己，不是每一个革命者都被关进来的。”

之后，那人就走开了，汪裕先也没再问。 监工很严，除了门外有荷枪实弹的狱警，室内的看守也来回走动，不时用警棍敲打工作台，以示注意。 汪裕先尽量让自己冷静下来，回望过去，从华电到中华火柴厂，从周浦到川沙，再到去太湖的路上，革命的斗志昂扬，可怎么就踩着憧憬走进了牢房？ 是不是有人一直在寻找他？ 这个人又是谁呢？

夜里，汪裕先做了许多噩梦。

第二天一早，他向看守报告，要了纸和笔，他要给母亲写封信。

想到写信，他流下了泪。

他本来不想给母亲写信的，也不想给妻子写信，他不想告诉她们他已被捕入狱，获刑十三年，让她们伤心。他没有为她们带来快乐与喜悦，又为何要给她们痛苦呢？后来想想，事到如今，也是必须面对的。

母亲大人：

我从事革命工作多年，未曾向母亲细说，为不孝。现已被国民党政府逮捕入狱，判刑十三年，有期也遥遥。现在江苏第二监狱服刑，地址为上海漕河泾镇弼教路。想念母亲，想念桂芳，也想念姐姐与妹妹。您如有可能，望能前来一见。

祝康宁

裕先

监狱准许犯人每月给亲属发一封信，但需经监狱查看内容后方可寄出。亲属向犯人发信不受限制，但要拆检。来去信都不准谈论时事。汪裕先的第一封信没能通过，监狱教务科的人说："革命工作"不能说，你的革命，对政府来说，就是反革命，还理直气壮？其实，你就说你获刑入狱了，你母亲能不能来，是另外一回事了，政治犯与其他犯人不一样，不是想见就见的。汪裕先想想也对，叫母亲来，要是母亲来不了呢？岂不更难过。于是，根据教务科要求，重新写：

母亲大人：

我工作多年，未曾向母亲细说，为不孝。现已被逮捕入狱，判刑十三年，有期也遥遥。今在江苏第二监狱服刑，地址为上海漕河泾镇弼教路。望勿挂念！问桂芳好！问姐姐妹妹好！

祝康宁

裕先

教务科的人看后通过。

信是写在“江苏第二监狱在监人通信用笺”上，这是规定。信封也是江苏第二监狱的专用信封，信封的背面分上、下两部分。上半部分印有“在监人亲属注意”，共六项内容，包括：每月接见一次，切莫谈时事；停止接见时间；信中不得谈时事；替在监人取钱物和信件的有关事宜等等。下半部分印有“准送物品”，具体分为食品和药品两项，馈送物品的品种和数量的限制。并在信封上加盖一个“本监发信向系邮寄，如有专送准其拘究”的图章。

赵惠芬早就知道儿子出事了，警察所已经到家里抄了几次，邻居们也知道汪裕先参加了地下工作。邮递员送给赵惠芬信时，是一天中午，刚吃过饭。一看是江苏第二监狱的信封，再看封面上的字，赵惠芬知道汪裕先坐牢了，拆信一看，婆媳俩又淌了会儿眼泪。赵惠芬强忍着，她不能带着哭，不能让戴桂芳伤了胎气。

“人还在，没什么大不了。”赵惠芬说。

赵惠芬说这话时，已经没有力气站起来了。

“妈妈！ 我想去看他一下。”晚上，戴桂芳对赵惠芬说。

“你一个大肚子，怎么行？”

“再往后，我就去不了了。”

“现在就去不了了。”赵惠芬说，“你得注意身体，肚里的宝宝比你去看他更重要！”

戴桂芳不再说什么。

赵惠芬接到信的第二天，带了些钱，买了些吃的，去漕河泾江苏第二监狱，在大门口登记后去了第二科。负责戒护的人听说要见汪裕先，说：“现在不行！”

“什么时候行？”

“还说不准。”

“为什么？ 监狱规定也是允许见的啊！”赵惠芬把监狱专用信封背面的文字指给他们看。

“他是政治犯，政治犯不是想见就见的，这是规定。”

赵惠芬没有办法，离开漕河泾，去找王一亭。

王一亭知道汪裕先在从事革命活动。辛亥革命时，他的血也沸腾过，曾全力支持孙中山，可果实落到了袁世凯手中，二次革命时，他成了通缉犯……他也曾提醒过汪裕先，比起其他地主买办来说，他更同情革命，支持革命。见到赵惠芬跪下时，连忙拉起，说：“不急！慢慢说。”

“汪裕先被逮捕了！”

“什么时候的事？”

“上个月，判了十三年，关在漕河泾监狱。”

“你见过？”

“今天去了，不让进。”

“为什么不让进？”

“他们说是政治犯。”

“三小姐，不用急，我来联系。”王一亭走到案前，提笔写了封信：

杨芳淑览：

我外甥汪裕先涉政事，现在押改造。其母思儿心切，望能安排一见。

觉器①手书

对漕河泾监狱，王一亭不陌生，监狱里的教诲堂就是他组织宗教

---

① 王一亭的法名。

界捐款建的。他曾倡导用宗教介入对犯人的教育，尝试洗心革面的另一种教化，并把《金刚经》《心经》与《圣经》一并推进监狱。他是上海佛学书局董事长，杨芳是兼职秘书长，且跟着他学国画，又是学生。

“三小姐！汪裕先是个政治犯，没什么见不得人的。”王一亭见赵惠芬总是愁眉苦脸也有不舍，劝道，“想当年我也是被袁世凯通缉的政治犯，只是我躲进了租界，他们没法抓而已。”

“他怎能与你比，他是经不起来去的。”

当天下午，赵惠芬来到漕河泾监狱。杨芳见到王一亭的信，绷着的脸松了下来，把她带到一个小会客室，请她坐下，给赵惠芬倒了杯水，问她一些情况，然后帮她去二科。

不一会儿，杨芳回来了，他说：“近来形势特别严峻，政治犯除了提审，不准任何人靠近。”

“为什么？”赵惠芬不解，“杀人犯都可以见面，政治犯反而不能见？”

“杀人犯只能杀人，能杀几个人？政治犯是要推翻民国政府，是一个国家，知道吗？”

“他怎么能推翻政府？”

“不是一个人，有很多人。”

杨芳说：“已经说好了，一有松动，我会及时通知你。”

杨芳见赵惠芬没有走的意思，就又说：“王老都写信来了，能见面还能不让你见？”

“只能这样？”

“只能这样。”杨芳把赵惠芬送出大门，临别时又说，“一有可能我就告诉你。”

赵惠芬一脸无奈。

戴桂芳一听婆婆推门就迎了出来，见到婆婆手中的提袋，以及提袋里的食品，又苦了脸。

赵惠芬说：“政治犯，不让见。”

戴桂芳问：“为什么政治犯就不让见？”

“说他们要推翻民国政府。”赵惠芬说，“也没什么，表舅说了，不丢人。”

日子要一天天过下去。

赵惠芬已经不到衣庄上班了，她不愿意在人多的地方想着儿子，有时不经意，总会有几句话或不一样的眼神让她心里难受，于是，她领料在家里做。再说，戴桂芳快要临产了，她也不能出去，这比什么都重要。就这样，等着儿媳妇临产，等着漕河泾监狱可以探监的通知。

1930年8月13日，戴桂芳生了一女儿，三天后，接到漕河泾监狱的来信，同意探监。上午一接到信，赵惠芬就往漕河泾赶，到了监狱大门口时，她不想进了，她不忍心看到儿子。就在她徘徊时，站岗的狱警走了过来，问她怎么了，她说她是来看儿子的，狱警说看儿子你去登记啊，她才走进登记室，很快，通知她进接见室。

接见室是个长形空间，可以同时让十多个犯人亲属接见，铁栅栏上至屋顶，将接见室分为两半，犯人的位置占四分之一。与铁栅栏相对的是木栅栏，相距约三尺，半人高，固定了犯人与犯人亲属的距离。

汪裕先已经站到了他的位置上，赵惠芬站在门口张望，不敢走近。

“妈妈！你过来。”汪裕先喊道。

“过去吧，他就是汪裕先。”跟着的女看守说。等赵惠芬走到汪裕先对面的位置时，女看守又说：“你们见面的时间为半个小时，你们不能谈任何时事政治，我在这里监听。”

说是监听的女看守稍微挪了下位置。

汪裕先穿一件圆领短袖衫，一条灰色短裤，齐腿肚子，一双露着脚指头的黑拖鞋。脸色灰白，没点血色，鼻子像辣椒水呛过似的。赵惠芬就这样望着儿子，如已隔世。

“妈妈！家里还好吧？”

“还好！ 桂芳生了，生了个女孩。”

听说妻子生了，生了个女儿，汪裕先眼睛一亮，说：“好啊！ 天大的喜事，那你做奶奶了？”

“是啊，给她起个名吧。”

“奶奶给她起吧。”

“你是她父亲，你起。”

汪裕先想了想，说：“叫慧吧，汪慧。”

“行。”

“对不起你哦，妈，让你受累了，现在又多了一个人。”

“没事的，你不用担心。”

“家里的事能做多少就做多少，做不动就不要做，桂芳生下孩子了，让她做。”

“没事的，妈身体很好。”赵惠芬问，“你能吃饱吗？”

“能！ 妈妈你放心。”

“能吃饱就好。”

“妈！ 不要想太多的事，儿子的事，儿子担着。”汪裕先说，“如果方便，请告诉表舅，能减刑的。”

“我会找他的。”

“以后见面的机会不会很多，就通信吧。”

“好的，你要照顾好自己，我们等你出来。”

“放心吧，妈妈，我会出去的。”

1930 年 4 月，汪裕先被逮捕并被判刑关进漕河泾监狱，4 个月后，妈妈来探监，送来喜讯——妻子生下女儿。目送妈妈，汪裕先感慨万端，4 月与四个月，是他人生的重要节点，由此成诗：

魂系漕河四月奇，
炎炎正值夏初期。
监门探慰高堂至，

报道妻生一女儿。

戴桂芳收到这首诗时，已是1930年10月。10月21日，汪裕先与其他两百多名政治犯一起被押往苏州陆军监狱。在监狱管理中，政治犯是令管理者非常头疼的，他们有着“政治”的护卫，时不时制造出动静，引起社会哗然，集中到军人监狱，是强化管理。可这次的押解，却为他们提供了互动与张扬的契机，为政治犯力量的形成搭建了平台。

苏州陆军监狱的政治犯们听说上海漕河泾监狱两百多名政治犯过来，就大张旗鼓地做起了欢迎准备，他们凑钱为这两百多人买了牙刷、牙膏与毛巾，以示慰问。而汪裕先在放风时更是慷慨激昂，向难友们讲述他在淞沪警备司令部军事法庭上的斗争，他说：“他们定我的罪为‘背叛党国罪’，这岂不是天大的笑话。我问他们：‘是谁背叛了孙中山遗训？是谁背叛了联俄、联共、扶助农工的宗旨？是蒋介石，是国民党，他们才是背叛党国的罪人！’”

“他们说什么？”有难友问。

“他们什么也没说，又能说什么呢？”汪裕先说，“判了我十三年，这对已经走进革命圈子里的人，又算得了什么！”

接着就是一阵欢呼声。

一下子，汪裕先成了苏州陆军监狱政治犯中的“新星”，引起了高度关注，不久被定为政治要犯，从苏州转到了南京，关进了中央军人监狱。

2

赵惠芬第二次找王一亭时又跪了下来。

“三小姐，你这样不行。”王一亭连忙拉起赵惠芬，说，“我是你哥，怎么受得起呢？”

赵惠芬站起身，说：“还是为汪裕先来的。”

“你说，什么事？”

“想让他减刑。”

王一亭略加思索，想到了学生孙禄卿。他翻开电话号码本，然后拨通了电话。

“您怎么有空给我打电话？不是忙着带团访问日本吗？”

“你知道啊？”

“知道，我还知道您是团长，团员中有张大千、王个簃呢。”

“是的。”

“有什么事吗？”

“真的不好意思麻烦你，但想来想去，还得找你。”

“没事，说吧。”

“我有个外甥，哦，你是见过的。”

“是吗？”

“有一次，在我的画室，后来进去的那个小伙子。”

“哦，想起来了，怎么了？”

“出事了，判了十三年，现关在漕河泾监狱。”

“什么罪？”

“政治犯，想减点刑。”王一亭说，“为难你了。”

“也没为难，让我问问什么情况。”

王一亭告诉她名字后，又聊了几句去日本的事，就结束了。

赵惠芬坐在旁边听着。

“她是我的学生，能说上话。”王一亭丢下电话，对赵惠芬说，“有什么情况，她会告诉我的。”

孙禄卿是陈立夫的夫人。王一亭本来不想找她，他知道陈立夫是蒋介石身边的红人。自从被袁世凯通缉后，他就决心不再涉及政治，专心于他的书画事业。可他就是不忍心看着赵惠芬如此悲伤，只有找她，也只有她才能说上话。

一个月后，王一亭参加东京举办的“中日现代绘画展览会”后回到上海，孙禄卿登门拜访。电话刚到，就来了两辆车，下来几个便衣，两个进了梓园，其他人分散在梓园外。王一亭关照管家，各做各事，不要管这些人。半小时后，孙禄卿到了，跟着位侍女，王一亭一看就知道是保镖。王一亭本想在客厅里接待她，可她坚持到先生的画室看看，王一亭就请她到画室，让管家把茶送了过来。跟着她的那位侍女站到了门外。

“打扰先生了，来了这么多人。”孙禄卿表示歉意，“行动真的没那么自由了。”

“我能理解。”

“几年没见老师了，上次还是在我的婚宴上。”

“是的，1926年的冬天。”王一亭说，“你那幅《桃柳蜜蜂图》是我见过你作品中最有意境的一幅。”

“谢谢老师能记得。”

“记得的，陈果夫题的‘桃红柳绿含春意，从此相亲蜜蜜甜’诗句，再下来一个字位就更好了。”

“是的，看到这画，果夫总有遗憾。”

说到陈果夫，王一亭想到了陈立夫，随便一问：“他近来忙吧？”

“是的，中原战事激烈，阎锡山与冯玉祥抱团对付国军……”孙禄卿说到这，叹了口气，“跟着蒋先生，总是事多。”

“对不起，是我多问了。”

“没事的，学生知道的也不多，我现在只有家事，没有国事。”

王一亭笑了笑，说：“有时间也可拿起笔来。”

“是的。”说到这，孙禄卿从手袋里拿出一张纸，递给王一亭，“我让他们给了我一个情况。”

中央组织部调查科的便笺，上面有汪裕先作为政治犯的简要情况，有上海三次武装起义、中华火柴厂赤卫队组织、淞沪军事法庭审判情况，以及在苏州陆军监狱放风时的演讲，都有记录，十多条，很细。

“他只是个青年，涉世不深，懂得的并不多。”

“立国不易，共产党也正是利用这些懂得不多的年轻人。”

王一亭没作声。

“立夫抓党务整顿，我没法同他说。”孙禄卿接着又说，“我让人去办了，刑期减到五年，让他守点规矩，争取再积分减刑，也就快了。”

“为难你了，谢谢！”

“我也只能做到这份上，望老师能理解。”

根据王一亭的说法，赵惠芬给儿子写了封信：

裕先：

你表舅找人了，表舅说找的那个人，你是认识的，在他家的画室。要你争取表现，积分再减刑。

家里一切都好，慧慧很可爱。桂芳看着我写信的，她向你问好！

妈妈字

接到妈妈信后，汪裕先写了回信：

母亲大人：

儿子不孝，含辛茹苦将我养大，现在还让您操心，给您磕头了！

听您的话，我会争取早日出狱，以报答母亲。

问桂芳好！亲亲慧慧！

儿裕先字

1931 年 4 月 29 日中午，狱中正开饭时，与汪裕先关在一起的王作林被带到狱中操场上。听到几声枪响后，难友们失声痛哭，大喊“打倒国民党反动派！”这时，汪裕先才知道王作林就是恽代英，想起了他抄给他的诗：“浪迹江湖忆旧游，故人生死各千秋。已摈忧患寻常事，留得豪情作楚囚。”

中央军人监狱到处都弥漫着恐怖，随时都可能有政治犯被杀害。汪裕先想到了给妻子写封信，并附诗一首。

桂芳：

转眼又是几个月过去了，门前的桃树应该开花了吧，抱着我们的慧，看看花吧。过了这个季节，可又要等来春了。

奶奶的身体怎么样？她太操心了，为我操了一辈子心。去看外婆了吗？有空去看看她老人家。上有老，下有小，都让你担着，想来有愧，出去后补你的。

代向奶奶外婆问好！

亲亲慧！

裕先

附诗一首

高堂白发已丝丝，子责尚需代我司。万事并来唯一语，孝亲二字便无词。

大家都有牺牲的准备，但仍坚持斗争，争取政治犯的待遇，包括生活待遇。中共南京市委也有明确指示，要大家争取健康地活着，日后为党工作。

3

转眼间到了 1932 年，汪裕先给姐姐写信，并附诗一首。

我亲爱的姐姐：

流水般的时光，谁也挽不住它。居然又到了二十一年[①]的新年了。在这过去的一年中，我是完全过的阶下囚的生活。简单说一

---

① 1932 年。

句，机械的牢狱生活消磨了我这一年宝贵的青春。

……

我们的父亲是在我们幼年就离开了俗世的。照理说，我就应该平平稳稳的过那世俗的平凡生活，使得母亲和其他家里人欢喜，这是我的责任。我起初也想埋在世俗的生活中，使得家里人勿至于担惊受怕，可是这一个办法的实行，仅使我感到了梦想的空虚，要实现却是不可能的。因此我终于走上革命的道路，进了牢狱的大门。这有什么办法呢？在现社会中间与我同一命运的人正不知多少呢！母亲的一生是劳苦二字接连着的，并且历次的伤心，使得母亲更见衰老了。然而，我这次的入狱，更重伤了老母的心。所以对于母亲，我希望姐姐特别的劝慰劝慰，使得老人勿要过分伤感才好啊！祝新春安乐并进步！

裕弟上　元月 5 日

严父见背在童时，慈母伤怀病缠身。幸有辛勤吾姊在，扶持弟妹慰萱亲。

弟今已失自由身，慈母家中少侍人。还望姊心分一半，半归俗事半归亲。

1933 年 12 月，快要过年了，戴桂芳收到汪裕先的信，知道他情绪不好，于是就去衣庄街的昌明照相馆，与汪慧拍了照片寄给他，并附信：

裕先：

从你的来信中知道你心情不好，我也不知道怎么劝说你，坚持住吧，争取早日回来，我与慧在等你。家中事你不必担心，奶奶由我照顾着，放心！

桂芳

汪裕先接到信后，随即回信，并附诗两首。

桂芳：

谢谢你能理解我，有时心情不好，也是因为想你与慧，但更多时我是乐观的，我总是坚信，曙光在前。

在你寄来的照片上，我题了两首诗，一并寄上。

代向奶奶问好，亲亲慧！

裕先

遥寄芳容慰寂寥，黛眉双锁意沉沉。虽然相对无言语，已解卿卿一片衷！

娇娃生小不知愁，头角轩昂意悠悠。只恨阿爷身在狱，数春未把饼钞留！

母亲也给汪裕先写了信。

裕先儿：

春节到了，我不知道说什么好了。你吃得好吗？穿得怎么样？鼻子还红吗？看医生了没有？家里什么都好，盼着你回来。

写这信时，桂芳在身边，慧也在边上，她不认得字，但她知道是给她父亲写信的。

盼着你！

母亲字

1934 年 1 月 5 日，汪裕先在接到母亲的信后，流了泪，当下就给母亲回信，并附诗。

母亲大人：

儿现在很好，尽管是坐牢，但吃的喝的还是少不了的，至于穿，也不成问题，鼻子已经好了，一切放心。

为革命坐牢，甚至流血牺牲的不是儿子一个人，切勿为儿事担忧。

等着儿子回去吧！

裕先儿敬上。

故乡遥在白云边，未晓慈颜可以前？几番风雨母担忧，一旦遭囚母体煎。但愿慈母常乐健，休将儿事挂心田。

尽管想早点走出牢笼，但一有机会，汪裕先还是想到了斗争，当得知曾经的革命者、监狱印刷厂技术员冯金生可以回杭州探亲时，汪裕先托他走上海，找一个地下工作者。冯金生答应了汪裕先，在上海找到了汪裕先要找的人。探亲结束回南京时，他又在汪裕先要找的人家里过夜，而就在这时，被跟踪的国民党中央组织部调查科的人发现。冯金生回到中央监狱就被严刑拷问，他说出了汪裕先托他联系的实情。随即汪裕先被抄了号，尽管没有查到任何东西，但中央监狱还是如临大敌。

“你是想里应外合暴动吗？”

“我从来就没有这样的想法，关在这里，怎么有暴动的可能？”汪裕先说，“他找的是我一个朋友，想问问家里的情况。”

“你应该如实坦白，以此来拯救自己。”

“我说的全是实话。”

“既然这样，再说就是多余的了。”中央监狱的人说过就走了。

汪裕先这才感到问题的严重，当晚给戴桂芳写信。

桂芳：

近来总感到形势对我不利，我向往美好的生活，我也想有天伦之乐，可现在想来太奢侈了，这也就觉得对你的愧疚。我说这样的话，不后悔我所走的路，我也知道这条路的艰难，甚至知道我会倒在这条路上，但我还得坚持走下去，这样的路如果谁都不愿走，汪慧他们这代人还有路走吗？我只是对不起你，嫁了我，连婚礼都没有举行，如若我死了，还要为我抚养孩子……这样，对你来说太不公平了。所以我想，你还是要嫁人的，这么年轻怎么能不嫁人呢？我只是想你应该穿上婚纱，红的，我喜欢那颜色……

望能孝敬我的母亲，抚养我们的慧。

多多保重，谢谢了！

裕先

1934 年 5 月 10 日，汪裕先被杀害于雨花台，年仅二十六岁。

后记:从出发地寻找

——《魂系漕河四月奇》采写札记

1

接手撰写汪裕先烈士传时，是2017年仲夏，在南京华东饭店。江苏省作家协会给了我一份烈士简介，一百多字。之后，我就开始算账，时间账。他生于1908年，与他同年出生的人都已离世；1934年5月10日，被杀害在雨花台，这一年见过他的人也大多故去。二十六岁人生，坐了近四年牢。我要在他这短暂的人生中寻找辉煌。

1908年，汪裕先出生于上海周浦镇竹行街，父亲汪伯康是火油公司的一名职员，专司该公司的火油采购与押运，常年在外，辛苦，可收入颇丰。母亲赵惠芬，出身大户，知书达理，且精于服装制作。在周浦街有自家的院子，日子过得还算光鲜。鼎盛期，汪伯康回来时，一家人会到咸塘港的码头迎接，铜钱都是袋装篮提，汪裕先也曾用妈妈缝制的小布袋到码头拎钱。可时运不佳，1915年，汪伯康染上了肺结核，在家睡了几个月，就去世了，年仅三十四岁。那年汪裕先七岁，他的姐姐汪巧仙九岁，妹妹汪萍仙五岁，赵惠芬三十三岁。家境也由此败落，仅靠赵惠芬的针线活维系。1921年，汪裕先经人介绍到上海一家钱庄学徒，1923年，差一个月学徒期满，可钱庄倒闭，汪裕先失业。1924年，经表舅王一亭介绍，进了上海华商电气公司。

2

8 月 23 日，我拿着江苏省作协的介绍信来到了上海高安路 17 号，敲开了上海市委宣传部的大门，宣传处的范嵘接待了我。他说非常感谢江苏作家来写上海的革命烈士，说得我有点不好意思。他说他不太了解这个人，为我倒了杯水，让我坐着等。听他在电话里交流，他联系了上海党史办，也联系了社科联，但是得到的回答大致相同，没有更多的资料，让他与浦东新区联系，于是他又联系浦东新区宣传部黄处长，黄处长说他出差在外，也没推脱，说他联系一下后告知情况。范嵘对我说，也只能这样。我说好，并表示我的歉意。他说应该的。他很忙，忙着文明创建上的事。

晚上，范嵘给我打来电话，说浦东新区方面联系上了党史办的金达辉，让我直接去找他。刚结束通话，金达辉的电话就来了，问我需要他做些什么？我说见个面吧，有些事当面才能说得清楚，他问我什么时间，我说明天，他说行，不过要在下午，上午他有个活动，说是帮扶一个贫困生，我说好。后来，他又给我打来一个电话，说还是上午见面吧，大老远跑来，不能让你等着，他取消了原先的活动安排。

与金达辉见面是在惠南的一个居民区，浦东新区党史办在那里租了一套间，帮助惠南编区志，一起的还有孟渊。他们并不知道汪裕先这个人，我就对他们讲是什么地方人做过什么事，后来他们就翻阅《南汇志》《周浦志》与《川沙志》，找到了相同名目下的相同的烈士简介，说：我们没有更多的资料了。

3

王一亭是上海名流，曾经是上海商会会长，涉足上海金融、保险、教育、房地产，又是华商电气股东，因他的介绍，汪裕先被安排进了管理岗位，负责抄表收费，工作压力不大，除了公司管理部门的领导层，就数职员的工资福利高了，且有晋升空间。可他上班的第一天，就遇到职工与总经理谈判，为的是加薪，接下来就是罢工，由此看到了工人与资本家的矛盾。

1925 年 5 月 30 日，上海学生两千余人在租界内散发传单，发表演说，抗议日本纱厂枪杀顾正红，声援工人，并要求收回租界，被英国巡捕逮捕一百余人。下午万余群众聚集在英租界南京路老闸巡捕房门首，要求释放被捕学生，竟又被英国巡捕开枪射击，当场打死十三人，重伤数十人，逮捕一百五十余人，制造了震惊中外的五卅惨案。上海大学学生沈寿亚通过关系找到华商电气公司的汪裕先，鼓动他带领工人上街游行。沈寿亚说如果我们不抗争，顾正红的今天就是我们的明天；如果不抗争，帝国主义就永远骑在中国人的头上作威作福，我们将永远没有好日子过。

由此，汪裕先进入了革命的行列。

4

离开惠南区后，我去了周浦镇。

周浦镇政府在年家浜路上。这条路的前身是盐铁塘，盐铁塘其实不是一个塘，是一条河，周浦大凡说塘的就是条河，比如民国初期周浦镇区的两大水系咸塘港与周浦塘，就是两条河。河边上住的人家大多数为年姓，所以就叫年家浜。盐铁塘被填后，成了街道，就是现在的年家浜路。此条路上有个地标，就是被叫作“小上海”的主题公园。

政府值班室的保安看了我的介绍信后，指给我政府办公室的位置。政府院内没有高层建筑，一幢幢别墅式办公楼错落有致。上了 1 号楼的三楼，左是镇长的，右为副镇长的，中间是镇政府办公室。走进办公室时，一位青年人正在为微信的操作方式与腾讯公司或者是某家网站的网管联系着，电话间隙，我递上介绍信，他说你等后面的人来。他说后面的人，就是坐在他身后那张办公桌上的人。好一会儿，后面的人来了，是个女的。她一来，原来在边上坐着等的就围了过来，都是盖章的。忙好后，我递上了介绍信。她叫周炎平，看了后，也有些为难，她说这应该找宣委。我说这介绍信是给政府的，我怎么找宣委，要找得你们安排。她也没有推托，联系了什么人后又联系了什么人，反正是一个个联系，后来找到了位老同志，她说他在镇里帮忙，编镇志，说罢开了接待室，让我等，她派车去接。

5

1924 年 5 月，中共中央在上海召开扩大执行委员会，要求加强党对工人运动的领导。同年秋天，中国共产党上海执行委员会委员李立三派人到华电职工宿舍集中区创办工人夜校，汪裕先初步接受马克思主义理论教育和中国共产党的主张，秘密酝酿工会组织，并于 1925 年初与颜梦屏共同发起和成立了职员协进会，开展工会活动。

1926 年初，汪裕先加入了中国共产党。

此时，汪裕先革命热情高涨。上海第一次工人武装起义前，他走上街头组织演讲，向市民宣传国民革命军为什么要北伐，以及当下北伐形势，启发人民的觉悟，为动员广大市民参加武装起义做了舆论准备。第一次武装起义被镇压后，汪裕先与他的工友们又投入到第二次武装起义南市地区的组织与筹备工作中，失败后遭军阀政府通缉，华电公司也因遭通缉而将他解雇，工人通过罢工的方式迫使公司恢复汪裕先等人的工作。

1927 年 2 月 23 日，中共中央和中共上海区委举行联席会议，决定成立特别委员会，领导和组织上海第三次工人武装起义。汪裕先为华电工人纠察队的总指挥，华电的工人纠察队也成了南市地区工人武装起义的主力军，一举攻下了淞沪警察厅与上海电话局，控制了警察与通讯中枢。

6

周炎平派车接来的人叫陈生祥，七十八岁，曾经在镇党委部门任职，退休后帮助镇里做些文字工作，是 2005 年版《周浦镇志》的副主编，他在电话里听周炎平说要收集汪裕先烈士史料，遂带来一本《南汇英烈传》，1997 年的内部资料，还有一份相关文稿的复印件。关于汪裕先，他说《周浦镇志》里的烈士传可以参考，可惜他没有了。周炎平听说找镇志，就说办公室有一本，后来打开资料柜，没能找到，就电话联系了另外一个人，然后她去了一个什么地方，找来《周浦镇志》时，一脸的汗。我说麻烦了，这小半天就是为我忙着，她说也没能提供更多的资料，再说忙就不好意思了，她表示歉意。

离开镇政府，我沿着年家浜路东行，去找竹行街，资料显示，汪裕先的老家就在这街上，110 号。街在，老房子在，必定能牵出很多物事。上了周市路才知道竹行街拆了，这个周市路就是原来的竹行街，还填了咸塘港。也有人告诉我，说最北边可能还有一点点，我一直往北走，过了川周公路，没有找到，只有两块路标竖着，告诉人们曾经竹行街的方位。一条街与一条河，就这样因为市政布局的变化消失了，关于这条街的故事，只留在人们的记忆里，可这些成碎片的记忆，终将会因人世的变故而消失。

没了竹行街，没了汪家的那座老宅，关于汪裕先的那些事，就失去了寻找的坐标。

7

上海工人第三次武装起义的胜利，是上海工人阶级在中国共产党领导下，继五卅运动后又一次震惊中外的伟大斗争。工人武装占领了除租界以外的地区，沉重打击了盘踞在上海的军阀和帝国主义势力，工人们的力量，奠定了作为中国革命的领导阶级的基础。按照特别委员会的决议，将举行武装起义的军事工作与召开市民代表大会的政治工作同步进行，在推翻旧政权的同时建立新政权。

3 月 23 日，也就是武装起义后第三天中午十二时，在南车站前的广场上召开了近六万人参加的南市市民代表大会，成立了南市市民会议执行委员会，汪裕先被推选为委员。4 月 8 日，汪裕先代表市民会议执行委员会，慰问南市工人纠察队，并授印有“革命的先锋”的红绸大旗。4月10日，南市工会联合会召开群众大会，追悼上海三次工人武装起义前后牺牲的烈士，会上，汪裕先以南市二区国民党区党部代表、共产党员的身份发表演说，号召工友们“继续奋斗，誓将帝国主义推翻”。而在这次会议期间，驻防上海的白崇禧派兵前来干预，指责这次活动为扰乱社会治安。

8

说到上海工人运动、工会工作、南市党组织活动就绕不开三山会馆，而来到南浦大桥桥堍中山南路1551号时，确认那里已经不是原来的那个三山会馆了，原来的那个三山会馆在半淞园，好在它是按照原貌移位过来的，原貌在，就不必计较它转个身了。会馆是免费开放，展览的是上海工人三次武装起义的史料，我找服务人员想要份资料，回答是没有。我问馆里有电子版吗？她说有，但不能提供，后来一会儿说是有版权的，一会儿又说领导不在。我明白了她的意思，只得用手机一张张拍。离开三山会馆，就去华电公司的旧址，现在为上海当代艺术馆，那根烟囱也已成为上海世博会气象景观塔。

我们是从南码头坐轮渡过黄浦江的。当年汪裕先拿着表舅王一亭的信到华电公司找总经理陆伯鸿时，就是从周浦的汤家木桥坐小轮船到南码头，然后过轮渡的。现在的人，更多的只知道它是上海当代艺术馆，不知道它曾经是华电公司的发电厂了。我们走进时，里面正举行行为艺术展，像蜻蜓一样的人挂在半空，寓意飞翔……

9

1927年4月12日，蒋介石公开叛变，向上海的工人武装发动进攻。一开始，白崇禧的部队没有开进华电去围剿工人纠察队，而是在外围布控，三步一岗，五步一哨，谁也说不清楚他们想干什么。凌晨两点多钟，“中华共进会”的五百多地痞流氓，配备了步枪、手枪、盒子炮，编成三个支队，伪装成工人，分乘十多辆汽车从法租界的南阳桥，直入华界，分三路包围华电，几次组织进攻，都被工人武装击败，战斗持续到凌晨四点半，这帮人都没有能够进入华电。

本想通过这些地痞流氓剿灭工人纠察队，谁知高估了中华共进会的战斗力，假如在天亮之前不能结束对工人的围剿，市民一旦走上街头，局势就没法控制，后果将不堪设想，于是白崇禧下令第二十六军出兵援助，军长周凤岐指挥三个步兵连与一个机关枪连协同中华共进会的那些人，向华电发起总攻。顿时，枪声大作，密如纸炮，墙上的弹孔如蜂窝，终因寡不敌众，工人纠察队随即化整为零，有的在工友们的掩护下撤出了华电，没来得及撤离的三十多名纠察队员被逮捕并押往龙华淞沪卫戍司令部。

下午三时，全城戒严，白崇禧贴出布告："查电气事业系关公用，不可一日间断，现华商电气公司工人因故纷散，应立时复工，以免阻碍地方安宁秩序。……"与此同时，上海总工会发布紧急罢工总命令，定于13日上午十时"全上海各业工会所属群众，均一律罢工"，要求发还工人纠察队枪械，释放被捕者，恢复总工会。

13日下午，白崇禧以一时查不出为首的组织者为由，全部释放了华电被捕工人。

14日，中共上海市委开会决定结束罢工，宣布15日中午十二时全市工人一律复工，党组织与工会组织转入地下，进行秘密斗争。

工人当家做主仅仅二十一天。

10

"四一二"反革命政变后，汪裕先在上海法租界做了短期潜伏，7月间，根据组织安排，任南汇县委委员，以中华火柴厂工会干部的身份开展工作，筹建中共周浦区委，并担任区委书记，中共淞浦特委成立时，为特委委员。

1928年1月，与戴桂芳结婚，12月11日生下儿子，取名汪丰。

三天后，中华火柴厂赤卫队准备武装行动时，被叛徒出卖，汪裕先住处被警察包围，给丈夫送信的戴桂芳途中跌倒昏迷，晚上到家时，汪丰夭折。为躲避敌人的追捕，汪裕先与戴桂芳连夜搬出原住地。

1929 年初，中共川沙县委成立，汪裕先任县委书记，公开身份是东方小学的教师，戴桂芳随行。1930 年 4 月，根据党中央指示，中共淞浦特委书记林钧前往太湖一带组织农民武装，创建革命根据地，还未成行，林钧被捕，随后派汪裕先前往。汪裕先把怀有身孕的戴桂芳送回家后，在赴太湖途中被捕。

11

汪行惠是汪裕先的侄儿，1921 年生。我与他在上海浦东新区南码头路他的寓所见面时，他听说我为汪裕先烈士传而来，连声说好，他说我们不应该忘记他。

这是我采访中遇到的唯一一位见过汪裕先的人。

他叫汪裕先为海寄爹爹。寄是寄养，是当地风俗，为的是好养大成人。

“我与他家的院子是相连的，中间只有一道篱笆，他有时看什么书，也会躲到我家这边，坐在小竹椅上，我趴在他腿上，问他什么书，他说说了你也不懂，那时我真什么也不懂，还小。”汪先生耳聪目明，说起过往，如同昨日，他说，“那个时候，他们家的日子很好，在华电公司时，海寄爹爹月工资一百大洋。”

我说能有那么多吗？问汪先生是怎么知道的。

他说是他叔叔汪仲贤说的。汪仲贤说这话时，汪裕先已经到了火柴厂，在工会工作，当夜校教员，成立工人俱乐部，汪仲贤发牢骚说，一百大洋你不要，到火柴厂拿十个大洋。我说在华电时能有那么多工资吗？他说有的，汪裕先的表舅王一亭是华电的董事。我们不能肯定他真的能拿一百大洋，但可以肯定火柴厂工资是低的。

往事如烟，可汪行惠先生却能一一细数，像是镌刻在记忆中，他说那时的共产党干部，心里想的全是老百姓，在绝望中寻找希望，没一丁点私利，说到心痛处还有点激动。

我信。

在雨花台烈士陵园管理处，叶雅慧给我看一份档案，是 1929 年 10 月，中共川沙县委向江苏省委的工作报告，文末提及“汪裕先同志已身无分文、饥寒交迫矣”。

面对边讨饭边革命的烈士，我们怎么也不能忘记！

12

两个女人面对狱中一位亲人与腹中一个孩子，绝望与希望同在，每天都要接受异样目光的扫描，在国民政府的体制中，在良民的眼里，似乎就是异端。憎恨与同情，理解与支持，交织在一起，没有经历过的人是无法感受的。

汪裕先被捕入狱后，怀有身孕的戴桂芳已无能为力，她能有信心活着，守住腹中胎儿，就是天大的造化。赵惠芬又去找谁呢？那阵子，她见着她以为能说得上话的人就下跪，叩求伸手相助，在漕河泾监狱见到儿子后，才觉得是多余的。在那风雨飘摇的年代，又能有多少可以立脚的廊檐？

她找到了王一亭，曾经的上海商会会长，慈善总会的会长，海派书画界的领军人物，上海滩的大佬。他也没多想，去找孙禄卿，这位搀在手里就跟着他学画的学生，如今已经是权倾朝野的国民党党内大管家陈立夫的夫人。按理说，陈立夫放出一个监狱里所有的犯人有点难度，但要放十个八个，还是易如反掌。可王一亭真的没有多想，他也不知道清党的点子是陈立夫出的，他又执掌着中组部的调查科，特别在意的就是政治犯，都“宁可错杀一千，决不漏掉一个”了，还能手软？

1934 年 5 月 10 日，汪裕先被以“里应外合，图谋暴狱”罪杀害于雨花台。

13

在雨花台的十万烈士中，仅有一千五百一十九人留名，而在留名的烈士中，雨花台烈士陵园只与八十余位烈士的亲人取得联系。为这一组数字，我置身烈士陵园，有半天，就站在烈士群雕前，以我的方式表达内心的忏悔……

2008年清明节前，雨花台烈士陵园管委会曾与《现代快报》联合二十多家主流媒体为烈士寻亲，这次，他们联系上了汪裕先的女儿汪慧，她住镇江花山湾新村。为找她，新闻人的周折自不必说。我从周浦来到镇江，也是找到宣传部，办公室的同志说应该找作协，我问作协在哪幢楼？她望望我，不说话了，大概这个时候才想起，市级（包括市级）以下的作协其实没有专门人员，没有办公地点，没有经费预算，做事全凭个人的影响力，她为我联系上了文化艺术处的刘处长。刘处长说这样的采访我们一般不介入的，我想同他开个玩笑，这个不一般，还没说，他就让老吴送我去。我想，有时候也不能太玩笑，说实话办实事的人行为方式是不一样的。

汪惠住在六区，一方丘地上的一幢小高层的一楼，可敲不开门，绕到后窗敲，还是敲不开。看到她坐在那，像是看电视又像是睡着了，我们就站在那等，在我的心里，她只要在就行，无论什么时候开门，都不急。望着她，我算了算，应该是八十七岁了。不一会儿，她发现了我们，开了门，两三句话一说，觉得也不像是八十多岁的老人。得知情况后，她有点激动，接着就去找她所收存的资料，她抄录的父亲的诗。这些，浦东新区与周浦镇都提供过，我想要的是她听她母亲戴桂芳与祖母赵惠芬说过的关于她父亲的事。

14

汪裕先被杀害后，就撂在刑场的土堆旁，与其他烈士一样，没人通知收尸，也不阻止认领，放几天，然后推进坑，挖几锹土盖上，如此反复，国民党就是这样残杀了成千上万的革命者。汪裕先有一个姑妈在南京做小生意，离监狱不远，时不时去看看汪裕先。总是听到枪声，总是得知有政治犯被杀，所以，一有枪声，她心里就是一阵痛，自己的侄子也是政治犯，也被关在里面，心里总有不安，也就在意了那枪声，总是问问。不幸的事终于发生了，她忍着悲痛，找了条小船，载着汪裕先的尸体，顺江而下，由长江转道黄浦江，然后再转周浦塘。在一个河湾子里，姑姑扣上了船，然后来到竹行街，见到赵惠芬时，说了句“我把裕先给你带回来了”，就晕了过去，赵惠芬也倒了下来。后来，赵惠芬找来汪仲贤，说裕先运回来了，得入土为安啊！汪仲贤借了钱，买了口薄棺，晚上找了几个人，入殓后，在吴桥桃园的汪家坟地下了葬，没发丧也没人敢哭。

戴桂芳说不出一句话，一个月后，赵惠芬不忍心如此下去，一天下午，带她去了坟地，大哭了一场，死了心。两个女人，带着一个小孩，家徒四壁，真正的度日如年，门都没人进，如此的不幸家门，谁敢惹？是叔叔汪仲贤伸出援助之手，他每个月拎来粮食，背来柴火，他是不忍心让这祖孙三代饿死。

15

后来，汪仲贤又介绍戴桂芳进了中华火柴厂，先是普通的包装工，然后是质检员。

工友们都说戴桂芳是个能干媳妇，就是不知道是谁家媳妇，每每说及，她只是一笑。谁也不能从她的嘴里知道她的真实情况，她守着自己的秘密，也是守着这个家庭的安宁。汪裕先在这里成立的工人赤卫队被叛徒出卖后，有三十多人被逮捕，其中有七个人在严刑拷打中致死。她不能因为她的出现再起风波，也不能给叔叔汪仲贤添乱，有了份固定工作，就有了生活来源，知足了。赵惠芬仍然在衣庄做些针线，贴补点家用，她的手艺大不如前，除了视力不行，手脚也没以前灵活，心灵手才能巧，遭受如此打击，这创伤是长久的。

汪慧到了读书的年龄后，就进了周浦小学，毕业后在家。1944 年初夏，戴桂芳从火柴厂回家时，看到关帝庙桥头的墙上贴了一张告示，说是宋益世任周浦中学的校长。戴桂芳让汪慧去找他。宋益世听说是汪裕先的女儿，便来到她家，虽说 1944 年的共产党与 1934 年不可同日而语，但周浦是国民党统治区，防赤匪仍是第一要务。见到汪裕先遗像，宋益世三鞠躬，然后对戴桂芳说让你受苦了，戴桂芳说我只等那一天，宋益世说见到亮光了。宋益世也是地下党，在周浦时，他与汪裕先在屋里或者是桥下谈工作，戴桂芳负责望风。戴桂芳说，我很想见见你们，但我不能去找你们。宋益世点点头，然后叫汪慧去周浦中学读书。

16

汪慧中学毕业就到念文小学做教师，也就是那一年，她认识了费石樑，上海松江人，在瑞泰米行当学徒。谈婚论嫁时，汪慧亮出了自己的想法，祖孙三代苦难多，我不能离开这个家，你做上门女婿。费石樑想了想说行，我们家兄弟多，也不在乎我一个。汪慧接着说，生了孩子都得姓汪，费石樑笑了笑说也行，我都跟着你了，生下的孩子还不随你姓？汪慧对费石樑如此爽快的回答不踏实，说这不是玩笑，是真的，要不你回去同父母商量一下。费石樑说，这不是开玩笑的事，我做得了自己的主。1947 年春举行了婚礼，汪慧将费石樑带回了家。多少年后，有人问及这事，费石樑说汪家为国家为革命做出如此牺牲，至高无上，我们的孩子跟着妈妈姓，延续爷爷的香火，是非常光荣的事（家里把外公改叫爷爷）。

1949 年 5 月，上海解放，8 月，汪慧生下第一个儿子。费石樑请奶奶与祖奶奶为这个孩子起名，戴桂芳说，把他爷爷汪裕先的“裕”字放上，赵惠芬说，再加个“忠”字，叫汪裕忠。祖奶奶说汪裕先就是一个忠字。忠于共产党，忠于人民，忠于国家，忠于社会，忠于职守，在茫茫黑暗中追寻光明，如此之忠，应血脉相承。之后又有了汪厚忠、汪瑞忠、汪诚忠、汪毅忠。

1951年春，上海市人民政府给汪裕先颁发了烈士证，政府代表问烈士的母亲与妻子有什么要求时，赵惠芬说，汪裕先就是为了人民打天下，现在天下是人民的了，我还要什么?

说得一行人泣不成声。

初心就是如此!

1961年赵惠芬去世，享年八十岁。

1996年戴桂芳去世，享年八十五岁。

附录:汪裕先年谱

1908 年　一岁

汪裕先，又名文翰，别号佐农，小名海。6 月 10 日（农历五月十二日）生于江苏省（现上海市）南汇县周浦镇竹行街 110 号（现浦东新区周浦镇）。

1915 年　七岁

父汪伯康去世。

1917 年　九岁

在周浦镇孤儿院义务学堂读书。

1921 年　十三岁

在上海某钱庄当学徒。

1922 年　十四岁

离学徒期满一个月，钱庄倒闭，失业回家。

1923 年　十五岁

3 月，经表舅王一亭介绍进上海华商电气公司工作，在灯务科专司抄表收费。

4 月，与戴桂芳订婚。

1924 年　十六岁

秋，中国共产党上海地方执行委员会委员李立三派人到沪军营亲贤里华电职工集居区创办工人夜校，参加学习，并接受马克思主义与共产党主张。

1925 年　十七岁

3 月，秘密成立华电职员协进会，任副主任。

6 月 2 日，组织华电员工上街游行，声援五卅惨案的“三罢”。

1926 年　十八岁

2 月，加入中国共产党。

8 月，第一届华商电气公司工会成立，为工会委员。

9 月，在上海民国路设点宣传北伐。

1927 年　十九岁

1 月 18 日，南市职工运动委员会成立，为委员。

3 月 12 日，被华电公司以遭“政府通缉”为由解雇。

3 月 14 日，华电工人为公司解雇他而举行罢工。

3 月 15 日，华电职工举行仪式欢迎他复职。

3 月 21 日，上海举行第三次工人武装起义，任华电公司工人纠察队总指挥。

3 月 23 日，在南市召开的市民代表大会，当选为市民会议执行委员会委员。

4 月 8 日，代表市民会议执行委员会慰劳在三次武装起义中建立卓越功勋的南市工人武装纠察队。

4月10日，以国民党上海第二区党部代表的身份出席在南市公共体育场召开的追悼烈士大会，并发表演说，号召工友们“继续奋斗，誓将帝国主义推翻”。

4月11日，代表南市市民会议执行委员会，前往上海卫戍区司令部，讨论社会治安问题。

4月12日，蒋介石叛变革命后，与白崇禧围剿工人武装纠察队的部队激战后，撤离华电，潜伏法租界。

7月，根据上海南市部委安排，任南汇县委委员，公开身份为中华火柴厂工会干部。

12月，与戴桂芳结婚，因从事地下工作，没有举行婚礼。

1928年　二十岁

春，任中共周浦区委书记，成立中华火柴厂工人俱乐部，创办工人夜校，并组织工人罢工。

夏，在周浦镇长官路西首苏家宅组建工农赤卫队，任队长兼教练。

10月，中共淞浦特别成立，与陈云、杭果人、林钧一起为委员。

12月11日，儿子汪丰出生。

12月12日，组织赤卫队行动时被叛徒告发，遭通缉追捕。

12月13日，因戴桂芳给他送信昏倒途中而导致汪丰夭折。

1929年　二十一岁

1月，化名陈振球，任中共川沙县委书记，公开身份为东门外小学教师，戴桂芳随行。

1930年　二十二岁

4月初，根据中共江苏省委安排去太湖组织农民武装，因叛徒告密途中被捕。

4月中旬被上海淞沪警备司令部军法处判刑十三年，关押在江苏第二监狱(因在上海漕河泾镇，故称漕河泾监狱)。

8月13日(农历七月十九日)，女儿出生。

8月15日，母亲探监，告知生一女儿，当下起名为慧，并作诗一首：魂系漕河四月奇，炎炎正值夏初期。监门探慰高堂至，报道妻生一女儿。

10月21日，与其他两百名政治犯一起，被押往苏州陆军监狱关押。

11月中旬，转送南京，关押在中央军人监狱。

1931年　二十三岁

5月，给戴桂芳写信，并附诗一首：高堂白发已丝丝，子责尚需代我司。万事并来唯一语，孝亲二字便无词。嘱托其照顾好女儿与母亲。

1932年　二十四岁

1月5日，给姐姐汪巧仙信，并附诗两首。其一：严父见背在童时，慈母伤怀病缠身。幸有辛勤吾姊在，扶持弟妹慰萱亲。其二：弟今已失自由身，慈母家中少侍人。还望姊心分一半，半归俗事半归亲。

1933年　二十五岁

12月，回戴桂芳信，并在寄来的照片(戴桂芳与汪慧)背面题诗两首。其一：遥寄芳容慰寂寥，黛眉双锁意沉沉。虽然相对无言语，已解卿卿一片衷！其二：娇娃生小不知愁，头角轩昂意悠悠。只恨阿爷身在狱，数春未把饼钞留！

1934 年　二十六岁

1 月 5 日，写信告慰母亲：为革命坐牢，甚至流血牺牲的不是儿子一个人，切勿为儿事担忧。并附诗一首：故乡遥在白云边，未晓慈颜可以前？几番风雨母担忧，一旦遭囚母体煎。但愿慈母常乐健，休将儿事挂心田。

4 月下旬，给戴桂芳写信，嘱托她孝敬母亲，抚养女儿。

5 月 10 日，因与狱外共产党联系被杀害于南京雨花台。

参考文献

1.《毛泽东选集 第一卷》，毛泽东著，北京：人民出版社，1991年。

2.《呐喊》，鲁迅著，北京：人民文学出版社，2004年。

3.《上海华商电气公司工人运动史》，上海南市发电厂、《上海华商电气公司工人运动史》编写组编，北京：中共党史出版社，1993年。

4.《上海监狱的前世今生》，徐家俊著，上海：上海社会科学院出版社，2015年。

5.《中共中央文件选集 第三册》，中央档案馆编，北京：中共中央党校出版社，1983年。

6.《中国共产党大事记》，秦淑贞、盛继红编，北京：中国人民大学出版社，1991年。

7.《周浦镇志》，瞿春荣主编，《周浦镇志》编纂委员会编，北京：方志出版社，2005年。

8.《"五四"以来上海革命群众集合的场所——上海公共体育场》，曾锦铭、方宁著，《南市文史资料选辑（一）》，内部资料，1990年。

9.《上海工人两次武装起义失败经过》，刘俊平著，《文史天地》，2013年第12期。

10.《上海总同盟罢工的纪录》，施英著，《向导》，1927 年第 189 期。

11.《解放日报》2017 年 3 月 23 日。

12.《申报》1927 年。

13.《先驱论坛报》1927 年。

14.《傅雷年谱和身后年谱》，航头镇人民政府网。

15.《上海总工会·工运史》。